Les Irlandais *de* Grosse-Île

Catalogage avant publication de Bibliothèque et Archives nationales du Québec et Bibliothèque et Archives Canada

Titre : Les Irlandais de Grosse-Île / Christiane Duquette
Nom : Duquette, Christiane, 1952- , auteure
Duquette, Christiane, 1952- | Héritiers
Description : Sommaire incomplet : tome 2. Les héritiers
Identifiants : Canadiana 20189412917 | ISBN 9782895858645 (vol. 2)
Classification : LCC PS8613 U694 I74 2019 | CDD C843/.6–dc23

Illustration de la couverture : Luc Normandin

Les Éditeurs réunis bénéficient du soutien financier de la SODEC et du Programme de crédit d'impôt du gouvernement du Québec.

Financé par le gouvernement du Canada | Canada

Édition
LES ÉDITEURS RÉUNIS
lesediteursreunis.com

Distribution nationale
PROLOGUE
prologue.ca

Imprimé au Canada

Dépôt légal : 2020
Bibliothèque et Archives nationales du Québec
Bibliothèque et Archives Canada

CHRISTIANE DUQUETTE

Les Irlandais de Grosse-Île

★★ Les héritiers

LES ÉDITEURS RÉUNIS

De la même auteure
chez Les Éditeurs réunis

Les Irlandais de Grosse-Île

1. *Deuils et espoirs,* 2019

L'amante de Molière, 2017

La fille de la Joconde

1. *À l'ombre des rois,* 2013
2. *Les princes rebelles,* 2014

Mon rôle n'est pas d'écrire l'histoire dans ses faits officiels,
mais de la chercher dans ses épisodes oubliés.

GEORGE SAND

1

Québec, fin juin 1867

C'était le début de l'été, la saison où le soleil se permet de flâner et de prolonger sa chaleur bien après la brunante. Plus particulièrement cette nuit-là, où la touffeur à l'intérieur du manoir des Rousseau empêchait Joseph de dormir.

Il sentit des gouttes de sueur ruisseler sur son front et le long de son dos. À la recherche d'un coin frais dans le lit, il roula sur le côté, mais en vain. À tâtons, il réussit à allumer la mèche de la lampe posée sur la table de chevet et se leva. Espérant y trouver une légère brise, le vieux docteur se résigna à aller se bercer sur la véranda, qui donnait sur la cour arrière.

Il se rendit à l'office, puis se dirigea droit vers la glacière pour se verser un grand verre de thé glacé. Avant de sortir, il laissa la lampe allumée sur le coin de la table, après avoir pris soin de tourner la clé pour en atténuer la flamme. Dès qu'il passa la porte moustiquaire, il eut l'impression de pénétrer dans un immense trou noir. Tout n'était qu'obscurité, sauf un bout de la galerie qui baignait dans un mince rayon de lune. L'odeur des pommiers en fleurs et un ciel magnifiquement étoilé l'accueillirent. Toutefois, la brise chaude provenant du fleuve ne lui apporta qu'une fausse fraîcheur. Il s'assit tout de même dans son fauteuil préféré pour écouter le concert nocturne des cigales, dont seul le craquettement brisait le silence.

Âgé de soixante-sept ans, Joseph, malgré son crâne dégarni couronné de cheveux blancs, ses lunettes d'écaille et son dos courbé, avait gardé un certain charme. Il émanait encore de lui cette bonhomie qui inspirait confiance, tout en révélant peu de choses sur ses pensées. Il avait conservé son poste de médecin à l'hôpital Hôtel-Dieu et ne rendait visite qu'à quelques patients choisis, une journée par semaine.

À peine dix minutes après qu'il se fut installé, il entendit des pas provenant de la maison. Il reconnut à travers le grillage qui s'ouvrait la silhouette de son gendre Arthur, le major Lockwell, une chandelle à la main.

— Je vous ai entendu descendre, Joseph, lui expliqua-t-il en laissant la porte claquer dans son dos. Comme je ne pouvais pas dormir, moi non plus, j'ai décidé de venir vous rejoindre. Cette chaleur est insoutenable. Vous n'êtes pas malade, au moins ?

Il s'assit sur la berceuse qui jouxtait celle de son beau-père et mit le bougeoir à ses pieds.

— Non, non ! Rassure-toi, Arthur. Bien que ce léger souffle ne soit en rien rafraîchissant, je me plais à imaginer que, dehors, l'air est moins lourd.

Depuis leur mariage, dont ils célébreraient le douzième anniversaire en août, Arthur et Molly s'étaient installés au manoir des Rousseau. Florent et Mary, maintenant mari et femme, étaient toujours à leur service. Au fil des ans, à la demande de Joseph et de Cécile, les époux Lockwell remplissaient de plus en plus de tâches concernant la gestion du domaine. Deux mois après leurs noces, Molly avait eu la joie d'annoncer à Arthur qu'elle attendait un enfant et, au grand bonheur de tous, l'été suivant, la petite Charlotte était venue agrandir la famille. L'atmosphère dans la maison en avait été transformée. Enjouée et vive, la fillette redonnait un coup de jeunesse à toute la maisonnée. Malheureusement, Molly avait fait plusieurs fausses couches par la suite et ne pourrait plus jamais enfanter.

Arthur sortit sa pipe de la poche de sa robe de chambre et entreprit d'en bourrer le fourneau. Une fois qu'il l'eut allumée, il souffla la flamme de la chandelle et les deux hommes retombèrent dans la noirceur.

Depuis qu'ils partageaient leur quotidien, le docteur et le policier avaient eu passablement le temps d'apprendre à se connaître. Ni l'un ni l'autre n'étant de nature très bavarde, ils se bercèrent un bon moment sans prononcer un mot. Soudain, Joseph tapa sur l'accoudoir de sa chaise, ce qui fit sursauter son gendre.

— Je n'arrive pas à y croire ! bougonna-t-il, comme s'il pensait tout haut. Après trois années de débats à nous rebattre les oreilles avec cette histoire, Macdonald et ses compères ont fini par constituer leur Dominion du Canada !

En effet, il n'y avait pas que la canicule qui privait le docteur d'un paisible sommeil. Il avait de la difficulté à accepter que deux semaines auparavant, sous la gouverne de la puissante Angleterre, les membres du Parlement canadien avaient finalement signé l'acte qui officialisait la création d'une nouvelle nation : les colonies britanniques du Nouveau-Brunswick, de la Nouvelle-Écosse et du Canada-Uni s'étaient alliées pour former un seul pays.

Le policier rejeta une bouffée de tabac, puis se frotta le menton. Ce n'était pas la première discussion que son beau-père et lui avaient sur ce sujet. La fondation du Dominion mettait inévitablement les Canadiens français dans une situation de minorité et était d'autant plus choquante qu'on l'avait conclue sans consulter la population.

Arthur, descendant d'un ancêtre écossais, avait hérité de la même aversion pour la domination britannique que celle qu'entretenaient les Canadiens français. Il comprenait fort bien la crainte qu'éprouvait Joseph à l'égard d'une assimilation des francophones catholiques par les Anglais protestants. Toutefois, il ne savait plus quoi lui dire pour tempérer son appréhension et éviter qu'il ne s'échauffe davantage. Ce qui était peu recommandable pour le cœur du vieil homme. Alors, connaissant le respect du docteur pour le clergé, il lui rappela l'avis de l'archevêque de Québec :

— Mgr Baillargeon a peut-être raison en soulignant, dans ses allocutions, les avantages de la puissance d'un grand pays…

Dans l'obscurité, Joseph fronça gravement les sourcils, au point qu'ils n'en formèrent qu'un seul, et se redressa vivement dans son fauteuil à bascule.

— Je ne voudrais rien dire contre l'archevêque, l'interrompit-il. Cet homme est un saint. Je trouve néanmoins que les religieux ne devraient pas se mêler de politique. Dans la plupart des paroisses, les curés nous exhortent à la soumission, mais comment réagiront-ils lorsque le gouvernement britannique parviendra à nous déposséder de notre langue maternelle et à propager le protestantisme à travers la province de Québec, comme en Écosse et en Irlande ? J'entends notre cher Matthew s'exclamer : « Encore une victoire de ces maudits envahisseurs d'Anglais ! » Ils nous l'ont fait payer cher, la révolte des Patriotes de 1837 !

Le vieil homme s'était emporté, si bien qu'il avait déclamé sa dernière phrase sur un ton de voix enflammé. Au lieu de calmer son beau-père, Arthur avait ravivé sa colère. Le policier mordilla le bout de sa pipe, puis il soupira.

— Vous n'avez peut-être pas tort, Joseph, admit-il, mais ne soyons pas trop alarmistes. Matthew nous dirait aussi que, dans l'histoire, bien des traités ont été bafoués et annulés. Il faut savoir croire en l'avenir…

N'en étant pas trop persuadé lui-même, Arthur laissa sa phrase en suspens et le docteur n'ajouta aucun commentaire. Les deux hommes retombèrent dans leur mutisme. Le major se remit à fumer sa pipe et Joseph reprit une gorgée de thé, à présent tiède. Pour ce dernier, le chant des cigales s'était tout à coup transformé en un désagréable cri strident.

* * *

La canicule se prolongea toute la semaine. Dans le port, au sortir des tavernes, les batailles entre marins, débardeurs et ouvriers des chantiers navals se multipliaient. Lors d'une ronde de nuit, Arthur et un collègue policier réussirent à sauver de justesse un jeune matelot qui se faisait tabasser par deux robustes racoleurs.

Depuis une dizaine d'années, plusieurs de ces malfaiteurs opéraient sur les quais et s'attaquaient aux marins. Une fois qu'ils les avaient enivrées, ces vils recruteurs dépouillaient leurs victimes de leurs maigres possessions et les revendaient à d'autres capitaines en mal de main-d'œuvre. Pour les policiers de la ville, ces ravisseurs représentaient un sérieux casse-tête. Surtout qu'une fois arrêtés, ils s'enfermaient dans un silence obstiné, préférant la prison à la mort certaine qui les attendait si jamais l'envie de dénoncer l'un de leurs acolytes leur titillait la langue.

Au petit matin, lorsqu'il rentra à la maison après une longue nuit de patrouille, Arthur monta directement à l'étage. Il ouvrit la porte de sa chambre sans faire de bruit, puis la referma doucement derrière lui en appuyant contre elle ses massives épaules. Il prit quelques secondes pour contempler le visage détendu de sa femme endormie, écartant tous soucis de son esprit. Âgée de trente-deux ans, Molly avait conservé cette légère timidité, qu'il trouvait encore très séduisante.

En pensée, il revint au moment de leur installation au domaine, où, jour après jour, ils avaient appris à mieux se connaître, à enrichir leur amour. Molly était devenue sa confidente, celle à qui il pouvait communiquer ses pensées les plus intimes. Elle s'intéressait à son travail, comprenait ses moments de lassitude et respectait le besoin qu'il ressentait parfois de s'isoler pour retrouver son équilibre. Il n'était pas toujours aisé pour le major d'oublier le monde de la criminalité et d'être disponible mentalement et physiquement pour sa famille.

Il sourit intérieurement. Sans être importune, Molly démontrait une curiosité lorsqu'il lui décrivait certains crimes plus difficiles à résoudre.

Elle a la finesse d'esprit d'envisager la situation d'un autre angle, songea-t-il, *et la plupart du temps, ses intuitions sont très justes.*

De son côté, il comprenait le besoin d'accomplissement de Molly. Même après la naissance de Charlotte, il avait soutenu son épouse dans sa décision de poursuivre son bénévolat comme sage-femme à l'hospice Saint-Joseph-de-la-Maternité. Quelquefois, elle en revenait ébranlée par la misère humaine qu'elle y côtoyait et elle pouvait compter sur lui pour la réconforter.

Que j'aime cette femme! pensa-t-il, ému et heureux. Soudain, il éprouva le désir de la caresser.

Molly se rendait trois jours par semaine au dispensaire, mais pas aujourd'hui. Il s'empressa de se dévêtir et s'avança vers le lit à colonnes sans faire de bruit. Il s'y glissa, près de sa femme. Il ne put s'empêcher de lui déposer un baiser dans le cou et de coller son nez sur sa peau afin de humer la légère odeur de vanille qui s'en dégageait. Incapable d'ouvrir ses paupières lourdes de sommeil, Molly se retourna et plaqua son corps chaud contre le sien.

— Bonjour, Arthur chéri, murmura-t-elle d'une voix empâtée.

— Comment peux-tu savoir que c'est bien moi ? Tu as les yeux fermés, lui susurra-t-il à l'oreille, moqueur. Ça pourrait être ton jeune amant !

— Ta moustache, mon amour, lui répondit-elle du tac au tac, avec un petit rire. C'est elle qui t'a trahi.

Arthur la serra dans ses bras et l'embrassa tendrement. Il lui effleura une épaule et sentit sa peau moite de sueur.

— J'ai le goût de faire l'amour, mais par cette chaleur, je peux comprendre si tu n'en as pas envie…

Pour toute réponse, Molly ouvrit les yeux et mit un doigt sur la bouche d'Arthur.

— Laisse-moi faire, mon chéri.

Elle se débarrassa de sa jaquette de soie imbibée d'humidité et la lança au pied du lit. Se surprenant elle-même, elle étendit une jambe sur celles du major et vint s'asseoir à califourchon sur lui. Sous les effleurements de sa bouche, elle sentit un frisson parcourir le corps de son mari. Pour lui répondre, Arthur entreprit de lui caresser les seins de ses larges mains pendant qu'elle se laissait glisser sur son membre durci. Molly eut un petit soupir de satisfaction lorsque Arthur fut entièrement en elle et ce dernier grogna de plaisir. Elle entama alors un va-et-vient qui, à mesure qu'il s'intensifiait, les rapprochait de l'instant de jouissance.

— Je t'aime, lui souffla Arthur, une fois qu'ils furent comblés.

Il la fit rouler sur le côté et se retira doucement d'elle. Elle posa sa tête au creux de son épaule et se rendormit au son rassurant de sa respiration, calme et profonde. Arthur recouvrit du drap de coton leurs corps ruisselants et, un sourire de bonheur dessiné sur les lèvres, il la suivit dans les bras de Morphée.

Une demi-heure plus tard, le charme fut rompu par quelques coups timides cognés à la porte de la chambre.

— Maman ? Est-ce que je peux entrer ? murmura la voix de Charlotte.

La réponse ne venant pas assez vite pour elle, la gamine tourna la poignée et passa timidement sa tête blonde dans l'entrebâillement.

— Chut ! fit aussitôt sa mère en lui faisant signe de ne pas réveiller son père.

Molly se leva doucement, enfila rapidement sa robe de chambre et escorta sa fille hors de la pièce.

— Charlotte, je t'ai dit mille fois de ne pas venir déranger ton père le matin, surtout lorsqu'il travaille de nuit.

— Mais, maman, c'est aujourd'hui que commencent mes leçons de dessins. As-tu oublié ? Il est déjà huit heures ! La carriole est prête et Florent veut bien m'y amener, mais il ne connaît pas l'adresse de l'École d'art.

À la fin de l'année scolaire, Charlotte avait insisté pour que ses parents l'inscrivent à des cours d'été, le dessin étant sa récente passion. Dans une lettre de recommandation, sœur Sainte-Anne, une institutrice de la congrégation des Ursulines, y décrivait l'impressionnant talent de son élève pour le dessin, ne manquant pas de préciser que cette dernière était bilingue. Ce qui finit par convaincre la directrice de l'Académie anglaise, une certaine Mme Browne, d'accepter la fillette.

Molly remarqua que Charlotte, soucieuse de son apparence, avait mis sa belle robe verte et avait demandé à Mary de coiffer ses longs cheveux en deux tresses qui tombaient de chaque côté de sa tête et étaient garnies d'un ruban de la même teinte que sa tenue.

Cette petite a vraiment hérité de la coquetterie de sa tante Rachel! se dit Molly, un pincement au cœur au souvenir de sa sœur qui vivait à New York.

Elle prit affectueusement le rond visage de Charlotte entre ses mains et plongea son regard dans les grands yeux bleus de sa fille, qui accentuaient son teint rose et blanc.

— Oh! Pardonne-moi, Charlotte, mais je ne croyais pas qu'il était si tard.

Elles descendirent à toute vitesse l'escalier de chêne et se dirigèrent vers la cuisine. Mary s'y affairait à enfourner trois tartes garnies des fraises qu'elle et la fillette avaient cueillies la veille dans le jardin. Florent, après avoir nourri les chevaux et nettoyé l'écurie, se désaltérait d'un verre d'eau froide, attablé devant sa femme.

— Florent, c'est très gentil de ta part de t'offrir pour aller reconduire la petite, le remercia Molly en entrant dans la pièce. À l'évidence, je ne serai jamais prête à temps… Tu me rends vraiment service.

— Pas de problème, madame Molly, vous pouvez compter sur moi. Je vais même l'escorter jusqu'à sa classe.

Molly lui fit un sourire de gratitude.

— L'académie est sur la rue Sainte-Ursule, près du poste de police.

Elle se retourna vers sa fille et lui indiqua :

— Lors de ton inscription, tu te rappelles, nous avons rencontré Mme Browne. C'est une dame très avenante, je suis certaine qu'elle te recevra…

— Maman, la coupa sa fille, je ne suis plus un bébé. Tu n'as pas besoin de me rassurer. En fait, j'ai très hâte de commencer mes cours.

En prononçant ces mots, Charlotte vit apparaître sa grand-mère Cécile sur le seuil de la porte arrière, tenant dans une main un joli bouquet de fleurs provenant de la roseraie.

— Je sais bien que la canicule se prolonge, Molly, lança la dame, les joues rougies sous son chapeau de paille, mais que fais-tu encore en robe de chambre à cette heure ?

Ne sachant pas trop par où commencer, Molly leva les mains au ciel en soupirant. La réponse ne venant pas, Cécile haussa les épaules. Il faisait trop chaud et elle devait faire tremper ses roses dans l'eau. Elle fut arrêtée dans son élan par sa petite-fille, qui l'accueillit en lui enserrant la taille. D'une main, elle réussit à poser les fleurs sur la table, puis elle se pencha vers Charlotte pour lui déposer un baiser sur le front. En remarquant les rubans qui attachaient les cheveux de la fillette, elle ne put réprimer un large sourire.

— Tu es très mignonne, mon colibri. Pour sûr, ton professeur et les autres élèves ne pourront que te trouver charmante.

Soudain, le cri du coucou de la pendule se fit entendre pour annoncer la demie de huit heures.

— Dépêchez-vous, intervint Molly en faisant signe à Florent et à sa fille de partir. Il ne faudrait pas que tu arrives en retard le premier jour, ma chérie. Et n'oublie pas ton étui de fusains et ton cahier à croquis. Je les ai déposés hier soir sur le meuble sur pied, à l'entrée du portique.

***

Mary s'affairait dans la cuisine à couper les légumes et à déplumer les poulets. N'étant pas des corvées pour elle, elle effectuait ces tâches en fredonnant. Les souvenirs de sa vie de prostituée au service du mercantile Grigori s'étaient peu à peu estompés de sa mémoire. Parfois, son regard se voilait de chagrin d'avoir perdu son fils John, qu'elle avait dû donner en adoption dès sa naissance. Il y avait maintenant près de treize ans. Le seul espoir qu'elle avait de le revoir résidait dans la marque en forme de fer à cheval, que l'enfant avait près de l'œil gauche. Depuis qu'elle était employée comme domestique chez les Rousseau, elle arpentait chaque semaine, lors de ses deux après-midi de congé, les quartiers de la ville dans l'espérance de l'entrevoir au coin d'une rue ou dans un lieu public.

C'est d'ailleurs pendant l'une de ses promenades qu'en mai dernier, elle avait croisé une ancienne connaissance : une prostituée, une Irlandaise elle aussi, qui avait autrefois travaillé à la même taverne qu'elle. Mary descendait l'escalier Casse-Cou qui relie, au milieu de la côte de la Montagne, une partie du quartier Saint-Jean au port. Lorsque la femme avait relevé la tête, Mary avait aussitôt reconnu le visage rouge et vérolé d'Harriet Murphy. Manquant de souffle, cette dernière montait péniblement les marches de bois. À l'évidence, lorsqu'elle croisa la domestique des Lockwell, elle parut étonnée. En remarquant la tenue soignée de son ancienne collègue, la fille de joie avait émis un petit sifflement avant de l'apostropher :

— Mary McKinsey ! Ça alors, la rouquine, si je m'attendais à te rencontrer un jour ! Nous ne t'avons jamais revue après que les policiers t'ont emmenée les deux mains liées dans le dos, comme une misérable ivrogne. Fluette comme tu étais, nous étions persuadées que tu étais morte en prison !

Mary s'était efforcée de lui sourire, mais n'avait pu s'empêcher de lui lancer un regard condescendant.

— Pauvre Harriet ! Comme ça, les filles et toi, vous avez cru les racontars du père Grigori ! Dis-moi, relèves-tu toujours tes jupes pour le compte de ce vieux pervers ?

Habituée aux sarcasmes, Harriet avait haussé les épaules d'indifférence.

— Le patron ! Il est mort il y a trois ans. C'est la Robillard, après l'avoir enduré dans son lit pendant bien des années et soigné dans ses derniers jours, qui a hérité du commerce. La gueuse, elle avait bien calculé son affaire !

Conservant son air digne, Mary lui avait annoncé :

— Eh bien ! Tu pourras dire aux filles que je n'ai passé qu'une seule nuit dans un cachot et qu'aussitôt qu'ils m'ont retrouvée, mes maîtres ont payé la caution et m'ont repris à leur service. Depuis plus de cinq ans, je suis devenue Mme Bolduc, et mon mari, malgré qu'il sache tout de mon passé, m'aime. Alors, ne vous inquiétez plus pour moi, les belles !

Un éclair de jalousie était passé dans les yeux d'Harriet, bien vite assombris par un sentiment d'humiliation.

— Je ne suis pas idiote, j'ai tout de suite vu que t'étais bien fringuée, avait-elle rétorqué. Et puis, tu n'as pas besoin de faire ta pimbêche avec celles qui n'ont pas eu ta chance. Justement, maintenant que tu es devenue une dame, tu n'aurais pas quelques pièces pour moi ? S'il y a quelqu'un qui peut me comprendre, c'est bien toi, la rouquine. Dans le temps, tu ne crachais pas sur une bonne pinte de bière avant d'aller faire le tapin.

Ces mots avaient rappelé à Mary le misérable dénuement dans lequel elle s'était déjà trouvée. Elle avait été prise d'une sensation de frayeur et toute prétention l'avait quittée. Elle avait soudain saisi, dans toute son ampleur, l'image de la malheureuse qu'elle aurait pu devenir, si le Dr Rousseau ne s'était pas trouvé sur sa route. Les mains tremblantes, elle avait donné deux sous à la femme déchue, puis avait dévalé l'escalier sans se retourner.

Cette pitoyable période de mon passé me rattrapera-t-elle donc toujours ! avait-elle songé, découragée.

Deux jours plus tard, elle avait lu dans *Le Journal de Québec* que, ce soir-là, deux soldats avaient découvert le corps sans vie d'une prostituée dans un bosquet aux alentours des Plaines.

Victime d'un meurtre, une certaine Harriet, aux dires des habitués du parc, avait été étranglée et étrangement marquée d'une croix au front. Plus fort que de la compassion, la culpabilité avait envahi Mary, qui depuis, se demandait ce qu'elle aurait pu faire pour aider la malheureuse. Un vieux dicton irlandais lui était alors revenu à la mémoire : *Il fait mauvais aller au bois quand les loups se mangent entre eux.*

Florent la trouva ainsi une cuillère en bois à la main, remuant distraitement le contenu de ses chaudrons, la tête renversée et l'air absent.

— À quoi penses-tu, ma jolie ? lui demanda-t-il en se plaçant derrière elle pour la prendre par la taille.

— Que j'ai la chance d'être aimée !

Elle se retourna vers lui et s'éleva sur la pointe des pieds pour l'embrasser.

Florent Bolduc était né à la campagne, dans un petit village de l'autre côté du fleuve. Il était le neuvième d'une famille de onze enfants, tous des garçons. Au grand désespoir de sa mère, d'ailleurs, qui, au fur et à mesure que les tâches ménagères s'accumulaient, déplorait que l'aide domestique, elle, se faisait rare. Elle avait donc réussi à convaincre son mari que ses trois derniers gamins resteraient auprès d'elle. Florent et ses deux cadets avaient dû apprendre à faire le lavage et l'époussetage, à frotter les planchers, ainsi qu'à s'occuper du jardin de fleurs et du potager. Elle n'avait accepté de les laisser aller aux champs que pendant la période des semences et celle des récoltes.

C'est ainsi que Florent était devenu, malgré lui, un homme à tout faire, tant jardinier, palefrenier, qu'homme de maison. À seize ans, sachant qu'il n'hériterait pas de la terre familiale, il était parti pour la grande ville afin de gagner sa vie. Cela faisait maintenant plus de trente ans qu'il était au service des Rousseau, qui l'avaient choisi pour seconder la bonne de l'époque, Mme Adèle.

C'est à la suite du décès de cette dernière, à l'hiver 1855, qu'ils avaient engagé Mary comme domestique. Florent n'oublierait jamais le jour où Molly lui avait présenté cette timide et chétive femme. Il l'avait trouvée belle, bien qu'elle lui avait semblé plus âgée que les vingt-huit ans qu'elle leur avait déclaré avoir. Quand cette rousse, qui portait une robe usée et de vieilles godasses aux pieds, s'était présentée devant lui, il avait d'abord remarqué ses yeux d'un vert émeraude. Il avait été frappé par ce regard apeuré, empreint de soulagement, comme si elle avait échappé à l'enfer et qu'elle avait réussi, de justesse, à sauver sa peau.

Ce jour-là, comme en cet instant, les yeux de Mary avaient cette expression troublante, qui passait de la gaieté à la mélancolie en une seconde. Il serra davantage sa femme entre ses bras. Il avait toujours su qu'une certaine fragilité l'habitait et qu'il devrait se montrer patient avec elle.

2

Paris, août 1867

Installé dans le bureau de son appartement, Matthew jouait machinalement avec son crayon, essayant de se concentrer sur la préparation de ses cours d'histoire qui débuteraient la semaine suivante. Il glissa son regard vers la fenêtre ouverte, qui faisait entrer l'air doux de cette fin de journée, et prit conscience du chant des oiseaux qui s'étaient perchés sur les branches en fleurs du mimosa du jardin.

Lentement, il renversa la tête sur le dossier de son vieux fauteuil de cuir et attrapa une antique gravure accrochée sur l'un des murs, près de lui. Elle représentait la cité de Paris au Moyen Âge. Il songea alors aux grands travaux qui avaient cours dans cette ville, sous la direction de l'architecte Haussmann, depuis son retour de Québec, en 1855. Les chantiers n'étaient pas encore terminés dans certains arrondissements, mais petit à petit, il avait vu disparaître des bâtiments qui subsistaient depuis des siècles et il avait été témoin de l'apparition de quartiers entiers faits d'immeubles nouveaux.

Le côté typique de la ville en a été tout chambardé ! songea-t-il, une moue aux lèvres. *Le vieux Paris n'est plus ! Ces changements ont certes apporté des avantages ; il y a moins de risque d'incendie et il est plus facile de circuler dans ces grandes allées, mais quel dommage que certains endroits, comme l'île de la Cité, aient perdu tout leur charme !*

Il inspira afin de humer le parfum des fleurs jaunes du mimosa et se mit à penser à sa future réussite financière. Sur les conseils d'investisseurs amis irlandais catholiques, qui avaient également choisi la France comme pays d'adoption, il avait transféré ses placements de la Bourse de Paris à celle de Lyon, qui promettait des gains plus fructueux.

Le soleil déclinant rapidement, il prit soudain conscience que Jane n'était pas encore rentrée. Dans l'après-midi, elle avait pris rendez-vous chez une couturière pour des retouches à effectuer sur une robe du soir. Ils avaient une sortie au célèbre Théâtre-Français et la représentation était à huit heures. En évoquant sa femme, il eut un triste sourire.

Quel drame que notre unique enfant n'ait pas survécu à sa naissance ! Je sais que Jane y pense encore, comme moi d'ailleurs…

Il retira sa montre du gousset de son gilet et l'ouvrit. Elle marquait cinq heures trente. Au même moment, il entendit de l'agitation provenant du vestibule, puis la voix excitée de Jane. Le visage tout rouge d'avoir couru, la jeune femme apparut dans le bureau, coiffée de son chapeau encore noué sous son menton. Elle était suivie du vieux majordome, Flavien, qui peinait à la rattraper. Sous son bras gauche, elle portait un large carton et, de sa main droite, elle tendit une lettre à son mari.

— Ah ! Matthew, tu es là ! Chéri, je suis passé par le bureau de poste et figure-toi que nous avons reçu une lettre… elle vient de Québec ! Je t'en prie, dépêche-toi de l'ouvrir.

Fidèles à la promesse qu'elles leur avaient faite, Molly, Sarah et Rachel entretenaient une correspondance avec leur oncle et leur tante. Matthew était impatient d'en faire la lecture. Cependant, il attendit que Flavien quitte la pièce, les bras chargés de la boîte, du châle et de la coiffe de dentelle de sa maîtresse.

Depuis l'affligeante lettre de Molly, qui lui avait annoncé le décès de Rébecca et celui de Sean, il ressentait toujours une légère appréhension en recevant le courrier. Cependant, au fil des années et des bonnes nouvelles, ce sentiment s'estompait. Il patienta tout de même, le temps que sa femme reprenne son souffle et qu'elle s'assoie.

— Elle est signée de sœur Saint-Jérôme, lui apprit-il, une fois les feuillets dépliés.

— Ah ! Notre chère Sarah. Vas-y, je t'écoute.

Matthew commença d'une voix grave :

« *Québec, juillet 1867*

Chers tante Jane et oncle Matthew,

Après une bonne journée au grand air à cueillir des fleurs et des herbes aromatisées, je me réjouis de prendre la plume pour vous écrire. Eh oui, à mon poste aux archives s'ajoutent des tâches qui consistent en la confection de médicaments à base de plantes et de fleurs.

Vous n'êtes pas sans savoir que ces connaissances sont essentielles à nos consœurs pour soigner et soulager les malades. Depuis leur arrivée en 1639, les Augustines cultivent ces végétaux, dans un grand carré du jardin du monastère. Comme je ne désirais pas devenir infirmière, mais que j'avais facilement appris le latin, la mère supérieure a demandé à sœur Marie des Anges, qui est responsable de la culture des plantes médicinales, de me transmettre ses connaissances. Dans la dernière année, j'ai donc consacré beaucoup de temps à la lecture de dictionnaires spécialisés, d'herbiers et de livres concernant les végétaux. Au fil des mois, j'ai acquis une certaine expertise et la religieuse apothicaire m'a demandé, au printemps, de la seconder dans la fabrication des onguents, des sirops et des pommades.

La semaine dernière, j'ai eu l'agréable visite de Molly au parloir. Ces rencontres sont un précieux lien avec ma famille et, Dieu me pardonne, satisfont ma curiosité sur la vie qui se déroule au manoir.

Cécile et Joseph se portent assez bien. En vieillissant, daddy me semble plus émotif et je le soupçonne d'avoir conservé son poste à l'hôpital seulement pour avoir la possibilité de me voir plus souvent. Mais je vous assure qu'il n'a rien perdu de son mordant lorsqu'il est question de pester contre la présence des militaires britanniques dans Québec, ou contre leur gouvernement, depuis la signature de la Confédération.

De son côté, mommy a bien quelques cheveux blancs et son visage est parsemé d'un peu de rides ; néanmoins, elle poursuit toujours vaillamment son bénévolat auprès des orphelins. Peut-être est-ce grâce à la présence de Charlotte que daddy et mommy semblent conserver l'enthousiasme de la jeunesse.

Molly m'a également décrit la procession de la Fête-Dieu, qui a eu lieu la semaine dernière ; les fidèles qui chantaient les louanges du Seigneur, défilant dans les rues de la ville, ornées de décorations. Notre petite Charlotte faisait même partie de la longue et double file d'élèves en uniforme, placés juste derrière l'archevêque, Mgr Baillargeon, qui lui, portait le Saint-Sacrement. Ce devait être magnifique !

Onze années se sont écoulées depuis votre venue à Québec pour le baptême de Charlotte, votre filleule. Je sais que le voyage en bateau est cher et épuisant, mais cela nous ferait tous un tel plaisir de vous voir à nouveau. Nous parlons souvent de vous deux et du bonheur que nous avons de vous avoir retrouvés, malgré cet immense océan qui nous sépare.

Rachel, Brogan et les jumeaux nous manquent aussi beaucoup. Rachel m'a écrit dernièrement, m'assurant qu'elle vous avait également envoyé de leurs nouvelles. Elle m'affirme que tout va bien ; cependant, je me demande si, à la lecture de sa lettre, vous avez ressenti, tout comme moi, une certaine mélancolie… Ce n'est qu'une impression de jumelle, bien sûr, alors si ce n'est pas le cas, je m'excuse de vous inquiéter pour rien.

Je termine en vous réitérant que j'apprécie ma vie en communauté, bien que difficile ; j'avoue que le lever avant celui du soleil et la frugalité des repas me rendent quelquefois maussade. Cependant, cela me fait apprécier la pomme du dimanche, seul fruit de la semaine. Et comme dit si justement l'une de mes consœurs, sœur Saint-Barthélemy : «Lorsqu'on n'a pas ce que l'on désire, il faut chérir ce que l'on a !»

J'ai trouvé auprès des Augustines une deuxième famille, que j'affectionne beaucoup. Soyez certains, toutefois, que je n'oublie pas la première et que mes prières vous sont également destinées.

Affectueusement,

Sœur Saint-Jérôme de la congrégation des Augustines»

— Voilà, c'est tout ! Tiens, elle a même glissé une image de la Sainte Vierge à travers les feuillets, indiqua Matthew en les tendant à Jane.

— C'est vrai qu'elles se connaissent bien, Rachel et Sarah, mais crois-tu vraiment qu'il est possible que le fait d'être jumelles leur permette de percevoir ce que l'autre ressent, si loin l'une de l'autre ?

Matthew haussa les épaules ; il l'ignorait.

— Pour ma part, quand j'ai lu sa lettre, Rachel m'a paru heureuse. Brogan, revenu presque indemne de la guerre de Sécession, a repris son travail dans la construction. Depuis deux ans, ils habitent un bel appartement spacieux et éclairé, et les enfants grandissent en santé et sont inscrits à l'école du quartier. Il y a peut-être le passage sur l'association dont Brogan fait partie, les Féniens, où je pouvais sentir une certaine inquiétude. Tu sais, ces partisans irlandais qui œuvrent pour l'indépendance de notre pays. Néanmoins, Rachel précisait qu'elle croyait que, maintenant qu'il est père de famille, son mari est assez responsable pour ne pas s'engager dans une lutte désespérée pour libérer l'Irlande.

— J'ai eu la même perception que toi, admit Jane. En général, tout semble bien aller pour eux. Toutefois, pour être tombée amoureuse d'un intrépide rebelle, je peux très bien comprendre les appréhensions de notre chère Rachel. Ces Féniens sont des révolutionnaires radicaux et leur influence peut être dangereuse.

Matthew lui lança un tendre regard.

— Ils ne le sont pas tous, ma chérie, et le Brogan que nous connaissons ne fait aucunement partie de ceux-là. Il a dû aller combattre pour les Nordistes et a certes connu les horreurs d'un champ de bataille ; je t'assure que ça lui a sûrement enlevé le goût de se frotter à nouveau à un conflit armé.

— Tu as sans doute raison, lui concéda Jane en se levant de son fauteuil, et il est plus que temps que j'aille me préparer pour le spectacle de ce soir. J'ai tellement hâte de voir cette jeune comédienne dont tout Paris encense le talent !

— Il semble, en effet, que cette Sarah Bernhardt soit d'une grande beauté et qu'elle incarne à merveille le personnage d'Athalie. Il y a longtemps que j'ai lu cette pièce de Jean Racine et je suis curieux de voir son interprétation.

***

New York, début septembre 1867

Une fois de plus, Brogan arriva ivre à la maison. Il empestait le whisky. Ce soir-là, Rachel n'avait pas l'envie ni la force de se disputer avec lui. Les jumeaux, Maud et Colin, âgés de douze ans, dormaient enfin. Elle décida de ne pas prononcer un mot et, comme si de rien n'était, elle continua son ouvrage de broderie. Cela faisait maintenant plusieurs années qu'elle travaillait pour Ron Boyle à la finition des chics robes que ce couturier reconnu confectionnait.

Brogan fut étonné de cet accueil si calme, étant habitué à un déferlement de reproches. À travers le halo de la lampe à huile, il pouvait voir le beau visage de sa femme et il fut tenté d'aller l'embrasser. Il fit un pas hésitant vers elle, puis il se ravisa : son haleine sentait l'alcool et ses vêtements, le tabac. À coup sûr, elle le repousserait.

— Bonne nuit, Rachel, se contenta-t-il de dire, honteux.

— Bonne nuit! lui répondit-elle sans le regarder, d'un ton qu'elle aurait souhaité plus sec.

Il haussa les épaules et se dirigea dans le sombre corridor qui menait à leur chambre. Rachel soupira en le regardant s'éloigner de la cuisine. De tout son cœur, elle espérait encore pouvoir le sauver.

En 1861, l'esclavage des Noirs persistant, des affrontements civils avaient éclaté aux États-Unis. Les Confédérés des États du Sud, en majorité de riches propriétaires de champs de coton, avaient constitué une armée pour conserver le négoce de cette main-d'œuvre bon marché. Ils projetaient même de se dissocier des États du Nord, qui condamnaient ce commerce. Pour les combattre, le président américain, Abraham Lincoln, qui prônait les droits de l'homme, avait également dû former des troupes pour les combattre, regroupées sous la bannière de l'Union des Nordistes.

Quatre ans plus tard, après une guerre civile qui avait fait plus de 700 000 morts, l'Union avait réussi à vaincre les Confédérés. Quelque temps après avoir passé une loi interdisant ce dégradant trafic, Lincoln avait malheureusement été assassiné.

Dès le début du conflit, les offres d'emploi dans plusieurs domaines, dont celui de la construction, s'étaient mises à se faire rares et plusieurs travailleurs, surtout des immigrants, avaient perdu leur travail. En 1863, ce fut le cas de Brogan et de son ami Patt Connolly.

Quelques mois plus tard, la situation s'était dégradée davantage et les deux chômeurs s'étaient laissé convaincre par leurs camarades Féniens: ils avaient fini par se résoudre à s'engager dans l'armée des Nordistes. En plus de toucher une bonne solde, Patt et Brogan espéraient être considérés comme de vrais Américains par ceux qui se faisaient appeler les «natifs». Ils avaient donc rejoint la brigade des Irlandais du soixante-neuvième régiment de New York.

Cela faisait maintenant deux ans que Brogan et Patt étaient revenus vainqueurs des champs de bataille. Le premier avec une légère blessure au front; le second avec un bras en moins. Cependant, les abominations et les massacres dont ils avaient été témoins les avaient durement marqués psychologiquement.

Peu à peu, l'économie avait repris et M. McGraw, leur ancien patron et entrepreneur, les avait réembauchés avec bonheur; Brogan comme briqueteur et Connolly comme contremaître. Malheureusement, depuis leur retour, plusieurs fois par semaine après leur journée de travail, les deux hommes se rendaient à la taverne et, avec d'autres compères, noyaient leur mal de vivre dans l'alcool.

Ces deux années, pendant lesquelles Brogan était parti combattre, Rachel avait craint pour la vie de son mari. Bien sûr, si grâce à Dieu, il lui revenait, elle s'attendait à ce qu'il soit blessé ou marqué par la guerre, mais jamais elle n'aurait pu imaginer qu'il en revienne prisonnier du même vice que son père: l'infâme boisson.

Brogan faisait de fréquents cauchemars et se réveillait en sueur, le regard vide. Avec Rachel, il parlait rarement de ce qu'il avait vécu pendant la guerre, sinon par bribes. Cependant, son épouse concevait que cela avait dû être horrible. Son cœur était tiraillé entre la colère que lui inspirait le comportement faible et influençable de Brogan et la compassion qu'elle éprouvait pour cet homme que la barbarie de la guerre avait brisé.

Les Reilly habitaient à présent un confortable logement dans Brooklyn. Néanmoins, le penchant de Brogan pour la boisson mettait de plus en plus en péril la stabilité financière de la famille, sans parler de la lourde atmosphère que son tempérament instable faisait peser sur la maison.

Il était évident que Brogan adorait ses enfants, mais les jours où il rentrait soûl, toute tendresse et toute patience l'abandonnaient. Dans ces moments, les jumeaux préféraient se réfugier dans leur chambre et lui, dans un profond mutisme.

En contrepartie, lorsqu'il était sobre, Brogan était un père et un mari affectionné. Il pouvait passer la soirée à raconter à Maud et à Colin des légendes celtiques remplies d'elfes, de magiciens et de fées. Les mêmes histoires que sa mère lui avait racontées lorsqu'il était enfant. Le récit préféré des jumeaux était celui où le vent se servait d'une carcasse de baleine comme d'une harpe. La musique de son souffle salin s'harmonisait au chant des vagues qui venaient se briser sur le rivage de la mer d'Irlande. Puis, une fois les enfants couchés, il entraînait sa femme dans leur chambre.

— Tu as raison, Rachel, ça ne peut plus continuer. Je te promets que demain, c'est la dernière fois que j'irai à la taverne, lui répétait-il. Mais je dois aller le dire aux gars et essayer de convaincre Patt d'en faire autant.

Ensuite, il l'enlaçait et ils faisaient l'amour. Au début, il semblait si sincère qu'elle s'abandonnait à lui, incapable de résister. Elle avait toujours aimé sa manière de faire l'amour. Cependant, après une semaine de sobriété, il retournait boire à la taverne, prétextant une réunion importante avec les Féniens ou encore une rencontre avec un ancien camarade de combat.

Rachel croyait de moins en moins aux promesses d'ivrogne de son mari et s'attristait de voir leur amour s'effriter.

Dieu merci ! J'ai la chorale de l'église, songea-t-elle en bâillant, *et mon amie Eileen qui vit de semblables tourments avec son mari. Bon ! Ça y est, j'ai la migraine. Il est temps que je range mes aiguilles et mes fils et que j'aille me coucher.*

Une fois déshabillée, elle s'allongea près de Brogan, qui dormait profondément. Elle se souleva sur un coude et se mit à l'observer à la lueur de la lampe.

Seigneur ! Je sais que cet homme est foncièrement bon, mais cette maudite guerre l'a détruit. Si seulement je savais quoi faire pour qu'il se ressaisisse et qu'il redevienne le père et le mari aimant qu'il était auparavant. Je ne sais vraiment pas combien de temps encore je vais pouvoir endurer cette misérable situation…

Elle resta ainsi, songeuse, jusqu'à ce que la flamme de la lampe vacille et que le sommeil l'emporte, faisant basculer sa tête sur l'oreiller.

***

Québec, 15 octobre 1867

L'automne approchait et le temps tournait à la pluie. Au couvent, en attendant que la cloche sonne pour qu'elle se rende au réfectoire, sœur Saint-Jérôme observait par la fenêtre de sa chambrette le ciel s'assombrir de gros nuages noirs.

Par chance, nous avons eu le temps de cueillir les dernières baies de sureau, de déterrer les racines de valériane et de pailler les arbres fruitiers avant le grand gel. Pour les autres récoltes, il faudra attendre au printemps, car ce mauvais temps est certes un prélude à l'hiver!

La religieuse appréciait ses nouvelles tâches d'aide-apothicaire. Elle se sentait estimée par sœur Marie des Anges et, plus elle approfondissait ses connaissances sur les vertus des plantes, plus son travail lui plaisait. À cette pensée, elle eut un fier sourire; depuis quelque temps, elle se sentait sereine.

Au fil des années, grâce à une vie paisible au monastère, elle avait guéri du traumatisme causé par l'assassinat de son père. Néanmoins, elle n'avait rien oublié de cette terrible nuit et il arrivait que ces douloureux souvenirs s'imposent à elle. Dans ces moments, elle se rendait à la chapelle pour prier. Elle y trouvait la pureté d'un silence impossible à trouver ailleurs que dans ce lieu.

Comme elle s'agenouillait sur le prie-Dieu de sa chambre, face au crucifix suspendu au mur, pour réciter ses prières, des coups frappés à sa porte vinrent la distraire. En ouvrant, elle reconnut la mère supérieure, le visage décomposé et les yeux emplis d'effroi. C'était si inhabituel que la religieuse posa une main sur son cœur, soudain inquiète.

— Mère Sainte-Clothilde, mais que se passe…

Elle n'eut pas le temps de terminer sa phrase. La directrice la repoussa à l'intérieur de la pièce et referma la porte derrière elle.

— Une chose terrible est arrivée, sœur Saint-Jérôme, terrible ! répéta-t-elle d'une voix chevrotante en faisant mille efforts pour reprendre son aplomb. En me rendant aux cuisines, j'ai… Oh ! C'est trop horrible…

Elle lança un regard suppliant, comme si elle souhaitait que sa consœur devine ce qu'elle n'arrivait pas à lui révéler.

— Allons ! Calmez-vous, ma Mère, venez vous asseoir sur le bord du lit et dites-moi ce qui vous arrive.

La mère supérieure, après avoir pris une profonde inspiration, parvint à balbutier :

— Notre chère sœur Saint-Barthélemy… elle gît sur le plancher… étranglée par son chapelet… Elle ne respire plus, elle est morte. C'est une affreuse vision…

— Sœur Saint-Barthélemy, décédée ! s'exclama sœur Saint-Jérôme, qui eut l'impression que son cœur allait lui sortir de la poitrine.

Sarah s'était attachée à la dévouée religieuse, responsable des repas.

— Comment un tel accident a-t-il pu se produire ?

Le visage de la mère supérieure se durcit.

— Vous ne comprenez donc pas, elle aurait été assassinée !

Pendant un bref instant, sœur Saint-Jérôme en resta muette d'étonnement.

— Un meurtre ! Ici, dans le monastère ! Comment est-ce possible ?

Elle qui s'était toujours crue en sûreté au couvent, jamais elle n'aurait pu penser y revivre un assassinat. Elle sentit monter en elle un vertige et dut s'appuyer sur l'accoudoir du prie-Dieu. La voyant blêmir, la directrice, qui avait retrouvé une partie de son calme, lui prit fermement les deux mains. Elle lui parla d'un ton résolu :

— Je sais que vous vous entendiez bien, toutes les deux, et que c'est un drame effroyable. Je comprends votre angoisse, mais j'ai besoin que vous vous ressaisissiez. En fait, il n'y avait qu'à vous à qui je pouvais m'adresser, sœur Saint-Jérôme. Il faut que vous alliez discrètement alerter votre beau-frère qui est policier ; il saura quoi faire. Pour l'instant, je ne voudrais surtout pas alarmer les autres Augustines.

Sœur Saint-Jérôme s'accorda un court instant pour respirer profondément et réussit à réprimer un frisson. Le visage inondé de larmes, elle attrapa d'une main tremblante sa cape suspendue à l'un des crochets de son porte-voile.

— À cette heure matinale, le major doit être encore au manoir, balbutia-t-elle. Je vais faire le plus vite que je peux, ma Mère!

La directrice se leva péniblement et, d'un triste hochement de tête, lui démontra sa reconnaissance.

— De mon côté, je vais mettre sous clé la porte des cuisines avant de sonner la cloche, puis je réunirai les religieuses dans la chapelle.

Elle se signa d'un signe de croix en levant son regard vers le ciel et ajouta d'une voix grave:

— Que le Seigneur tout-puissant et miséricordieux accueille l'âme de notre sœur dans la paix éternelle!

3

Québec, couvent des Augustines, le même jour

Le major Lockwell, assisté de son second, Guy Poulin, venait de terminer l'inspection de la scène du crime, laquelle se situait près de l'escalier en colimaçon menant à la cave. Là étaient entreposées les provisions alimentaires dont dépendaient le couvent et l'hôpital. Aussitôt, Arthur donna son accord aux brancardiers, qui attendaient depuis une bonne heure : ils pouvaient transporter la dépouille de la religieuse à la morgue, pour l'autopsie.

Il fronça les sourcils.

Encore une croix tracée sur le front ! Identique à celle retrouvée sur la prostituée également étranglée, le mois dernier, sur les Plaines.

— Mais que peuvent bien avoir en commun, à part la façon dont elles ont été tuées, une religieuse et une putain ? se demanda-t-il à voix haute en inscrivant cette question sur son calepin à élastique.

— Eh bien ! Si vous réussissez à dénouer cette énigme, avança son collègue en sortant de la pièce derrière lui, vous m'épaterez, major !

Arthur haussa les sourcils, surpris qu'on l'ait entendu.

— Je crois que nous ne serons pas trop de deux pour résoudre ces crimes, Guy. Donc cesse ces flatteries, et au travail ! Pendant que je vais m'entretenir avec la mère supérieure dans son bureau, interroge les religieuses sur leurs allées et venues d'hier et de cette nuit. Fais-les venir, une à la fois, au parloir. Commence par les religieuses soignantes qui doivent se rendre auprès de leurs patients, à l'hôpital. Pour interroger les sœurs converses, qui se sont réunies au réfectoire, je viendrai te rejoindre.

Avant de prendre congé, Arthur se fit insistant :

— Et du doigté, Guy ! Ces femmes sont assurément bouleversées. Cette affaire est très délicate, alors pas de brusquerie.

Poulin lui tourna le dos en grognant, irrité que le major lui ait fait cette remarque. Il pouvait très bien se montrer posé quand la situation l'exigeait.

Le bureau de sœur Sainte-Clothilde était une vaste pièce qui, malgré la pluie qui persistait au-dehors, était étonnamment claire grâce aux trois immenses fenêtres donnant sur les jardins du monastère. La religieuse qui accueillit le major était de forte corpulence et avait le teint encore pâle d'émoi. Sous des verres épais, son regard brillait d'intelligence et, dans son ensemble, son attitude semblait pourvue de bon sens et de volonté. Elle lui fit signe de s'asseoir sur l'une des deux chaises qui faisaient face à son secrétaire.

— Major Lockwell, je suis atterrée ! Vous comprendrez que ce crime bouleverse notre petite communauté et que, bien sûr, je compte sur votre discrétion.

— Nous ferons de notre mieux et j'espère que nous trouverons rapidement l'assassin, ma Mère. Mais dites-moi, cette religieuse avait-elle des ennemis ici même, au monastère ?

La religieuse se formalisa :

— Si vous faites allusion aux religieuses, sachez que je me porte garante de chacune d'elles.

— Je suis désolé, sœur Sainte-Clothilde, je ne voulais pas vous offenser. Toutefois, vous devez comprendre que je dois faire une enquête. Je ne pensais pas essentiellement à vos consœurs, mais aux médecins ou aux autres visiteurs qui se présentent au couvent. Vous êtes la directrice, alors cela m'aiderait de savoir si vous avez des soupçons.

Elle parut hésiter un bref instant, puis lui apprit :

— Avant votre arrivée, j'ai eu amplement le temps de réfléchir aux derniers événements. En fait, je sais peut-être qui aurait pu s'en prendre à notre généreuse sœur Saint-Barthélemy.

Surpris, le major se redressa sur sa chaise, saisit son crayon dans la poche de son veston et ouvrit son carnet.

— Vous avez toute mon attention, ma Mère.

— Voilà ! À la fin de son noviciat, au printemps dernier, sœur Saint-Barthélemy a été affectée aux cuisines. Un matin, elle a surpris un homme et son fils en train de piller notre potager et a eu pitié de la pitoyable condition dans laquelle leur famille était plongée. Avec mon autorisation, elle a pris l'habitude de donner quelques légumes à ces gens dans la misère. Cependant, comme il ne lui était pas toujours possible de leur en fournir, elle accrochait un morceau de tissu vert sur la corde à linge qui donne sur la cour arrière, pour les avertir qu'ils pouvaient venir.

Devant le visage devenu grave du policier, elle s'interrompit brusquement, comprenant l'impact de sa dénonciation. D'un regard, l'enquêteur la pressa de poursuivre.

— Je suis allée voir dehors… le linge y est toujours accroché.

Elle fit une pause, avant d'ajouter :

— Malheureusement, je ne les ai jamais rencontrés et je n'ai aucune idée de leur nom. Je sais juste qu'à part le fils aîné, le couple avait deux autres enfants en bas âge. Comme elle était l'amie de la victime, sœur Saint-Jérôme pourra peut-être vous en apprendre davantage.

Puis, comme si elle regrettait sa déclaration, prenant conscience qu'elle pouvait nuire à cette famille, elle s'empressa de préciser :

— J'ai vérifié et rien dans la dépense n'a été dérobé. Il ne manque que l'habituelle boîte en carton qu'elle remplissait de quelques légumes et de pain.

La directrice soupira, se leva péniblement, puis se dirigea vers l'une des fenêtres. Il y eut un silence qu'Arthur n'osa pas briser. On entendait les gouttes de pluie, poussées par l'orage, venir tambouriner sur la vitre. Au loin, le tonnerre gronda.

— Ce serait épouvantable si vous découvriez qu'ils sont les assassins ! finit-elle par dire, les bras croisés sur sa large poitrine. Voyez-vous, elle avait une grande affection pour ces pauvres gens. Elle se sentait tellement redevable envers eux.

Arthur demanda à son interlocutrice :

— Redevable ? Mais pourquoi ?

La mère supérieure vint se rasseoir.

— Avant de prendre le voile, sœur Saint-Barthélemy s'appelait Rose-Aimée Trudel. Ce nom ne vous rappelle rien, major ?

Arthur réfléchit un moment, puis son regard s'assombrit.

— L'épicerie Trudel ! C'est dans l'entrepôt de ce commerce que l'effroyable incendie de l'automne dernier a éclaté.

La religieuse acquiesça de la tête.

— Son mari, Adolphe, avait réussi à la sauver des flammes. Mais aussitôt sa femme en sécurité, il est retourné dans le brasier pour essayer d'éteindre le feu. Il y a perdu la vie.

— Une telle tragédie ne s'oublie pas, poursuivit Arthur. Malheureusement, un fort vent s'est levé et le feu est devenu incontrôlable. Plus de mille maisons ont été rasées dans le faubourg Saint-Roch et dans le quartier Saint-Sauveur. Quelle terrible catastrophe ! Tant de morts et de blessés !

Il se tut, le temps d'un soupir.

— Du jour au lendemain, la criminalité dans ce secteur a augmenté et…

— Rose-Aimée s'est toujours sentie responsable de ce désastre, l'interrompit la religieuse, bien que la cause de l'incendie n'ait jamais été découverte. Elle n'a pas supporté de voir ces hommes, ces femmes et ces enfants, qui, en quelques heures, se sont retrouvés à la rue. C'est la raison pour laquelle, devenue veuve et sans enfant, elle a décidé de devenir l'une des nôtres. Elle a insisté pour porter le nom de l'apôtre et martyr saint Barthélemy. Depuis, cette femme très pieuse n'a jamais cessé d'espérer le pardon de ces miséreux.

Machinalement, Arthur se frotta le menton, puis tortilla la pointe de son épaisse moustache.

— On pourrait penser qu'après avoir découvert, par hasard, la vraie identité de la sœur, le père, à bout de ressources, ait voulu se venger… à moins que ce soit le fils ?

Un silence presque palpable suivit. Sœur Sainte-Clothilde se demandait quel sort attendrait cette pauvre famille, si tel était le cas. De son côté, Arthur réfléchissait, les yeux fixés sur son calepin. Après un court instant, il glissa son regard vers la mère supérieure.

— Le prénom d'Harriet vous dit-il quelque chose, ma Mère ?

— Non, absolument rien, lui répondit-elle, après réflexion. Mais quel est le lien avec notre sœur Saint-Barthélemy ?

— C'est exactement ce qu'il faut que je découvre, déclara-t-il en se levant. Je vous remercie de votre témoignage ; il me sera très utile.

Avant de sortir, il se retourna, comme si une idée venait de jaillir dans son esprit.

— Par hasard, ma Mère, vous souvenez-vous de la date exacte de cet incendie ?

— Je m'en souviens très bien. C'était le 14 octobre de l'automne passé.

— C'est bien ce que je pensais : la même date qu'hier, un an, jour pour jour. En tout cas, il y a de bonnes chances que ce meurtre soit directement lié à cet effroyable incendie !

Il salua d'une lente inclinaison de la tête sœur Sainte-Clothilde, muette d'affliction derrière son large bureau en chêne verni, puis il franchit la porte. Une fois seule, la religieuse se recueillit pendant une bonne minute, puis prit une longue inspiration. Il lui fallait à présent informer l'archevêché.

***

Québec, 17 octobre 1867

Une fois Charlotte bordée et les grands-parents retirés chacun dans leur chambre, Arthur et Molly s'installèrent dans le grand bureau que le major et le docteur se partageaient depuis quelques années. La veille, Arthur avait confié à sa femme le triste destin de Rose-Aimée Trudel et les raisons qui avaient poussé celle-ci à entrer au couvent. Molly, curieuse, voulait donc profiter de ce moment d'intimité avec son mari pour en apprendre davantage sur le développement de l'enquête en cours.

— Eh bien ! Poulin a soutiré bien peu d'informations aux Augustines, l'informa Arthur en se remémorant le résumé que lui avait fait son second. La plupart de ces femmes n'étaient même pas au courant des dons que distribuait leur consœur. Elles ont affirmé n'avoir rien remarqué d'inhabituel la veille du meurtre. Elles avaient vaqué à leurs activités quotidiennes, soit à l'hôpital ou dans le couvent, et assisté à leurs périodes de prières.

— Lorsque Sarah est venue te chercher, hier matin, je me rappelle qu'elle m'a parlé de la visite de l'aumônier. Il était passé au monastère, au début de la soirée, afin d'entendre des religieuses en confession.

— Oui, quelques-unes l'ont mentionné à Poulin. Il s'agit de l'abbé Dufour. Les sœurs semblent l'apprécier ; elles l'ont décrit comme un jeune homme grand, robuste, aux cheveux aussi noirs que sa soutane, timide et très pieux. J'ai demandé à Guy d'aller le rencontrer demain.

— Sarah m'a semblé affligée par la perte de sœur Saint-Barthélemy. Elle m'a confié qu'elles étaient très proches.

— J'imagine que cette mort tragique n'est certes pas sans lui remémorer l'assassinat de votre père.

À la lumière des bougies, il vit les yeux de Molly s'embuer. Elle battit des paupières comme pour chasser sa tristesse, puis ajouta :

— Elle m'a surprise par son calme. Elle semble plus facilement maîtriser ses angoisses, ce qui m'a rassurée. Lors de son interrogatoire, elle vous a sans doute donné plus de détails sur la famille que la sœur aidait.

— En effet, il leur arrivait de s'entretenir du triste sort de ces miséreux. Sarah nous a même dit avoir aperçu à quelques reprises l'homme et son fils, attendant patiemment leur boîte de vivres dans le portique de la cuisine. Elle a donc pu nous les décrire.

Arthur sortit son carnet et prit le temps de relire ses notes en diagonale.

— Le père, un dénommé Maurice Fournier, est un homme grisonnant, probablement dans la quarantaine, de taille moyenne. Il travaillait comme bedeau à l'église de la paroisse Saint-Sauveur. Ce bâtiment a également été détruit par le feu. Le fils se prénomme Jean, il a les cheveux roux et le visage parsemé de taches de rousseur. Elle croit qu'il doit être âgé d'environ quatorze ans. Tous les deux étaient vêtus pauvrement et semblaient amaigris. Sarah nous a grandement aidés en nous fournissant leur nom. Par contre, elle n'a jamais vu ni la mère ni les deux autres enfants, une fillette et un jeune garçon, d'après ce que lui aurait appris sœur Saint-Barthélemy.

La bouche d'Arthur se contracta en une moue désolée.

— À la suite de l'incendie, ils ont tout perdu : leur logement, leurs biens, leurs souvenirs. Et le père a aussi perdu son travail.

— Quel terrible drame ! ne put s'empêcher de s'exclamer Molly, une main sur le cœur. Tu crois qu'il aurait reconnu Mme Trudel dans son habit de religieuse et qu'il aurait voulu se venger ?

— C'est fort possible, mais tant que nous ne pourrons les interroger, ça demeurera une hypothèse.

— Et son fils, Jean, il aurait pu aider son père ?

— Ou peut-être est-il seulement un témoin, reprit Arthur d'une voix prudente.

Arthur se redressa dans son fauteuil et entreprit de bourrer sa pipe. Molly posa une main sur le bras de son mari.

— Toute cette histoire est assez troublante, mon chéri. J'imagine que Sarah ne sait pas où ils peuvent s'être relogés.

— Non, et les recherches s'annoncent laborieuses.

Avant d'enchaîner, le major alluma sa pipe et la fuma à petites bouffées.

— Un mandat d'arrêt a été lancé contre eux, pour le meurtre de sœur Saint-Barthélemy. Hier et aujourd'hui, les agents ont patrouillé un peu partout dans la Basse-Ville et dans les environs du monastère. Néanmoins, malgré leur détermination, ils ne les ont pas encore repérés. Demain, ils reprendront les recherches vers la Haute-Ville et les plaines d'Abraham.

— Est-ce bien à cet endroit qu'a été découverte cette autre femme morte dans les mêmes circonstances ? Elle se prénommait Harriet, il me semble…

Elle ne termina pas sa phrase, car un fracas de vaisselle la fit sursauter derrière elle.

— Mon Dieu ! s'exclama Mary.

Au prénom d'Harriet, la domestique, qui venait leur servir une tisane, avait laissé tomber son plateau.

— Oh ! Je suis désolée, madame Molly, s'excusa-t-elle en se penchant pour ramasser les morceaux de tasses éparpillés sur le tapis, mais je connaissais cette Harriet et…

Trop émue, Mary ne put terminer sa phrase. Le regard de Molly croisa celui de son mari. Le visage de ce dernier devint grave.

— Quoi ? Qu'as-tu dit, Mary ? lui demanda aussitôt Arthur.

— Je ne pensais pas que ça pouvait avoir de l'importance, expliqua la servante d'une voix mal assurée.

— Allons, Mary, laisse ces tasses cassées où elles sont et viens plutôt t'asseoir dans ce fauteuil, l'invita Molly. Crois-moi, mon mari appréciera la moindre information qui lui permettra de résoudre cette affaire.

— Mary, tout ce que vous pourrez me dire me sera, en effet, très utile. J'en déduis donc que vous avez côtoyé cette Harriet lorsque vous viviez à la taverne du port, c'est bien ça ? s'informa-t-il aussitôt que la domestique fut installée.

Elle acquiesça.

— Elle y était déjà quand je m'y suis fait engager, monsieur. Son nom complet était Harriet Murphy. Sa mort m'a vraiment bouleversée, car, voyez-vous, je l'ai rencontrée ce jour-là, quelques heures avant… qu'elle se fasse tuer. Je descendais l'escalier Casse-Cou et elle le montait.

— Je comprends que c'est bouleversant pour vous, Mary, l'assura Arthur de sa voix chaude, mais vous m'aideriez grandement si vous pouviez m'en dire davantage sur cette Harriet Murphy.

— Eh bien, je ne voudrais pas parler en mal d'une morte, mais elle était plutôt vulgaire et buvait beaucoup.

Elle marqua un temps, sembla réfléchir, puis reprit :

— Ah oui ! Je me rappelle qu'elle m'avait confié être tombée enceinte, bien avant que je la connaisse. Je n'en sais pas plus, si ce n'est qu'elle avait laissé son bébé, un garçon, au curé d'une église. Il doit bien avoir la mi-vingtaine, à présent.

Le major la gratifia d'un sourire encourageant.

— Vous souvenez-vous de quelle paroisse il s'agissait ?

Le visage dans les mains, la domestique dut faire un effort de concentration.

— Dans le quartier Saint-Sauveur, lança-t-elle soudain en relevant la tête avec une expression de fierté dans les yeux. Je m'en souviens parce que j'avais été scandalisée lorsque Harriet s'était vantée que ce prêtre avait été l'un de ses clients.

Remarquant l'embarras et la tristesse de Mary à l'évocation d'un enfant abandonné, qui probablement lui rappelait le sien, Arthur la remercia d'une pression de la main et ne la retint pas plus longtemps.

Après le départ de la domestique, il demeura songeur. Il se mit à suivre des yeux la fumée qui sortait de sa pipe et qui montait vers le plafond.

— Je sais à quoi tu penses, le dérangea Molly. Cette église est celle où M. Fournier a été sacristain et qui a passé au feu, n'est-ce pas ? Cette chapelle pourrait constituer un lien entre Fournier et les deux femmes assassinées.

Sans attendre la réponse de son mari, elle lança :

— Tu y crois, toi, à cette histoire de curé qui aurait été son client ? D'après moi, cette fille de joie a dû inventer ça pour impressionner ses compagnes. Pour moi, c'est une chose impensable !

Arthur, qui avait effectué plusieurs rondes et arrestations dans les quartiers portuaires au début de sa carrière de policier, savait pertinemment que cela pouvait être, au contraire, très plausible. Il leva les yeux au ciel, mais ne répondit pas, ramenant la conversation sur le bedeau :

— Bon ! Admettons que Maurice Fournier ait surpris la prostituée lorsqu'elle a laissé son nourrisson à l'église, je ne vois pas là un motif pour l'assassiner.

— À moins que ce soit lui, le client d'Harriet, et non le curé ! avança Molly.

Arthur haussa les épaules.

— Là encore, ce n'est pas une raison pour la tuer, à moins… à moins qu'elle l'ait fait chanter. Cette supposition, si elle se révèle vraie, pourrait être un élément à considérer.

Après un court silence, Molly passa une main distraite dans ses cheveux détachés avant d'ajouter :

— Je me demande bien ce qu'il est advenu du bébé abandonné… D'après Mary, ce garçon devrait aujourd'hui être âgé d'environ vingt-cinq ans. Je serais curieuse de savoir si le curé qui l'a recueilli lui a trouvé une bonne famille. Crois-tu que sœur Saint-Barthélemy, alias Rose-Aimée Trudel, et son mari auraient pu l'adopter ?

— Non, pas les Trudel. D'après la mère supérieure du couvent, ils n'ont jamais eu d'enfant.

— Un autre couple, alors, aurait pu adopter le nourrisson. Si c'est le cas, ces gens pourraient peut-être avoir des liens avec les crimes !

Son mari la regarda, admiratif. Elle venait de lui donner une autre piste à suivre.

— Peut-être pas les parents adoptifs, mais l'enfant qu'ils ont recueilli. Je vais envoyer Poulin à la recherche du vieux prêtre qui était responsable de cette paroisse à l'époque. Il serait intéressant de l'interroger. Bien que l'église soit encore en ruine, Poulin pourra certainement savoir où se trouve ce curé et ce qu'il est advenu du bambin d'Harriet en s'informant à l'archevêché.

Il réfléchit un instant, puis glissa, légèrement sceptique :

— Nous n'avons rien à perdre de le retrouver, mais je m'interroge. Pourquoi cet homme voudrait-il tuer sa mère ? Et quel lien pourrait-il avoir avec la religieuse ?

Molly se leva et ne put réprimer un bâillement.

— Trop de questions et tant de misère ! Je serai vraiment soulagée lorsque tu cloras cette enquête, lui confia-t-elle.

Arthur prit le temps de vider sa pipe dans le foyer en la frappant contre son talon et de la replacer sur le manteau de la cheminée, puis il sortit de la bibliothèque à la suite de sa femme.

La nuit était avancée et la journée avait été longue. En se dirigeant vers le superbe escalier de chêne, ils croisèrent Florent qui sortait de leur chambre avec une chaudière de cendres. Il venait d'y préparer une dernière flambée dans l'âtre, pour les quelques heures qu'il restait avant le lever du jour.

4

Québec, 18 octobre 1867, à l'aube

Le brouillard se levait et les silhouettes qui sortaient du logement délabré de l'arrière-cour de la côte de la Montagne se voyaient distinctement. Près de son collègue Guy Poulin, le major observait le père et l'aîné des enfants Fournier se diriger vers le fourgon cellulaire, escortés par deux agents de police. Ces derniers, grâce à un informateur, avaient repéré la famille et l'avaient aussitôt signalée au major. Arthur avait insisté pour être présent lors de l'arrestation du père et du fils.

Maurice Fournier, les mains menottées dans le dos, avait exactement la silhouette que Sarah leur avait décrite. À la lueur de la lanterne, Arthur remarqua que l'homme se mordillait nerveusement la lèvre en lançant vers lui un regard affolé. Suivait derrière M. Fournier un jeune garçon aux épaules larges, au cou trop long. Son ample pantalon laissait deviner des jambes décharnées. Il plissait les yeux, encore endormi, et une large mèche de cheveux roux tombait sur son front, sous une calotte qui semblait vissée à sa tête. Au contraire de son père, une colère sourde perçait dans ses yeux. Dans le chambranle de la porte du logement, Mme Fournier, vêtue d'une longue jaquette usée, les joues creuses et le regard vide, tenait par la main ses deux autres enfants. Tous les trois étaient figés de stupeur.

Le major observa attentivement les deux petits.

Étrangement, ils ne ressemblent pas à leur grand frère. Ils ont les cheveux bruns et leurs yeux, bien qu'ils aient des reflets verts, sont plutôt marron. La fillette doit être un peu plus vieille que Charlotte et le gamin a environ cinq ans. Ils ont un air beaucoup trop sérieux pour des enfants, en fait, ils me semblent tristement dépourvus de toute candeur enfantine !

Devant la misérable condition de ces gens, il eut un déplaisant sentiment de gêne qu'il dut réprimer aussitôt. Il se dirigea vers la femme et, lorsqu'il s'en approcha, elle sortit aussitôt de sa torpeur et recula, le regard accusateur :

— Dites-moi au moins pourquoi vous les arrêtez, exigea-t-elle en le défiant du regard. Mon mari et mon fils n'ont rien fait de mal.

— C'est une affaire très sérieuse, madame. Votre mari est accusé du meurtre d'une religieuse et votre fils, de complicité, lui expliqua Arthur d'une voix grave.

Puis, ne pouvant réprimer un certain trouble, il se retourna vivement. Il fit signe à Poulin et aux agents de vite partir avec le fourgon qui transportait les prisonniers.

Juliette Fournier, en pleurs, s'accrocha davantage à ses gamins pour ne pas s'écrouler de désespoir. Les prenant par les épaules, elle les fit pivoter vers l'intérieur de leur appartement délabré, le cœur aussi triste que ce matin de grisaille.

Elle ne pouvait pas croire aux malheurs et aux injustices qu'ils vivaient depuis l'abominable incendie. Avant de rentrer, à son tour, elle leva son regard vers le ciel couvert d'épais nuages.

Qu'avons-nous bien pu faire de si mal pour ainsi nous attirer la malédiction de Dieu ?

Délibérément, Arthur décida de se rendre à pied au commissariat. Cela lui donnerait le temps de rassembler ses idées et de retrouver sa logique. Tout en marchant, il dut faire d'énormes efforts afin d'analyser la situation avec froideur.

* * *

Lorsqu'il entra chez lui ce soir-là, il était presque minuit. L'unique lampe allumée et le silence qui l'accueillit lui indiquèrent que tout le monde était couché. Mais bien vite, Mary, qui ne sommeillait que d'un œil et qui était habituée aux horaires atypiques du major, se précipita à sa rencontre. Elle avait les cheveux ramassés sous un bonnet de nuit et était vêtue d'une robe de chambre en flanelle, boutonnée jusqu'au cou.

— Bonsoir, monsieur ! Vous devez être épuisé et affamé ; je vais de ce pas vous servir votre souper. Ce sera vite fait, car je n'ai qu'à sortir votre assiette du réchaud du poêle.

— Je vous remercie, Mary, une bonne tisane suffira, lui répondit Arthur.

Mais la domestique franchissait déjà le couloir qui menait à la cuisine et poursuivait son babillage :

— Madame Molly vous a attendu jusque vers onze heures, puis elle s'est résignée à monter à votre chambre. Elle m'a demandé de l'avertir à votre retour…

— Ce ne sera pas la peine, l'interrompit Molly, qui la fit sursauter en entrant dans l'office. Tu peux aller te recoucher, ma brave Mary. Je me charge du repas de mon mari.

Remise de son étonnement, la servante se mit à frotter le rebord de l'évier en prenant son temps, curieuse d'entendre les derniers développements de l'enquête. Toutefois, devant le regard insistant du major, elle n'eut d'autre choix que de quitter la pièce et d'aller rejoindre Florent, dans leur lit conjugal.

Tout comme Mary, Molly avait attendu impatiemment le retour d'Arthur. Elle avait hâte qu'il lui confie les détails de l'interrogatoire.

— Ma chérie, je n'ai pas vraiment faim, l'informa-t-il aussitôt en la voyant lui servir une assiette composée d'une poitrine de poulet rôti, de pommes de terre et de haricots verts. J'ai déjà mangé un sandwich au jambon, au poste. Une tisane de verveine fera mon bonheur, je t'assure.

Molly déposa l'assiette dans la glacière et se dirigea vers le poêle.

— Alors, raconte-moi, insista-t-elle en mettant la bouilloire d'eau sur le rond.

Arthur prit une profonde inspiration, puis amorça son récit :

— Lorsque je suis arrivé au poste, le fils était déjà installé dans une salle à part de son père. J'ai rejoint Poulin dans une autre pièce. Il m'attendait pour mettre Maurice Fournier au courant des accusations portées contre lui : meurtre d'une religieuse et possiblement celui d'une fille de joie. Aussitôt, ce dernier nous a dévisagés, effaré et craintif. Il a juré sur la tête de sa femme et sur celle de ses enfants qu'il n'avait jamais fréquenté de prostituée, qu'il ne connaissait aucune Harriet Murphy et que la sœur était vivante lorsque son fils et lui avaient quitté la cuisine du couvent. « Sœur Saint-Barthélemy était la seule personne qui nous venait en aide, s'est-il défendu. Nous n'avions aucune raison de nous en prendre à elle… Et maintenant, comment vais-je pouvoir nourrir ma famille ? »

— Savait-il qu'elle était l'épicière Rose-Aimée Trudel ? demanda Molly.

Arthur avala une gorgée du chaud breuvage, avant de répondre :

— Lorsque je le lui ai appris, il a paru sincèrement décontenancé et il nous a affirmé que non. « Je comprends maintenant pourquoi elle tenait tant à nous secourir ! » a-t-il simplement prononcé en tortillant le vieux mouchoir imbibé de sueur qu'il se passait fréquemment sur le front. Je l'ai observé et j'ai noté qu'il paraissait très nerveux. Alors, j'ai décidé de le déstabiliser.

Créées par la flamme de la lampe à huile, des ombres jouaient sur les murs de la cuisine. Molly fixait son mari, sans dire un mot, en attendant la suite.

— Je l'ai donc questionné sur un ton insistant, parce que j'avais l'impression que la mort de cette religieuse ne l'étonnait pas vraiment. Fournier est devenu blanc comme un cierge et ses yeux se sont agrandis de panique. Quelques secondes plus tard, après s'être ressaisi, il s'est mis à table. Comme nous nous apprêtions à lui demander des explications sur sa réaction, il nous a révélé que Jean avait dû retourner au couvent après leur départ pour aller chercher sa casquette, qu'une rafale avait emportée jusque sur la galerie de bois. C'est alors que, par la fenêtre ouverte, son fils aurait entendu sœur Saint-Barthélemy se disputer avec un homme.

Arthur voulut faire une pause pour sortir sa pipe, mais Molly, l'oreille tendue, l'arrêta en posant une main sur son bras. Elle s'enquit vivement :

— A-t-il pu les voir ?

— En fait, en se rapprochant du rebord de la fenêtre, Jean aurait aperçu une longue silhouette toute de noir vêtue et d'allure assez costaude. Il aurait assuré à son père avoir reconnu la voix de l'homme. Il s'agirait de celle de l'ancien vicaire de leur paroisse, l'abbé Dufour, le confesseur des religieuses.

— L'aumônier ? s'exclama Molly, plus incrédule qu'offensée.

La chose lui semblait inconcevable.

Arthur acquiesça et reprit d'une voix grave :

— Selon le jeune garçon, l'abbé aurait haussé le ton et serait devenu agressif, puis il aurait entraîné la sœur vers le fond de la pièce. Fournier nous a certifié que son fils était certain que c'était l'abbé Dufour.

— Et pourquoi n'ont-ils rien dit à la police ? C'était tout de même leur bienfaitrice qui se faisait agresser !

D'un geste habituel, comme chaque fois que le goût de fumer devenait trop pressant, son mari lissa de son doigt le bout de sa moustache.

— Maurice Fournier nous a expliqué que Jean n'avait aucune idée, à ce moment-là, qu'il s'agissait d'un meurtre. Le garçon n'aurait révélé à son père ce qu'il avait vu que le lendemain soir, lorsqu'ils ont appris l'horrible crime qui avait été commis. Pris de panique, le père et le fils ont préféré se taire. Accuser un homme d'Église ne leur attirerait que des ennuis et personne ne les croirait, ont-ils pensé.

— Il a fallu trois jours à vos agents pour trouver le refuge des Fournier. Tu ne penses pas que Maurice et Jean auraient eu tout le loisir d'inventer cette histoire pour justement se disculper ?

— C'est fort possible, en effet, approuva Arthur d'un signe de tête. Nous nous sommes donc empressés d'aller questionner le jeune garçon et, après lui avoir présenté quelques arguments convaincants, il a fini par nous débiter une version des événements semblable à celle de son père.

Arthur haussa les épaules.

— En tout cas, s'ils ont menti, c'est qu'ils sont de fieffés comédiens, ces deux-là ! Bref, cette déposition nous ramène à mon premier questionnement : quel serait le mobile et quel lien aurait cet aumônier, pieux et timide, selon les dires des Augustines, avec sœur Saint-Barthélemy et Harriet, la prostituée ?

N'ayant aucune idée de la réponse, Molly le regarda, désolée.

— Et comment allez-vous procéder pour l'abbé Dufour ? Avec une simple accusation verbale comme indice, ça doit être assez embarrassant d'aller l'interroger. Imagine le scandale dans le diocèse !

Visiblement fatigué, Arthur posa l'arrière de sa tête sur le dossier de sa chaise.

— Nous n'avons pas le choix, ma chérie. Il est devenu un suspect potentiel. Tu oublies qu'il y a aussi cette marque religieuse sur le front de nos deux victimes. Il est facile de penser qu'elles pourraient se rattacher à un religieux. Alors, pendant que j'emmènerai Maurice Fournier devant le juge, demain, Poulin, avec un fourgon cellulaire et deux agents, se rendra au presbytère, où loge l'aumônier Dufour. Il ira l'arrêter pour le mener au poste.

Après avoir pris une dernière gorgée de tisane tiède, Arthur eut un profond soupir et se leva lourdement. Son envie de fumer s'était estompée et il n'aspirait à présent qu'à une bonne nuit de sommeil.

***

Québec, 19 octobre 1867

Avant de procéder à la convocation de l'abbé Dufour, l'enquêteur Guy Poulin décida de se rendre à l'archevêché afin d'en apprendre davantage sur le prêtre qui avait recueilli l'enfant abandonné d'Harriet Murphy.

Il fut reçu par un frère à lunettes qui feuilletait un registre. L'homme était assis derrière un bureau vitré et percé sur le devant d'une petite ouverture. Le policier questionna le frère, mais celui-ci répondit d'une voix feutrée qu'il ne possédait aucune information. Comme il s'agissait d'une enquête policière, il lui demanda de bien vouloir patienter pendant qu'il irait consulter un autre ecclésiastique.

Quelques minutes plus tard, Mgr Baillargeon en personne vint accueillir l'enquêteur, légèrement impressionné par l'imposant personnage. Après lui avoir serré la main, l'archevêque lui fit signe de le suivre dans son bureau.

En pénétrant dans la pièce, le policier remarqua aussitôt, alignés le long de deux murs de la pièce, d'immenses bibliothèques et des fichiers en bois, tous vitrés, dans lesquels s'entassaient plusieurs encyclopédies et nombre de dossiers. Le tout lui sembla rangé dans un ordre méticuleux. Un immense crucifix était accroché derrière le large secrétaire en bois massif.

— Si je vous comprends bien, il s'agit du meurtre de cette misérable fille de joie que l'on a retrouvée sur les Plaines, au printemps dernier, résuma le religieux, une fois que Guy Poulin lui eut expliqué la raison de sa présence. Quel fléau que ces bordels, mon fils ! s'enflamma-t-il. Cette ville est en train de devenir aussi immorale que les cités de Sodome et Gomorrhe !

Nerveux, le policier se racla la gorge.

— Hum ! Oui, Monseigneur, c'est une vraie calamité. Cependant, pourriez-vous m'indiquer le nom du curé qui œuvrait dans la paroisse Saint-Sauveur durant les années quarante et l'endroit où je pourrais le trouver ? Nous aimerions qu'il nous informe sur ce qu'il est advenu de l'enfant que cette femme aurait déposé, il y a environ vingt-cinq ans, sur le parvis de son église. Ces informations pourraient peut-être nous aider à voir plus clair dans cette affaire.

— Je crains qu'il ne vous soit plus d'un grand secours, mon fils, soupira l'archevêque. Le curé McCarthy est malheureusement décédé l'automne dernier, pendant l'incendie qui a ravagé son église et deux quartiers de la Basse-Ville. Quel désastre pour cette paroisse, déjà amplement éprouvée !

Devant l'air étonné, mais plutôt dépité du policier, il s'empressa d'ajouter :

— Par contre, je me souviens de cette histoire de nourrisson abandonné par une fille de joie. J'en ai souvenir, car le curé McCarthy, prétextant que les orphelinats étaient remplis d'enfants irlandais, avait demandé la permission au diocèse d'élever le garçon.

— C'est en effet loin d'être habituel, admit Guy Poulin. Pouvez-vous m'en dire davantage sur cet enfant, mon Père ?

— J'ai le dossier ici, dans mes archives.

Le religieux se leva et alla effectuer une courte recherche dans l'un des meubles massifs à compartiments, derrière son secrétaire. Il écarta rapidement quelques fiches, puis, d'un air satisfait, il en tendit une à l'enquêteur.

C'est ainsi que, stupéfait, celui-ci apprit que le bébé, qui était prénommé Marcel et qui portait le nom de famille de la domestique du curé, était devenu le vicaire de la paroisse Saint-Sauveur et, depuis quelques mois, le confesseur des Augustines : l'aumônier Dufour.

Tout devint clair pour Guy Poulin, qui ne put réprimer un sourire de satisfaction !

***

Québec, 20 octobre 1867

En compilant le témoignage de Jean Fournier et les indices qu'ils avaient recueillis, Arthur et son collègue furent persuadés que l'abbé Dufour était le meurtrier de sœur Saint-Barthélemy et qu'il avait assassiné sa mère, Harriet Murphy, cinq mois auparavant. Ils avaient une preuve des liens que leur présumé coupable entretenait avec les deux victimes et un témoin de l'altercation qu'il avait eue avec la religieuse, mais faute de motifs pour l'inculper, ils devraient réussir à lui faire avouer ses crimes pour découvrir tous les détails sordides de cette affaire.

Pendant l'interrogatoire, lorsque le major mit l'aumônier au fait des soupçons qui pesaient sur lui au sujet du meurtre perpétré au couvent, le prêtre, offusqué, nia tout en bloc. Cependant, quand l'enquêteur Poulin lui signifia qu'une autre victime avait été assassinée et qu'on l'avait aussi marquée d'une croix au front, le prêtre rougit légèrement. Mais, le visage impassible, il se contenta de hausser les épaules.

— En quoi ces deux meurtres me concernent-ils ?

— Le nom d'Harriet Murphy ne vous évoque-t-il pas une connaissance ? lui demanda alors le major avec froideur.

Il y eut un silence et, pour la première fois, l'abbé Dufour parut troublé. Il déglutit, essayant de retrouver son flegme.

— Non… je ne sais pas… peut-être une ancienne paroissienne ? Vous savez, je ne connaissais pas personnellement toutes les femmes qui venaient à la messe.

Il essaya de cacher sa nervosité par un rire forcé, mais le changement dans sa voix n'échappa pas aux policiers.

— Allons, l'abbé, cessez de nous mentir, se fâcha Arthur en frappant la table de son poing. Nous savons qu'elle était votre vraie mère et aussi qu'elle était une prostituée. À votre naissance, cette femme vous a abandonné sur le porche d'une église.

Le front du religieux se plissa et ses yeux s'injectèrent de colère.

— Non ! Je ne suis pas le fils d'une putain. Vous êtes fou ! Vous oubliez qui je suis ! Qui a bien pu vous dire cela ? C'est un mensonge éhonté, hurla-t-il en crachant presque ces derniers mots.

Peu impressionné, Guy Poulin se pencha en avant en dévisageant le prêtre.

— Oseriez-vous prétendre que vous l'ignoriez et que Mgr Baillargeon m'aurait menti ?

Un long silence s'ensuivit. Le prêtre se sentit pris au piège, ses épaules s'affaissèrent et il courba le torse vers la table.

— Seigneur ! L'archevêque est maintenant au courant, geignit-il d'une voix qui avait perdu toute dureté. Que doit-il penser de moi ? Je suis effectivement le fruit pourri du péché de luxure et cette vérité m'est insupportable.

Il joignit ses mains et, d'une voix à peine audible, il se mit à prier. Arthur lui laissa un court moment de recueillement, puis lui demanda d'un ton calme :

— Quand avez-vous appris le métier qu'exerçait votre mère ?

L'homme leva lentement la tête, son visage était couvert de larmes.

— L'an dernier. Sur son lit de mort, après avoir enduré mille souffrances, le curé McCarthy, mon cher père adoptif, me l'a révélé. Il m'a dit l'avoir vue m'abandonner devant l'église et l'avoir suivie jusqu'à la taverne.

À ce souvenir, le religieux changea d'air et son visage se crispa.

— Lorsqu'il m'a confié que ma mère était une putain et qu'elle était vivante, j'ai cru devenir dément. Moi, un homme d'Église ! Il m'avait toujours dit que j'étais son neveu. Que sa sœur, veuve depuis peu, était décédée en m'accouchant et qu'il lui avait promis de prendre soin de moi. Alors, j'ai d'abord cru qu'il délirait, mais il m'a pris la main et m'a supplié de retrouver ma vraie mère et d'essayer de la ramener dans le droit chemin. Il m'a convaincu que, par ce geste, moi aussi, je serais purifié !

L'abbé Dufour se replia sur lui-même et se remit à remuer les lèvres, marmonnant une prière.

En faisant croire à Marcel Dufour qu'il était orphelin et qu'il avait dû suivre la femme qui l'avait abandonné pour savoir qui elle était, songea Arthur, *il semble que le curé McCarthy se soit bien gardé de lui parler de ses propres péchés de luxure. À moins qu'Harriet Murphy ait vraiment inventé cette histoire. Nous ne le saurons jamais. Réunies dans la mort, ces deux personnes auront emporté leur secret dans leur tombe !*

Les supplications au ciel de l'abbé s'éternisant, le major croisa les bras sur sa poitrine, puis s'impatienta :

— Alors, l'abbé, dites-nous, comment avez-vous retrouvé la trace de votre mère ?

Dufour sursauta, puis se redressa.

— Grâce au curé, lui-même ! J'ai été réellement surpris lorsqu'il m'a révélé qu'il savait qu'elle racolait sur les Plaines et à quelle taverne elle se rapportait. Je me suis dit qu'il avait dû tenter de la convertir, mais qu'il avait échoué dans sa mission.

Soudain, les enquêteurs eurent l'impression qu'il changeait d'attitude. Relevant fièrement la tête, il les défiait à présent du regard.

— Messieurs, ce fut un jeu d'enfant de la suivre !

Agacé par cette attitude arrogante, Poulin se fâcha :

— Je vais vous dire, moi, ce que vous avez fait par la suite. Vous avez attendu que la noirceur tombe pour froidement étrangler votre propre mère ! C'est bien ainsi, n'est-ce pas, que les choses se sont passées ?

— C'est faux ! se mit en colère l'aumônier, une fois de plus. Je suis allé à elle, en toute humilité, et je lui ai dit que j'étais son fils, mais elle m'a ri au nez :

« Quoi ? Moi, la mère d'un prêtre, m'a-t-elle craché au visage, comme si j'avais la peste. Ces hypocrites, ce sont tous des pervers. Ôte-toi de mon chemin, espèce d'idiot, tu fais fuir les clients avec ta soutane. À moins, mon mignon, que tu veuilles que je te la retrousse ! »

Il s'arrêta de parler comme pour vérifier si, comme lui, les deux policiers trouvaient cette riposte outrageuse.

— Et alors ? L'encouragea à poursuivre Arthur, sans sourciller.

— Elle est partie d'un rire gras, avec une expression démoniaque dans le regard. Pour moi, il n'y avait qu'une seule explication possible à cette attitude : cette malheureuse était possédée par le diable ! Je me devais de sauver son âme, surtout elle, la femme qui m'avait donné la vie. Je devais l'exorciser. J'ai essayé de la convaincre de confesser ses péchés de chair, je lui ai promis que Dieu, dans sa grande mansuétude, lui pardonnerait… mais avant de me tourner le dos, elle m'a répondu, toujours en se moquant, que je n'étais pas Jésus et qu'elle n'était pas Marie-Madeleine.

L'œil rusé et naïf tout à la fois, il poursuivit :

— Alors, elle ne m'a pas laissé le choix. Je suis un soldat de Dieu ; je me devais d'étouffer le mal qui avait une emprise sur elle. Si je l'ai étranglée, c'était uniquement pour son bien.

Le major Lockwell prit une profonde inspiration, contenant à peine son exaspération.

— Et pourquoi la croix sur le front ?

— Pour qu'elle puisse entrer dans le royaume des cieux! En lui administrant l'extrême-onction, j'ai dû la tracer avec le crucifix de mon chapelet.

— Je vois…, soupira à son tour Guy Poulin.

— Vous me comprenez maintenant, conclut l'abbé en affichant un calme déroutant. Je n'ai fait que mon devoir de prêtre.

Devant ce manque flagrant de remords, Arthur se retint de lui sauter à la gorge. Il se contenta de se frotter énergiquement le menton.

— Et sœur Saint-Barthélemy, vous vouliez aussi sauver son âme?

Le regard de l'assassin s'assombrit et une expression de fureur se redessina sur son visage.

— J'ai trouvé mon brave curé McCarthy délirant, parmi les ruines calcinées de notre église. Il avait le visage en sang et une partie de son corps était brûlée. Il constituait toute ma famille et c'était pour moi plus qu'un oncle protecteur, c'était un père bien-aimé. Cet homme m'a sauvé d'une misérable vie d'orphelin et, malgré ses maigres revenus, il m'a élevé et m'a fait instruire pour que je devienne vicaire dans son église. De le voir souffrir sans se plaindre, pendant deux interminables jours, m'a torturé jusqu'à l'âme. Un homme si noble, si pieux, devant une telle injustice! J'avais l'obligation de me venger de ceux qui avaient causé la mort de ce saint martyr!

— Encore une mission divine, si je saisis bien, intervint Poulin.

— Un point m'intrigue..., formula Arthur. Comment avez-vous su que sœur Saint-Barthélemy était en fait Rose-Aimée Trudel, la propriétaire de l'épicerie où le feu a pris naissance ?

— Un an, jour pour jour, après le fatidique incendie, ignorant qui j'étais et encore pleine de remords, elle m'a avoué en confession qui elle était réellement. C'était inespéré, un signe du ciel ! Le Seigneur m'a guidé vers...

— Non, l'abbé, le coupa le major, qui en avait assez entendu, vous vous trompez. Ce n'est pas parce que cette femme se sentait coupable qu'elle était pour autant responsable. Votre devoir de confesseur était justement de lui accorder le pardon, non de la punir. Le père McCarthy n'aurait jamais désiré que l'enfant qu'il a éduqué dans la religion catholique commette de telles monstruosités. Croyez-moi, il doit en être offensé autant que Dieu !

En proie à une vive émotion de culpabilité, l'abbé Dufour se leva d'un bond, ce qui fit vaciller sa chaise. Il marcha de long en large dans la pièce, comme un fauve en cage, revint s'écrouler sur son siège et se prit la tête entre les mains.

Quelques instants plus tard, Dufour, menotté et escorté par deux policiers, prenait le chemin de la prison, pendant que les deux enquêteurs retombaient sur leur chaise, épuisés par l'effort qu'ils venaient de fournir.

— C'était bizarre, j'avais l'impression qu'il changeait de personnalité, commenta Guy Poulin, comme si nous interrogions plus d'un homme dans un même corps.

Le major acquiesça d'un signe de tête.

— Il nous a traités de fous, mais je crois bien que le choc d'apprendre ses inconvenantes origines de la bouche du curé McCarthy et de l'avoir vu mourir le même jour à cause de l'incendie lui a fait perdre la tête !

5

Québec, novembre 1867

Des nuages gris couvraient le ciel et seul un pâle halo de lumière laissait deviner la présence d'une ronde lune. De la fenêtre de la chambre, Molly observait, distraite, les légers flocons de la première neige se disperser et venir blanchir le parterre devant la villa. Près d'elle, Arthur s'affairait à raviver les flammes dans l'âtre à l'aide du tisonnier, avant d'y ajouter une autre bûche.

Au bruit du crépitement du feu, elle se tourna vers son mari.

— J'étais en train de penser à Maurice Fournier et à sa famille, lui confia-t-elle en prenant place sur le fauteuil double, devant la cheminée.

Après le souper, dans le grand salon, Arthur avait annoncé à toute la maisonnée que la date du procès de l'abbé Dufour devrait se dérouler la semaine suivante.

— Son défenseur, maître Quesnel, arrivera peut-être à le faire annuler, avait-il ajouté. Mais d'ici là, il lui faudra réussir à prouver que l'aumônier est atteint d'une maladie mentale.

C'est la nette impression qu'il nous a donnée, à Guy et à moi. Cependant, ce sera l'avis des psychiatres qui primera et permettra au juge d'en décider.

— Est-ce vrai que c'est l'archevêché qui a engagé cet avocat, et ce, à fort prix, pour défendre ce meurtrier ? lui avait demandé Joseph.

La major avait approuvé :

— Il faut comprendre le clergé, c'est à son avantage de tout faire pour éviter le scandale d'un procès.

— Ainsi soit-il, alors ! s'était contenté de conclure son beau-père devant une telle logique.

Cécile, Molly et Charlotte, qui avaient assisté à la conversation, avaient jusque-là écouté les deux hommes en silence.

— Je suis certaine qu'il n'aurait pas eu cette bonté envers un sacristain, comme M. Fournier ! avait conclu Molly, un sourire indigné sur les lèvres.

Puis, chacun s'était retiré, songeur, dans sa chambre respective.

Le feu ayant repris de sa puissance, Arthur vint s'asseoir près de sa femme et passa son bras autour de ses épaules.

— Est-ce cette histoire de procès qui te fait penser à ces misérables ? Tu n'as plus à t'en faire, Molly, ils ont été reconnus innocents.

— Je sais, mais ces pauvres gens mouraient déjà de faim avant, alors je me demande ce qu'il advient d'eux.

— Eh bien, ce sont des débrouillards, j'imagine qu'ils vont…

Prenant un ton résolu, elle le coupa :

— Dans la journée de demain, j'ai pensé emporter un peu de vivres aux Fournier. Je me ferai accompagner par Mary et j'en profiterai pour prendre de leurs nouvelles.

— Tu tiens vraiment à les aider ? C'est tout à ton honneur, ma chérie, mais es-tu certaine de vouloir les rencontrer ? N'oublie pas que c'est moi qui ai arrêté le père et le fils ; tu pourrais être mal reçue !

— Au contraire, c'est grâce à toi et à l'inspecteur Poulin s'ils ont été innocentés. Tu m'as même dit que M. Fournier t'en avait été reconnaissant. Ce sont de bonnes gens qui méritent qu'on les soutienne.

— C'est vrai, tu as raison. Toutefois, je connais ton grand cœur. En voyant le logement et la pauvreté dans laquelle vit cette famille, promets-moi de garder un certain recul, prononça-t-il dans un bâillement en l'entraînant vers leur lit.

Arborant une moue insultée, Molly le regarda droit dans les yeux avant de répliquer :

— Tu oublies qu'à mon travail, je la côtoie régulièrement, cette misère. Ne t'inquiète pas pour moi, elle ne me fait pas peur.

— Allons ! Viens te coucher, ma brave femme, dit-il bâillant à nouveau.

Molly ne prenait pas souvent l'initiative de leurs ébats amoureux et il adora les yeux brillants qu'elle lui adressa en lui proposant :

— Es-tu certain de vouloir dormir, mon amour ?

À la lueur des flammes, Molly décela une excitation se dessiner sur le visage de son époux lorsqu'il l'attira vers elle. Il la souleva dans ses bras et la déposa sur l'édredon du lit. Une fois qu'ils furent nus, Arthur effleura les seins de sa femme du bout des doigts et parcourut son corps ainsi jusqu'à son bas-ventre. Molly gémit doucement.

Devenant caresse, la main d'Arthur se glissa entre les cuisses de sa bien-aimée, puis, remontant lentement, s'amusa à faire languir cette dernière. N'en pouvant plus, Molly alla d'une main à la rencontre du membre raffermi de son mari et l'invita à la pénétrer. Elle laissa échapper un murmure de plaisir lorsqu'il l'envahit et elle reconnut aussitôt le rythme régulier du va-et-vient qu'il adoptait au début. Lorsqu'il la sentit près de l'orgasme, il accéléra ses mouvements et jouit, à son tour, en la sentant se cambrer d'extase.

***

Son mari et son fils Jean étant partis à la recherche de charbon, Juliette Fournier, méfiante, hésita d'abord à ouvrir aux deux dames qui avaient frappé à sa porte. Cependant, lorsque Molly et Mary se présentèrent et qu'elle vit les deux paniers de vivres qu'elles tenaient, troublée, elle se sentit rougir et accepta de les faire entrer.

En pénétrant dans le sombre logement, Molly jeta un rapide coup d'œil circulaire. L'endroit comprenait deux pièces. Celle qui était dépourvue de porte et dont le papier peint n'avait pas été changé depuis des lustres devait être la chambre. Elle était meublée uniquement de deux paillasses et la seule décoration se résumait à un petit crucifix accroché au mur du fond. Une fillette et un bambin, muets de gêne, y étaient assis l'un près de l'autre.

Dans la cuisine se trouvaient une table, trois chaises, un petit banc et une vieille armoire. Près d'un poêle à charbon reposaient un seau d'eau et une boîte en bois contenant quelques patates. L'endroit, humide et froid, ne possédait qu'une étroite fenêtre et était chargé d'une odeur de fumée qui piquait les yeux. Face à un tel dénuement, les deux visiteuses sentirent une vague d'angoisse et de tristesse leur étreindre le cœur.

Arthur avait bien raison de se méfier de ma compassion. Si ce n'était que de moi, je ramènerais cette mère et ses petits au domaine! songea Molly.

Juliette Fournier était une grande femme mince, mais sa stature laissait deviner que, jadis, elle avait été plus en chair. Il se dégageait de sa personne cette gravité qui habite les gens désespérés et qui les prive de toute spontanéité. Molly la sentit si embarrassée qu'elle s'empressa de lui confier:

— Madame, Mary et moi venons d'Irlande. Nous avons dû quitter notre pays à cause de la Grande Famine. Croyez-moi, nous connaissons les affres de la pauvreté; moi pour les avoir côtoyées et Mary pour les avoir cruellement vécues. Nous sommes simplement venues pour vous apporter notre assistance.

Tout en parlant, Molly lui tendit un panier de légumes et un sac de pommes provenant du verger du domaine.

De son côté, Mary se dirigea vers les enfants et ouvrit la boîte de métal qu'elle avait dans ses mains. Elle offrit à chacun un beigne, parmi les deux douzaines qu'elle avait confectionnées avec Cécile dans la matinée. Les yeux des petits se mirent à scintiller et un silence ému plana dans la cuisine. D'un signe de la tête, Juliette les remercia, une larme coulant sur sa joue. Elle eut un profond soupir et réussit à reprendre un semblant de contenance.

— Comment vous remercier, mesdames, de tant de bonté ?

— La réaction de ces enfants est notre récompense, soutint Molly.

Mary acquiesça et s'approcha de Juliette.

— J'ai aussi apporté un pot de lait et des grains de café que j'ai moulus…

Les yeux de la femme s'embuèrent à nouveau de larmes. Du revers de la main, elle les refoula.

— Oh ! Que je suis bête ! Assoyez-vous, je vous en prie. Je vais faire bouillir de l'eau.

Juliette sortit un petit chaudron de l'armoire, le remplit d'eau et le posa sur le poêle. Au passage, elle s'empara de trois gobelets de terre cuite, puis en se retournant vers les visiteuses, elle redressa le menton. Le regard fier, elle tenait à leur préciser :

— Nous sommes d'honnêtes catholiques. Mon mari était bedeau et… Si seulement il n'y avait pas eu ce feu…

Elle se tut, incapable de poursuivre. Le silence fut de courte durée.

— M. Fournier était donc sacristain ? enchaîna Molly en faisant comme si elle ignorait leur ancienne situation. Vous viviez dans quelle paroisse ?

Le visage de Juliette se radoucit. Après avoir versé le café, la femme s'assit sur le banc de bois, face à ses convives.

— Dans le quartier Saint-Sauveur, répondit-elle. L'église a également été détruite lors du feu. Ç'a été une grande perte pour nous ; Maurice y travaillait depuis plusieurs années.

Elle prit une gorgée du chaud breuvage et se détendit. À ce souvenir, elle ne put s'empêcher d'ajouter :

— C'est dans ce lieu sacré que nous nous sommes rencontrés, Maurice et moi. Ça fait maintenant vingt ans… c'est si loin !

Un tendre sourire se traça sur ses lèvres et, d'un geste coquet, elle replaça une mèche de cheveux tombante qu'elle coinça derrière son oreille. Elle jeta un regard vers les deux dames et vit qu'elles affichaient une expression de sympathie qui l'encourageait à raconter son histoire. Elle se dit qu'il y avait si longtemps qu'elle avait eu l'occasion de bavarder ainsi.

— Ce dimanche-là, un peu avant que commence la messe, j'ai aperçu un beau jeune homme sortir de la sacristie et traverser la nef pour aller sonner la cloche. Ses épaules carrées, son regard franc et l'air si paisible qu'il dégageait m'ont tout de suite séduite. De son côté, Maurice aussi m'avait vue et les semaines suivantes, lorsqu'il passait le panier de la quête devant moi, il me faisait un subtil clin d'œil. Un beau dimanche, il s'est décidé et m'a attendue après la messe. Il s'est avancé vers mes parents et il leur a demandé s'il pouvait venir veiller à la maison, après les vêpres. Huit mois plus tard, on célébrait notre mariage.

En entendant ce récit, les petits s'étaient avancés près de la table, de chaque côté de leur mère.

— Et vous avez eu la chance d'avoir trois beaux enfants, soupira Mary en dirigeant son regard vers les deux plus jeunes.

Juliette approuva de la tête. Elle regarda tour à tour les figures chéries de ses enfants, pâles et amaigries, et la dure réalité revint lui pincer le cœur. Un mélange de gratitude et de découragement lui monta au visage. Elle se leva promptement et vint se placer derrière ses petits.

— Voici Gabrielle, ma grande fille de dix ans, et Paul, son cadet. Il vient d'avoir cinq ans.

Elle fit une courte pause et, avant que Molly ou Mary n'aient le temps d'exprimer quoi que ce soit, elle ajouta, plus émue qu'elle ne l'aurait voulu :

— Je vous remercie pour la nourriture et vos charités, mesdames, je les apprécie grandement. Mon mari n'en reviendra pas et, s'il avait été ici, il vous aurait sûrement demandé de saluer le major pour lui, conclut-elle en roulant nerveusement le coin de son vieux tablier.

Sur le chemin du retour, Mary, encore ébranlée, ne put s'empêcher d'exprimer l'admiration qu'elle vouait à Juliette Fournier :

— Oh ! Madame Molly, cette femme, quel courage !

***

Québec, hiver 1868

Par ce froid samedi de février, Mary s'activait dans la cuisine à préparer les légumes, un rôti de bœuf au jus et des tartes au sirop d'érable, qu'elle servirait au repas du soir. Pour l'aider, Florent avait insisté pour éplucher les patates.

— Je me disais aussi qu'il avait des airs d'Irlandais, répéta Mary, pendant qu'elle graissait les volailles. Ah ! Je crois que je ne peux pas être plus heureuse !

— Nous le sommes tous pour toi, ma jolie, lui assura son mari. Comme quoi il ne faut jamais désespérer !

Cela faisait maintenant deux mois que Mary avait retrouvé son fils et, débordante de gratitude envers le ciel, elle ne pouvait s'empêcher de parler, pour la énième fois, de cette miraculeuse rencontre.

Un peu avant les fêtes de Noël, Molly et Mary étaient retournées faire une visite à la famille Fournier, qui les avait reçues, cette fois, au grand complet. Les deux femmes avaient apporté un panier où s'entassaient des légumes d'hiver, une douzaine d'œufs et une fesse de jambon fumé enveloppée dans du papier journal.

Dès qu'elles avaient franchi la porte, Maurice s'était présenté et les avait remerciées de leur générosité. Dans un geste de reconnaissance, il leur avait chaleureusement serré la main.

— Vous êtes les bienvenues dans notre humble demeure, mesdames. Vous connaissez déjà Juliette, ma femme, ma belle Gabrielle et mon petit Paul.

Puis, le père avait passé la tête dans la chambre et avait intimé au jeune adolescent, qui s'occupait à sculpter un chien dans un bout de bois, à venir saluer les visiteuses. Autant dans les prunelles des autres membres de la famille, Molly et Mary avaient pu apercevoir un éclat d'espoir, autant dans le regard de Jean, elles avaient décelé de la noirceur. Les deux mains enfoncées dans ses poches de pantalon, il avait franchi la porte, affichant un teint pâle. Il portait une vieille casquette qui semblait faire partie de sa tête, comme si la longue mèche de cheveux roux qui tombait sur son front n'en était que l'extension.

— Sois poli devant nos visiteuses, mon Jean, lui avait dicté sa mère, et enlève-moi cette casquette.

Après avoir émis un grognement sourd, Jean s'était exécuté et, au moment précis où il avait écarté son toupet rebelle d'un geste machinal, Mary s'était évanouie dans les bras de M. Fournier. La tache de naissance en forme de fer à cheval gravée sur le front de l'adolescent lui avait sauté aux yeux.

Pendant que Mary, d'une pâleur extrême, se remettait de son émoi, Molly avait pris la parole devant le regard consterné des membres de la famille Fournier. En omettant adroitement la période sombre de la domestique au temps de la taverne, elle leur avait raconté la naissance de Jean et le renoncement de l'Irlandaise, veuve et sans le sou.

— Mary a consenti à cet immense sacrifice pour que toi, son petit John, tu aies la chance d'être accueilli dans une bonne famille.

Avant de prononcer la phrase suivante, Molly avait regardé l'adolescent droit dans les yeux :

— Quelques semaines après être entrée au service de mes parents, ta mère s'est rendue à l'orphelinat pour te récupérer, mais tu avais déjà été adopté. Malgré ses supplications pour connaître ton sort, les religieuses lui ont expliqué qu'elles ne pouvaient lui donner aucune information. Crois-moi, depuis ce jour, elle a parcouru tous les quartiers de la ville dans l'espoir de te retrouver. N'est-ce pas incroyable qu'enfin, son désir le plus cher se réalise ?

Intimidé, Jean s'était accoté au chambranle de la porte et était resté aussi silencieux que sa sœur et son frère. Confus, il avait jeté des regards brefs, à peine perceptibles, vers la femme qui disait être sa mère.

Dès qu'il avait eu l'âge de comprendre, ses parents avaient mis Jean au courant de son adoption. Bien sûr, vers ses huit ans, il avait commencé à les questionner sur l'identité de ses vrais parents et sur le pourquoi de leur abandon, mais Juliette et Maurice, n'ayant pas eu davantage d'explications de la part des Augustines, n'avaient guère pu lui répondre. Maintenant, au moins, cette femme allait pouvoir l'éclairer sur ses origines.

Elle est si bouleversée de m'avoir retrouvé, avait pensé Jean, *qu'elle doit être effectivement ma mère. Elle a l'air gentille, mais il n'est pas question qu'elle m'emmène avec elle. Mes vrais parents seront toujours Juliette et Maurice !*

— Vous vous sentez mieux ? avait demandé Juliette, après que Mary eut bu le verre d'eau qu'elle lui avait apporté. Mais vous tremblez !

— C'est la joie, avait bredouillé Mary, les mains croisées sur son cœur. Je ne croyais pas que le bonheur pouvait faire si mal !

— Il n'avait que deux jours lorsque nous l'avons adopté, avait expliqué à son tour Juliette. Nous étions mariés depuis plus de huit ans et j'étais désespérée de ne pas avoir d'enfant. Croyez-moi, Mary, votre cruel sacrifice n'a pas été vain ; nous avons chéri cet enfant dès les premiers instants où nous l'avons aperçu dans son berceau, à l'orphelinat. Et avant les terribles malheurs que nous avons subis ces deux dernières années, il n'a jamais manqué de rien.

Un éclat de reconnaissance passa dans les yeux de Mary.

— J'en suis certaine, monsieur et madame Fournier, et je ne vous en remercierai jamais assez.

— Mes deux sœurs et moi étions des orphelines de l'Irlande, leur avait confié Molly, et nous avons également eu la chance d'être adoptées par un généreux couple. Gabrielle et Paul ont-ils, eux aussi, été… ?

Devinant sa question, Maurice, qui avait assis les deux petits sur ses genoux, l'avait interrompue :

— Eh bien non ! Deux ans plus tard, nos prières ont été exaucées : Juliette est tombée enceinte et a donné naissance à notre fille. Comme un autre cadeau du ciel, Paul est né, il y a cinq ans.

Mary avait pris le temps de regarder son fils avec attention et s'était dit que, pour l'instant, il valait mieux laisser les choses évoluer doucement.

Il a ce côté dur qui lui vient de ses ancêtres exilés, avait-elle songé. *C'est ce qui lui a sans doute permis de ne pas se laisser abattre par les malheurs que sa famille adoptive a connus.*

Pour ne pas le brusquer, avant de partir, elle avait laissé son regard s'exprimer pour elle. Sans dire un mot, elle avait posé sur lui ses yeux verts emplis de tendresse en s'efforçant de contenir son enthousiasme. À cet instant, tous avaient pu remarquer le visage impassible de Jean s'adoucir.

Or donc, ce soir de février, Mary se leva pour aller enfourner la pièce de bœuf et revint vers la table pour s'occuper de la salade de chou. Elle poursuivit la discussion avec enthousiasme :

— C'est grâce à la générosité de monsieur Joseph, qui l'a engagé pour t'aider pendant la semaine, si je peux voir mon John si souvent.

— On ne peut pas dire que c'est un bavard, ton fils, mais je vois que vous vous appréciez bien, tous les deux.

— Le seul malaise qu'il y a eu entre nous, c'est quand il m'a demandé qui était son père. J'ai fini par lui raconter que c'était un marin irlandais de passage, qui avait promis de revenir pour m'épouser. J'ai ajouté qu'il avait sans doute péri en mer, car je n'en ai jamais reçu de nouvelles.

— Tu as bien fait de ne pas lui révéler ton passé, à la taverne ; il n'avait pas à savoir ça. Et puis, avec l'allure qu'il a, il ne peut pas renier qu'il est irlandais. En tout cas, il m'a l'air de beaucoup aimer son travail d'aide-palefrenier. Il n'y a pas à dire, c'est un débrouillard !

Mary rougit de fierté. Après un court silence, elle affirma :

— En tout cas, nos maîtres ont vraiment été charitables en sauvant ces gens dans la misère !

En effet, le docteur avait usé de son influence pour que Maurice Fournier se fasse embaucher comme brancardier, à l'hôpital. De leur côté, Arthur et Florent leur avaient trouvé des meubles d'occasion en bonne condition et Cécile et Molly, des vêtements propres.

Depuis le début de l'année, la vie des membres de la famille Fournier s'était grandement améliorée. Le père avait commencé son nouveau travail et, quelques semaines plus tard, toute la famille avait pu déménager dans un logement convenable.

— De plus, affirma Mary, je me suis fait une bonne amie. J'aime bien jaser avec Juliette ; c'est une femme simple, franche et pas une miette possessive. Elle trouve naturel mon désir de voir le plus souvent possible mon Jean et elle n'est pas jalouse de la relation que nous établissons entre nous.

Pendant qu'elle parlait, son visage rayonnait et dégageait même quelque chose d'enfantin. De l'autre côté de la table, Florent lui sourit. Sa femme était heureuse et lui, pour l'être, il ne demandait rien de plus !

***

New York, automne 1869

Une fine neige tourbillonnait dans le ciel nocturne et venait fondre sur le visage de Rachel en se mêlant à des larmes. Insensible à la froidure hivernale, elle déambulait dans les rues achalandées de New York, cette ville où elle avait tant cru trouver le bonheur.

Une fois de trop, Brogan, le pas mal assuré, était rentré à la maison dans un état d'ébriété avancé. Comme son père avant lui, il sombrait dans l'alcoolisme. Depuis quelques semaines, il blâmait son épouse de lui avoir enlevé toute volonté de se reprendre, car elle se refusait à lui. Ce soir, sa colère avait dépassé les bornes. Il avait brusquement cassé une chaise et Rachel avait entendu Maud et Colin pleurer de frayeur, dans leur chambre.

Même si après, il m'a suppliée à genoux de lui pardonner, songea-t-elle, *ça ne peut plus durer ! À force de trahisons et de querelles, mon cœur s'est endurci. C'est vrai que Brogan n'a jamais posé la main sur moi ni sur les enfants, mais il n'est plus question pour nous d'endurer la violence de ses emportements et de ses paroles. C'est décidé, demain, à son réveil, je vais lui annoncer que je retourne à Québec avec les jumeaux !*

Au matin, Brogan, honteux de son attitude de la veille, attendit que les enfants partent à l'école pour se lever. Une fois habillé, il sortit de la chambre, résigné à affronter le regard glacial de sa femme. L'esprit encore confus, il ne remarqua pas les débris de la chaise qu'il avait cassée la veille, entassés dans un coin du corridor.

En le voyant entrer dans la cuisine avec son air piteux, Rachel eut pitié de lui un court instant. Pourtant, elle ne pouvait que détester cet imposteur alcoolique qui avait remplacé l'homme qu'elle aimait. Elle attendit qu'il s'asseye à la table et prépara deux tasses de café bien noir.

— Brogan, j'ai pris une grave décision, lui annonça-t-elle en prenant une chaise pour s'asseoir face à lui.

Il leva la tête, surpris du ton de voix presque doux, mais décidé de Rachel. Il vit alors ses yeux rougis de chagrin et comprit qu'elle avait dû pleurer toute la nuit. Un sentiment de culpabilité l'envahit, suivi d'un frisson d'appréhension qu'il sentit monter le long de sa colonne vertébrale. Il ne put qu'ouvrir bêtement la bouche, incapable de prononcer un seul mot.

— Ma décision est prise, Brogan, je te laisse. J'emmène les enfants avec moi, lui apprit-elle, de but en blanc. C'est terminé ! Et cesse de me dévisager, tu le sais aussi bien que moi.

— Non ! C'est impossible, tu ne peux pas m'abandonner, la supplia-t-il, soudain paniqué. Si c'est à cause d'hier soir, je te jure sur la tête de nos enfants que ça ne se reproduira plus…

— Brogan Reilly, je te défends de te servir de Maud et de Colin pour tes fausses promesses !

Il essaya de saisir Rachel par la main, mais elle recula d'un geste brusque.

— Tu me connais, reprit-il, je ne vous ferais jamais de mal ! Je t'aime et j'aime nos enfants. Vous êtes ma seule raison de vivre ! Au fond de toi, tu es toujours amoureuse de moi, je le sais ! lui lança-t-il comme dernière tentative.

Rachel hurla intérieurement :

Je t'en prie, non, ne t'abaisse surtout pas, ne deviens pas pitoyable. Montre-moi que tu possèdes encore une part de dignité. Ne m'enlève pas le peu d'estime qu'il me reste pour toi !

Elle se leva, le visage imperturbable.

— Celui que je chéris encore de tout mon cœur, lui dit-elle en fixant son triste regard dans le sien, il habite dans mes souvenirs. C'est avec lui que j'ai vécu de belles années.

Brogan la connaissait, ce n'était plus la peine de discuter. Il allait se heurter à un mur inébranlable. Il hocha la tête. De toute façon, elle avait raison ; même lui ne se reconnaissait plus.

Comment lui expliquer que les hommes qui ont fait la guerre ne peuvent pas l'oublier ? se dit-il en lui-même. *Ces horreurs sont ancrées à jamais en moi. Boire est la seule façon que j'ai trouvée pour me libérer. Pour ne plus penser, l'espace de quelques heures, à ces visions de cadavres infestés de vermine, à ces plaintes d'agonisants qui nous suppliaient qu'on les achève, et à cette odeur de sang et de poudre des canons qui nous collait à la peau !*

Il se haïssait, il haïssait sa faiblesse. Il n'était plus qu'un boulet pour sa propre famille, pire, sa femme et ses enfants le craignaient. Rachel avait raison, il ne méritait plus leur affection.

— J'en conviens, je vous rends malheureux… Je t'avais fait miroiter que tu deviendrais une célèbre chanteuse et que nous ferions fortune, et je t'avais promis que je serais un bon père…

Il eut un profond soupir de désespoir.

— J'imagine que tu voudras retourner chez tes parents, à Québec.

Elle acquiesça tristement. Avant de pouvoir continuer, il s'éclaircit la gorge, brisé par les larmes :

— Sois réaliste, Rachel ! Tu ne peux pas partir comme ça, en plein hiver et au milieu des classes des jumeaux. C'est moi qui vais quitter la maison. J'ai des amis qui m'hébergeront jusqu'à la fin juin. Je voudrais seulement avoir un dernier souper avec les enfants et toi…

Il ne termina pas sa phrase ni n'attendit de réponse. Accablé, il retourna dans sa chambre et commença à empaqueter son linge dans une boîte.

Tu sais qu'il est malheureux et qu'il se sent coupable, s'attendrit intérieurement la Rachel compatissante. *Eh bien! C'est tant pis pour lui,* raisonna la nouvelle Rachel, *n'oublie jamais toutes les fois où, toi, tu t'es sentie humiliée!*

6

Québec, juin 1870

Un printemps pluvieux avait succédé à un hiver glacial et, enfin, l'on bénéficiait d'un bel été. Les nuits étaient douces, sans grande chaleur accablante.

Par ce dimanche ensoleillé, Joseph, comme à son habitude, se berçait sur la véranda. Molly, Charlotte et Arthur venaient de partir pour aller voir le défilé du cirque Dan Costello qui arrivait en ville. De leur côté, Mary et Florent avaient profité de leur après-midi de congé pour aller rejoindre Jean et la famille Fournier à un pique-nique, sur les berges du fleuve. L'adolescent avait préféré garder le prénom français de sa famille d'adoption et Mary, trop heureuse d'avoir retrouvé son fils, n'y avait vu aucune objection.

Seule dans le grand salon, Cécile s'était mise au piano. Elle répétait un passage d'un morceau de l'œuvre de Bach, qui exigeait beaucoup d'agilité.

Ah! Mes doigts perdent de leur souplesse, maugréa-t-elle, impatiente. *Je déteste vieillir!*

Soudain, elle crut entendre le trot d'un cheval venant de l'allée qui menait au manoir. Curieuse, elle se leva et, par la fenêtre ouverte, elle vit une carriole de louage se diriger vers la maison.

— Qui cela peut-il bien être ? se demanda-t-elle à voix haute. Nous n'attendons personne !

Toutefois, quelques secondes plus tard, elle reconnut la longue silhouette que le cocher aidait à faire descendre de la voiture. Son cœur bondit dans sa poitrine. Elle dut s'appuyer à deux mains au cadre de la fenêtre pour ne pas défaillir.

Ciel ! Mais c'est Rachel ! s'étonna-t-elle.

Un éclair de joie passa dans le regard de Cécile, bien vite attristé devant l'aspect lamentable de sa fille. Celle-ci, les yeux tachés de sombres cernes, était vêtue d'une robe qui avait dû être très chic il y a quelques années, mais qui, maintenant, semblait plutôt défraîchie, tout comme son chapeau de paille garni de rubans.

Et ces adolescents sont sûrement les jumeaux. Comme ils ont grandi ! Et ils ressemblent tellement à leur père ! Mais… c'est étrange, Brogan ne semble pas les avoir accompagnés.

Devant le parterre de fleurs, Rachel resta un moment immobile pour admirer la superbe résidence. Elle n'y était pas revenue depuis le mariage de Molly et d'Arthur. D'humeur aussi maussade que le temps, elle avait quitté son mari et New York par une journée pluvieuse. Cependant, en cet instant, une certaine sérénité qu'elle n'avait pas ressentie depuis longtemps l'envahit. Elle ferma les yeux et tendit son visage au soleil, laissant la douceur de l'astre du jour réchauffer tout son être.

Que d'heureux souvenirs émergent de cet endroit! songea-t-elle.

— Maud! Colin! Venez près de moi, les pressa-t-elle.

Elle les prit par le bras pour monter l'escalier du balcon, pendant que la carriole retournait vers la Grande Allée.

— Et quittez ces mines sérieuses! Vos grands-parents, votre oncle Arthur et vos tantes seront si contents de vous rencontrer enfin. Et puis, il y a aussi votre cousine Charlotte. Elle sera ravie de jouer avec vous. Croyez-moi, ici, nous allons vivre dans la maison du bonheur!

À l'intérieur du manoir, Cécile s'élança vers le portique pour aller les accueillir. Elle ouvrit la porte avant même que sa fille n'ait le temps de faire claquer le heurtoir en forme de bernache.

Apercevant la chevelure striée de gris et le visage ridé de sa mère adoptive, Rachel ne put retenir ses larmes.

— Oh, mommy, comme vous m'avez manqué! s'exclama-t-elle en l'étreignant.

Sa mère la reçut dans ses bras avec toute la tendresse du monde. Puis, en reculant d'un pas, elle prit le visage de sa fille entre ses mains et l'observa minutieusement.

— Rachel, ça ne va pas, n'est-ce pas?

Remarquant l'air grave des jumeaux, Cécile ajouta :

— Nous en parlerons plus tard, ma chérie.

Puis, elle se tourna vers ses petits-enfants.

— Comprennent-ils le français ?

— Un peu… j'ai essayé de le leur faire pratiquer pendant les deux jours que nous avons passés dans le train. Ils ne le parlent pas beaucoup, mais ils saisissent tout ce qu'on leur dit.

L'épais tapis et la riche décoration des lieux semblaient intimider les deux jeunes. Cécile s'avança vers eux, ils étaient presque aussi grands qu'elle.

— Allons ! Venez dans mes bras que je vous embrasse, mes chéris !

Maud, plus hardie que son frère, fut la première à se rapprocher de sa grand-mère et vint lui déposer un rapide baiser sur la joue. Les joues rosies, Colin l'imita la seconde d'après.

Dès qu'elle avait pénétré dans la maison, Rachel avait reconnu l'odeur des roses qui flottait dans l'air, ce qui lui avait donné une agréable impression de calme.

Qu'il fait bon de retrouver ce sentiment de sécurité ! se dit-elle.

— Eh bien ! Si ce n'est pas mon rossignol et mes oisillons ! s'exclama Joseph, qui, ayant entendu un brouhaha dans la maison, était rentré.

Il apparut, ses cheveux blancs brillant sous les rayons du soleil que l'ouverture de la porte laissait pénétrer. Il tendit ses deux mains à Rachel et la serra contre lui.

— Brogan n'est pas là, que lui est-il arrivé ?

Cécile, un doigt sur la bouche, lui signifia de se taire, puis d'un mouvement de la main, elle lui indiqua les bagages restés au bas des marches du perron, pour qu'il les rentre à l'intérieur. Personne ne pouvait nier le pouvoir de persuasion de Cécile sur toute la maisonnée. Avant de lui obéir, Joseph prit tout de même le temps d'embrasser sa fille sur les deux joues et de faire un clin d'œil aux jumeaux. D'un geste affectueux, Cécile dirigea Rachel et ses petits-enfants vers la cuisine.

— Si je me souviens bien de l'appétit de votre mère et de vos tantes à l'adolescence, je suis certaine que vous devez être affamés. Venez et assoyez-vous à la table !

Cécile avait parlé en anglais pour qu'ils la comprennent bien. Elle put voir par leur sourire enthousiaste qu'elle avait vu juste.

— En fin de matinée, avant de partir, Mary a eu le temps de désosser un poulet, reprit-elle, enhardie par leur réaction. Je vais vous préparer un bon sandwich et, après, votre grand-père vous emmènera visiter les écuries, la roseraie et notre beau jardin.

Une fois rassasiés, Maud et Colin semblèrent plus ragaillardis. Néanmoins, ne parlant que très peu le français, ils demeuraient toujours aussi réservés. Docilement, ils suivirent Joseph dans la cour arrière.

Cécile offrit un verre de thé glacé à sa fille, qui avait refusé de manger quoi que ce soit, et, une fois assise, elle lui prit tendrement les deux mains.

— Maintenant, ma chérie, raconte-moi tout. Je n'ai pas besoin d'être aussi perspicace qu'Arthur pour me rendre compte qu'il se passe quelque chose de grave.

Les larmes se remirent à couler sur les joues de la jeune femme.

— J'ai décidé de quitter Brogan, mommy. Je n'en pouvais plus ! se libéra-t-elle d'un trait.

— Mais que s'est-il donc passé ? Dans tes lettres, malgré le fait que tu nous semblais un peu mélancolique, tu paraissais tout de même satisfaite de ta vie de famille à New York. Tu ne t'es jamais plainte de…

Elle se tut, se rappelant que sa fille leur avait également caché ses premiers mois difficiles à son arrivée à New York. Soit par fierté, soit par souci de ne pas les inquiéter, elle omettait délibérément de décrire les jours sombres de sa vie dans ses messages. Cécile fronça les sourcils.

— Est-ce que Brogan t'a été infidèle ? Ou pire, a-t-il osé lever la main sur vous ? Tu peux me le dire…

— Non ! Ni sur moi ni sur les enfants. Toutefois, d'une certaine façon, oui, il m'a trompée. Pas avec une femme, mais avec la maudite boisson. L'hiver dernier, il s'est mis à boire davantage et, lorsqu'il rentrait ivre à la maison, il devenait furieux pour des riens. D'un commun accord, nous avons convenu qu'il quitte la maison et, jusqu'à dernièrement, j'ai espéré qu'il change, mais non, ça n'a fait qu'empirer !

Elle eut un profond soupir.

— Son silence, son mutisme entêté sur les atrocités dont il a été témoin l'étouffent à petit feu. Tout ça, c'est à cause de cette saleté de guerre civile ! De le voir ainsi rongé par les tourments m'est devenu insupportable !

Ravalant son chagrin, Rachel se mit à relater la déchéance de son mari, depuis son retour des combats jusqu'à leur séparation. Après des années d'efforts, elle avait fini par accepter qu'elle était impuissante à aider Brogan à s'en sortir et qu'elle ne pouvait plus endurer davantage ses colères.

— Oh ! Mommy, je lui en veux tellement, je ne lui pardonnerai jamais. Pourquoi n'a-t-il pas pu se confier à moi ? Il a tout détruit : notre belle famille et notre avenir. Sans compter les troubles que son instabilité a pu causer à Maud et à Colin.

— Ma chérie, je suis désolée pour toi, pour les enfants… et aussi pour Brogan. Il m'a toujours paru être un brave garçon et il doit être dévasté de vous avoir perdus. Depuis le temps que je le répète, la boisson est un fléau qui détruit bien des familles ! Tu as eu raison de revenir ; vous serez en sécurité ici, les enfants et toi. Molly et Sarah seront tellement heureuses de te retrouver.

Après un court silence, Cécile lui adressa un regard franc.

— Cependant, Rachel, la haine est un vilain os à gruger. Un lourd fardeau que tu ne devrais pas garder au fond de…

— Je le sais, mommy, mais je tiens à le détester, la coupa sa fille. Je ne vous demande pas de me comprendre, mais pour moi, c'est le seul lien qu'il me reste avec lui.

Après une visite rapide de la roseraie et de la volière, Joseph laissa les jumeaux sur la balançoire, ravis de croquer dans les belles fraises juteuses qu'ils avaient cueillies près du potager. Il revint juste à temps pour s'asseoir sur sa chaise berçante et entendre une partie de la conversation de Cécile et de Rachel. Il ne put s'empêcher d'intervenir et de formuler à travers la porte moustiquaire :

— Pour un cœur brisé, mon rossignol, il n'est de remède plus bienfaisant que la famille !

***

Revenant de leur promenade, Molly, Arthur et Charlotte eurent à leur tour la surprise de trouver Rachel sur la véranda, se berçant entre Cécile et Joseph. Ce qui sauta d'abord aux yeux de Molly fut le manque d'éclat dans le regard de sa cadette.

On dirait que quelque chose s'est fané en elle ! remarqua Molly en s'avançant vers sa sœur.

— Ma chérie ! s'écria-t-elle avec un grand sourire. Que je suis heureuse de te revoir !

Après les embrassades de Molly et d'Arthur, Charlotte se présenta à sa tante, puis aperçut, au bout du terrain, sa cousine Maud s'amusant à pourchasser Colin autour du jardin. Les ayant connus à travers les lettres et les dessins qu'ils s'échangeaient par courrier, elle avait hâte d'enfin les rencontrer.

— Oh ! Maman, puis-je aller rejoindre mes cousins ? demanda-t-elle.

Un simple sourire de sa mère lui suffit et, nullement intimidée par le fait qu'ils avaient plus d'un an qu'elle, Charlotte dévala l'escalier pour aller à leur rencontre.

Le lendemain matin à son réveil, Rachel, à moitié endormie, tendit instinctivement la main à la recherche du corps de son mari. Cela faisait des mois qu'il en était ainsi et, chaque fois, elle devait se rappeler que Brogan n'était plus dans sa vie. Une vague de tristesse lui monta aux yeux. Penser à lui la troublait.

Je n'aurais peut-être pas dû l'abandonner. S'il fallait qu'il lui arrive un malheur… Non, non, se ressaisit-elle*, il l'a bien mérité !*

Elle secoua vivement la tête pour chasser ses sombres pensées et s'obligea à se lever. Malgré la fatigue du voyage, elle avait le besoin pressant d'aller embrasser Sarah au couvent et de se faire serrer par ses bras affectueux.

Lorsqu'elle descendit dans la salle à manger, elle y trouva Cécile et Molly en train de terminer leur déjeuner. Arrivant de la cuisine en sens inverse, Mary s'empressa d'aller lui verser un café. Rachel la remercia d'un sourire, puis s'adressa aux deux femmes :

— Où est tout le monde ? Les grands sont déjà levés ? Et daddy ? Et Arthur ?

— Charlotte est dans la bibliothèque avec les jumeaux, répondit son aînée. Elle les a convaincus de lui servir de modèles pour ses dessins. Depuis quelque temps, elle essaie de faire des portraits.

— Oui, bien sûr, je me souviens que tu m'as écrit qu'elle suivait des cours et qu'elle avait du talent.

— Oh ! Elle a encore du travail à faire, mais elle s'améliore rapidement. Son professeur est très satisfait d'elle.

Molly prit une gorgée de café, avant d'ajouter :

— Pour ce qui est d'Arthur, bien qu'il soit en congé aujourd'hui, il a dû partir à toute allure au poste de police. Un agent est venu le quérir d'urgence. Un prisonnier, un certain Bis Belleau, s'est évadé de la prison durant la nuit.

— Et Joseph s'est levé aux aurores, lui apprit Cécile. Il s'est dépêché de manger et est allé rejoindre Florent et Jean à l'écurie. Il est inquiet ; sa jument préférée devrait mettre bas dans la journée.

Rachel tendit à chacune d'elles une main.

— Que diriez-vous de m'accompagner au couvent ? J'ai tellement hâte de revoir Sarah. Et puis, ce serait l'occasion de lui présenter mes enfants. Je suis certaine qu'ils vont l'adorer !

Cécile et Molly se firent un clin d'œil complice.

— Nous nous disions justement que tu finirais bien par nous en parler ! déclara cette dernière. Malheureusement, il faudra attendre à la fin de la semaine. J'y suis allée dernièrement et ses visites sont comptées.

— Oui, bien sûr, j'avais oublié. Je suis tellement impatiente de la voir ! Dans sa dernière lettre, elle m'a semblé heureuse et remise de ce terrible crime commis au couvent. Qu'est-il donc advenu du coupable ? Depuis le temps, ce prêtre a dû être pendu !

Molly fit non de la tête.

— Son avocat a plaidé la démence sévère et le juge l'a trouvé convaincant, déclara-t-elle. Le prêtre a donc échappé à un procès et à la potence. En fait, l'arrestation de l'abbé Dufour n'a même jamais été rendue publique.

— Au grand soulagement du diocèse, d'ailleurs, qui a pu éviter un scandale, souligna Cécile. Maintenant, cet homme combat ses démons, interné dans une cellule de l'hôpital psychiatrique. Depuis, c'est l'abbé Dussault, de la paroisse du couvent, qui reçoit les religieuses en confession et qui va célébrer les messes à leur chapelle.

— Ça me fait penser que c'est aujourd'hui que les Augustines reçoivent la visite de Mgr Baillargeon, l'archevêque, avant son départ pour Rome, les informa Molly.

Devant le regard interrogateur de Rachel, Cécile précisa :

— Le pape Pie IX a convoqué un concile œcuménique au Vatican et monseigneur est l'un des archevêques invités. C'est ce que nous a appris le curé à la messe de dimanche. Il est la fierté de tous les Canadiens français !

***

Québec, juillet 1870

Près de trois années s'étaient écoulées depuis les horribles meurtres d'Harriet Murphy et de sœur Saint-Barthélemy.

Ce drame semblait avoir soudé davantage les liens entre les sœurs au couvent des Augustines, et l'atmosphère calme du temps d'avant s'y était lentement réinstallée. Elles avaient édifié un petit monument en mémoire de leur compagne dans leur cimetière, situé derrière le monastère.

Sœur Saint-Jérôme aimait bien y aller pour se recueillir et prier pour l'âme de son amie. Elle s'y trouvait, ce matin-là d'été, lorsqu'on vint lui annoncer qu'elle avait des visiteurs. Intriguée, elle accéléra le pas, pénétra dans le monastère et se rendit directement au parloir. Le premier visage qu'elle distingua fut celui de sa jumelle. Une fois remise de son étonnement, elle ne put retenir ses larmes, la figure illuminée de bonheur.

— Je ne peux pas croire que tu sois ici, Rachel. Je suis si heureuse de te voir !

La frêle silhouette et le visage blême de sa sœur la touchèrent et, avant que celle-ci n'ait le temps de parler, Sarah perçut son affliction.

— Mais dis-moi, que se passe-t-il ? Je ressens une telle détresse en toi. Viens dans mes bras que je te console. J'avais donc raison de me faire du souci pour toi.

Rachel, trop émue, ne put prononcer une seule syllabe, unissant ses larmes à celles de sa sœur. Intérieurement, elle remercia le ciel d'avoir une jumelle qui pouvait ressentir et partager le fardeau de sa peine, sans qu'elle ait à dire un mot.

Après quelques instants, les deux sœurs se calmèrent. Rachel, d'un geste de la main, invita sa fille et son fils à venir rencontrer leur tante. Ils possédaient tous les deux des cheveux bouclés d'un beau brun, les mêmes yeux couleur marron et la même rondeur de visage.

— Les jumeaux ! s'enthousiasma la religieuse. Maud et Colin, comme vous êtes beaux et grands ! Si je ne me trompe pas, vous devez avoir quinze ans, à présent !

Impressionnés par les lieux austères, l'habit de religieuse de leur tante et la ressemblance frappante que cette dernière avait avec leur mère, les deux adolescents sourirent poliment.

— Je suis très heureuse de vous rencontrer, tante sœur, affirma Maud. Maman nous a beaucoup parlé de vous. C'est vrai que vous lui ressemblez beaucoup.

Le visage chaleureux de sœur Saint-Jérôme le rassurant, Colin osa prendre la parole :

— J'aimais bien lorsqu'elle nous lisait vos lettres. Comme ça, vous fabriquez des médicaments ?

— En effet, jeune homme, et c'est devenu une vraie passion. Si vous me promettez d'être tranquilles et silencieux, les enfants, je vous emmènerai tantôt voir le jardin de fleurs et d'herbes.

Puis, sœur Saint-Jérôme s'avança vers Cécile, Molly et Charlotte, qui s'étaient tenues à l'écart afin de respecter l'intimité de ces retrouvailles.

— Comme je suis heureuse de toutes vous revoir ! C'est excitant, je n'ai jamais eu la joie d'accueillir autant de visiteurs à la fois.

Les religieuses n'avaient droit qu'à un nombre limité de visites et il lui tardait de connaître les difficultés de sa sœur. Elle se doutait bien que Rachel serait plus à l'aise de se confier à elle si les jeunes n'étaient pas dans les parages. Elle leur suggéra donc :

— Que diriez-vous d'aller cueillir des framboises au fond de notre potager, à l'arrière du carré des plantes médicinales ? Bien sûr, je vous rappelle qu'il vous faudra le faire en silence. Je compte sur vous.

Elle crut percevoir les yeux de Charlotte, de Maud et de Colin s'élargir d'un sourire et, satisfaite, elle les entraîna vers la cuisine.

Les devançant d'un demi-pas, sœur Saint-Jérôme guida ses visiteurs à travers l'étroit corridor et, une fois dans l'immense salle, elle les conduisit au bout d'une des quatre longues tables.

— Ça fera une belle surprise à sœur Marthe, la responsable des repas, les encouragea-t-elle pendant qu'elle tendait à chacun un pot en grès pour la cueillette. Elle pourra confectionner de bonnes tartes pour le dessert des malades de l'hôpital.

Avant de sortir, Charlotte lui chuchota à l'oreille :

— Tante sœur, tu connais la manie de grand-papa Joseph. Hier au souper, il a donné un nom d'oiseau à Maud et à Colin !

— Oh ! Il y a pensé. Je me souviens que toi, il t'a nommée « colibri », ma chérie, parce que tu étais minuscule à ta naissance.

Elle s'adressa aux jumeaux, à voix basse et en anglais :

— Moi, il m'a appelée « sauvagine ». Lorsqu'il m'a connue, j'étais un peu refermée sur moi-même, expliqua-t-elle. Alors, quel nom d'oiseau vous a-t-il attribué ?

— Je suis sa mouette rieuse, chuchota Maud en cassant son français.

— C'est parce que grand-papa trouve qu'elle a un merveilleux rire en cascade, précisa Charlotte.

— Il a peut-être aussi deviné qu'elle était futée, ajouta sœur Saint-Jérôme en remarquant le regard éveillé de sa nièce. Et toi, Colin, tu es bien silencieux. Allons ! Dis-le-moi en anglais, ce sera plus facile.

— Je suis son cormoran, émit fièrement le jeune garçon. Étant donné que je ne suis pas très bavard, grand-papa m'a expliqué que, comme cet oiseau, je ferais un excellent pêcheur.

— Notre cher daddy est bien perspicace, il faut lui donner ça, murmura sœur Saint-Jérôme.

Puis, avant d'ouvrir la porte qui donnait sur le jardin, elle mit un doigt sur sa bouche pour rappeler aux jeunes qu'ils devaient se taire.

Les rangs de framboisiers, soigneusement alignés, regorgeaient de beaux fruits rouges et les trois cousins n'avaient qu'à se baisser pour les cueillir. Sans plus attendre, ils se mirent à l'œuvre, en gobant quelques-uns au passage.

Quelques instants plus tard, sœur Saint-Jérôme rejoignit Cécile, Molly et sa jumelle en portant sur un plateau des gobelets et un pichet d'eau qu'elle avait aromatisée de quelques feuilles de menthe.

— Ce n'est pas l'une des délicieuses liqueurs de daddy, mais c'est de bon cœur, expliqua-t-elle sans hausser la voix. Ainsi, vous respecterez avec moi mon vœu de pauvreté.

Dans cette atmosphère tranquille du monastère et entourée de sa mère et de ses sœurs, Rachel se confia en effet davantage. Elle leur parla de son inquiétude lorsque Brogan avait rejoint une société secrète de rebelles irlandais, les Féniens :

— Ce n'était pas seulement de le voir arriver ivre qui me choquait, mais de subir ses colères, qui faisaient peur aux jumeaux, et ça, c'était trop injuste. Je suis certaine que son agressivité vient de l'influence des révolutionnaires qu'il fréquentait, mais il ne voulait rien entendre de les quitter. Pour lui, c'était une trahison.

Elle eut un profond soupir et aperçut, accroché au mur, un long crucifix. Soudain, elle se sentit obligée de se justifier d'avoir quitté son mari :

— Je sais que j'avais promis devant Dieu de vivre avec lui pour le meilleur et pour le pire, mais je devais éloigner les enfants de cet environnement.

— Je suis certaine que le Seigneur approuve ta décision, lui certifia sa jumelle en lui tendant une main. Maud et Colin n'ont rien à voir avec ce serment.

— Tu n'as pas à te sentir coupable, ma chérie, s'empressa d'ajouter Cécile. Joseph et moi, nous avons bien saisi que tu n'avais pas d'autre choix que de prendre cette décision et nous l'approuvons.

— Arthur et moi, nous pensons la même chose, acquiesça Molly à son tour. Nous avons été choqués d'apprendre la façon dont Brogan se comportait. Nous croyons tous sincèrement que tu as été courageuse et que tu as agi selon ton cœur.

Ces approbations soulagèrent Rachel. Elle glissa sa main dans celle de sa sœur et regarda les trois femmes avec gratitude.

— Vous avez toujours eu les bons mots pour me redonner confiance. Toutefois, je me fais du souci pour Maud et Colin. Visiblement, cette séparation les affecte.

— Allons ! Ne t'inquiète pas trop. Les vacances d'été leur feront le plus grand bien, la rassura Molly. Et à l'automne, Maud pourra entrer à l'externat avec Charlotte, chez les Ursulines ?

— Pour ce qui est de Colin, il y a le collège des garçons des Frères des Écoles chrétiennes, dans le faubourg Saint-Sauveur, rue Massue. Tu devrais aller l'y inscrire au plus vite, et montrer ses notes scolaires en t'engageant à profiter des mois d'été pour parfaire son français.

— N'est-ce pas formidable d'être réunies toutes les quatre ? lança Cécile, les yeux brillants. Je vais personnellement envoyer un mot de remerciement à la mère supérieure, qui nous a permis d'organiser cette touchante rencontre.

À l'heure du départ, sœur Saint-Jérôme s'avança vers sa jumelle et passa son bras sous le sien.

— Garde confiance en la Providence divine, Rachel. Je vais prier pour toi, pour que tu retrouves ta joie de vivre… et aussi pour Brogan. On ne sait jamais, il pourrait se reprendre en main et te revenir.

En passant près d'elle, Molly lui donna un coup de coude et lui murmura à l'oreille :

— J'aimerais avoir ta foi, Sarah McDoughan, mais je t'en supplie, ne lui crée pas de faux espoirs. Elle a déjà assez de mal à se pardonner de l'avoir quitté !

— Je…, fut le seul mot que la religieuse put articuler tant le fait de se faire interpeller par son nom de jeune fille l'avait stupéfiée.

7

Paris, Noël 1870

— Un soir comme celui-là, les églises devraient faire entendre leurs cloches, la maison devrait être décorée et le buffet devrait être couvert de terrines de volailles, de rôtis, de tourtes et de gâteaux. Nos cœurs, mon amour, seraient censés être à la fête ! s'exclama Jane en tremblant de froid devant la maigre portion du pot-au-feu de cheval que Flavien venait de leur servir.

Comme s'il s'agissait d'un lingot d'or, elle serrait dans ses mains gantées un morceau de gruyère, qui constituait l'unique cadeau qu'avait pu lui offrir Matthew.

À la fin juillet, Napoléon III, monarque de France, après avoir surestimé la force de ses armées, avait déclaré la guerre à l'empereur Guillaume de Prusse. Mais en septembre, les soldats de l'armée allemande, étant quatre fois plus nombreux que les soldats français, avaient gagné la bataille et Napoléon avait été fait prisonnier à Metz. Les envahisseurs avaient d'abord conquis le nord de la France pour ensuite assiéger la ville de Paris. Depuis, la population était privée de tout contact, commercial et autre, avec l'extérieur des enceintes et la rigueur de cet hiver glacial n'arrangeait rien.

— Je ne me plains pas, mon chéri, je sais bien qu'une majorité de Parisiens crèvent de faim et de froid. Mais si cette guerre se poursuit, nous ne pourrons plus nous payer de la viande de cheval, et même celle de rat, de chat ou de chien sera trop chère.

Pour toute réponse, ce dernier lui prit la main et la porta à sa bouche pour y déposer un baiser. Ils étaient tous les deux épuisés et inquiets. Le siège de l'armée allemande qui entourait Paris durait depuis plus de trois mois.

Considérant avoir une dette envers son pays d'adoption, Matthew avait répondu à l'appel du gouvernement provisoire. Il s'était joint aux Parisiens et, depuis plusieurs semaines, combattait l'occupant derrière des barricades de fortune.

Aux côtés de l'armée française, il avait retrouvé des collègues, des étudiants, des ouvriers, des bourgeois et des artistes, comme l'écrivain Victor Hugo revenu d'exil afin de soutenir ses compatriotes. Pas plus que lors de la rébellion en Irlande, à laquelle il avait participé en juillet 1848, la plupart de ces hommes n'avaient pas de formation militaire. Par contre, le même esprit de liberté et la même vaillance les réunissaient.

Désirant contribuer elle aussi à la défense de Paris, Jane s'était improvisée infirmière au théâtre de l'Odéon après que la renommée Sarah Bernhardt eut converti l'illustre bâtiment en hôpital militaire.

— Quelle misère ! se désola-t-elle en piquant sa fourchette dans un maigre morceau de viande. Il ne reste plus que les singes au zoo du Jardin des Plantes ; tous les autres animaux sont passés à la casserole.

Matthew avala un bout de carotte, puis fit un triste sourire à sa femme.

— Hier, en passant devant le chic Café Voisin, de la rue Saint-Honoré, j'ai eu la curiosité de lire le menu de Noël. Qui aurait pu imaginer qu'un jour, on y servirait un consommé d'éléphant et du chameau rôti à l'anglaise ? Et ce, à un coût exorbitant.

— Mais quand donc finira cette maudite guerre ? Le théâtre déborde de blessés, les loges et la cave sont remplies de lits de camp, tous utilisés. On ne sait plus où installer les civières qui arrivent jour et nuit. S'il fallait qu'il t'arrive un malheur !

— Voyons, ma Jane, calme-toi. Je m'inquiète aussi pour toi, tu sais ? Nous ne sommes plus très jeunes. J'espère juste que cette situation ne durera pas trop longtemps.

— Il vaut peut-être mieux voir le bon côté des choses, concéda-t-elle en dégustant son dessert.

Elle laissa fondre dans sa bouche une mince tranche du délicieux fromage avant de poursuivre :

— Nous avons la chance de faire partie des privilégiés. Il nous reste encore une des trois poules que nous avions installées dans le coin du boudoir.

— Et puis, il y a une chose qu'aucun Prussien ne pourra nous empêcher de faire ce soir, ma chérie, lui affirma Matthew en l'aidant à se lever de table avant de l'entraîner dans leur chambre.

— Hum ! Je crois deviner ce que tu as en tête, le taquina Jane en se laissant choir de tout son long sur le lit. Tu me surprends, après trois jours au front, tu as encore de l'énergie pour faire l'amour !

Matthew mit un doigt sur les lèvres de sa femme pour la faire taire, puis en s'étendant sur elle, il lui murmura à l'oreille :

— N'est-ce pas le plus beau cadeau de Noël qu'on puisse souhaiter ?

Trop fourbue par ses journées de travail à l'hôpital, Jane fut incapable de lui résister. Elle le laissa la déshabiller et, la voyant tremblante de froid, il la glissa aussitôt sous les couvertures. Une fois qu'il l'eut rejointe, elle se colla à son corps chaud et s'abandonna entre ses bras. Un frisson la parcourut lorsqu'il la pénétra. Le seul fait qu'il soit en elle la fit rougir de bonheur et, lorsqu'il se mit à bouger à un rythme soutenu, elle sentit sa fatigue s'envoler et son plaisir augmenter. Elle souleva son bassin pour aller à sa rencontre et amorça, avec son bien-aimé, un ballet sensuel. Dans une même ardeur, ils jouirent à quelques secondes d'intervalle.

L'espace de ce voluptueux moment, ils avaient pu oublier les morts et les mutilés des affrontements ainsi que les malheureux affamés, à l'intérieur des murs de la cité prise en otage par les Allemands !

***

Québec, hiver 1871

Les saisons défilaient et Rachel, le cœur encore quelque peu ébréché, poursuivait sa lente convalescence. Cela faisait plus de huit mois qu'elle et les jumeaux avaient quitté New York et elle rêvait encore parfois de Brogan, comme cette nuit. À son réveil, elle dut faire des efforts pour refouler ses larmes et se lever du lit.

Le vrai Brogan, celui d'avant, son corps, son odeur lui manquaient terriblement. Elle avait l'impression que les mauvais souvenirs s'estompaient, alors que les jours heureux, au contraire, semblaient vouloir s'imprégner à tout jamais dans sa mémoire. Il ne lui en fallait pas davantage pour raviver l'espoir de voir son mari se présenter, au domaine, aussi sobre et fier qu'au jour où il était venu faire sa demande en mariage à Joseph.

« Ce genre d'attente ne fait que blesser le cœur », m'a avisée daddy en me promettant qu'il y aurait une fin à toute ma tristesse, se rappela-t-elle. *En tout cas, il ne s'est pas trompé sur un point : l'affection des membres de la famille nous procure, aux enfants et à moi, un environnement bénéfique. Maud et Colin sont moins tristes et s'expriment de mieux en mieux en français. Même si, certains soirs, ils réclament des nouvelles de leur père, ils semblent avoir retrouvé leur insouciance et leur gaieté !*

Les jumeaux et leur cousine s'entendaient à merveille. Charlotte avait été ravie de passer ses vacances d'été, qui s'annonçaient plutôt solitaires, avec ses nouveaux amis. Elle avait pris plaisir à leur faire découvrir chaque pièce de cette immense maison et à leur ouvrir les portes de son précieux repaire, aménagé dans le grenier.

Les deux cousines possédaient une passion commune pour les arts : Maud pour le théâtre et, bien sûr, Charlotte pour le dessin. Depuis l'automne et l'arrivée du temps froid, elles s'empressaient de grimper jusqu'à la mansarde après l'école et les jours de congé. Maud adorait fouiller dans les coffres de cèdre qui y étaient éparpillés et s'amuser à revêtir les vieilles robes et les chapeaux démodés des aïeules de Cécile. Charlotte en profitait pour sortir ses fusains et son cahier à dessin, puis brossait le portrait de sa cousine, s'amusant à donner à son modèle des airs d'antan. De son côté, Colin préférait rejoindre dans la bibliothèque son grand-père, qui semblait heureux de retrouver un complice de lecture, comme au temps de sa petite sauvagine.

À leur grand contentement, les deux filles occupaient la chambre que partageaient Rachel et Sarah, à l'époque de leur jeunesse. Colin, pour sa part, était installé dans une pièce adjacente. Certains soirs, avant de monter se coucher, les jeunes se réunissaient devant le foyer de la bibliothèque pour écouter leurs mères leur faire le récit de la vie d'antan, en Irlande.

Ce soir-là, Rachel leur interpréta une ballade en gaélique, laquelle datait des chevaliers d'Irlande.

Une fois les enfants retirés dans leur chambre, Molly regarda sa sœur avec admiration.

— Tu chantes encore merveilleusement, Rachel. Colin, les filles et moi, nous sommes tous tombés sous le charme de ta voix. Tu la maîtrises avec une telle sonorité, elle est encore plus riche qu'avant. Tu sais, tu devrais aller passer une audition au théâtre Saint-Louis.

Sa sœur hocha la tête, incrédule.

— Oh ! Molly, je n'y crois plus. Il y a longtemps que je me suis faite à l'idée que ce rêve de me présenter sur scène n'était qu'une chimère qui ne m'a apporté que des déceptions.

— Je ne t'ai jamais connue aussi pessimiste, ma chérie. Tu dois reprendre confiance en toi. Tu oublies que tu as chanté dans une chorale et que tu n'as jamais cessé de travailler ta voix. Qu'as-tu à perdre ? J'ai vu une affiche, l'autre jour, en passant devant le théâtre ; les propriétaires sont à la recherche de nouveaux talents.

Les joues de Rachel se teintèrent d'un peu de rose.

— Tu crois vraiment que ça pourrait marcher ?

— Pourquoi pas ? l'encouragea Molly. Tu connais plusieurs chansons de styles variés. Il y en a sûrement quelques-unes qui plairont au directeur. Tu devrais vraiment tenter ta chance.

— Tu as peut-être raison, approuva Rachel d'un ton légèrement trop indécis pour son aînée. Je vais y penser. Tu sais que l'Église réprouve ce genre de spectacles et que ça pourrait mettre notre pieuse sœur Saint-Jérôme dans la gêne.

— Allons ! Ton répertoire n'a rien de provocateur ; elle t'appuiera, j'en suis certaine. C'est maintenant qu'il faut agir, insista Molly. Si tu ne vas pas à cette audition, je te connais, tu le regretteras.

Rachel réfléchit un moment, puis plongea un regard décidé dans celui de sa sœur.

— Ça va, ça va, répéta-t-elle, tu m'as convaincue. J'irai cette semaine. Et puis, j'ai besoin de bouger et de me sentir utile. Encore un autre mois à ne rien faire et je vais finir pas m'ennuyer du travail de couturière que j'effectuais pour M. Boyle.

Elles se dirigeaient vers le grand escalier de chêne lorsqu'elles virent Arthur apparaître dans le portique, une bourrasque de neige poudreuse l'enveloppant.

— Il fait un temps à écorner les bœufs ! leur lança-t-il dans un souffle en fermant énergiquement la large porte derrière lui.

— Mon pauvre chéri, tu dois être gelé, lui dit Molly en venant à sa rencontre.

Sur ces entrefaites, Florent, qui attendait l'arrivée de son maître pour aller se coucher, surgit des cuisines. Il s'empressa de débarrasser le major de son épais manteau, puis secoua son couvre-chef couvert de flocons blancs.

— Voulez-vous que Mary vous prépare un bon thé chaud, monsieur ?

Arthur fit non de la tête.

— Ce ne sera pas nécessaire, mon brave Florent, je n'aspire qu'à aller dormir auprès de ma femme.

Une fois le domestique éclipsé, il prit son épouse dans ses bras et l'embrassa avec tendresse.

Près d'eux, Rachel, embarrassée, leur tourna le dos, puis entreprit de monter l'escalier, laissant glisser sa main sur la rampe. Elle était sincèrement heureuse pour Molly et Arthur, mais leur relation d'amour, qu'elle voyait souvent s'épanouir sous ses yeux, n'arrangeait rien à son moral.

***

Paris, fin mai 1871

Au mois de mars, l'Assemblée nationale, dont les membres étaient majoritairement monarchistes, avait signé un traité de paix avec l'Empereur prussien afin de faire cesser les hostilités. Le gouvernement français, vaincu, avait acheté cette paix en cédant à son opposant l'Alsace et la Lorraine, en plus d'une colossale somme d'argent.

Toutefois, cet accord ne faisait pas l'unanimité dans la population française et un second siège dans Paris s'était amorcé. Un grand nombre de citoyens s'étaient insurgés contre la soumission de l'Assemblée face aux Allemands. Devant les émeutes de plus en plus violentes, les membres du gouvernement avaient dû se réfugier à Versailles.

Les révolutionnaires, qui comptaient des femmes dans leurs rangs, mais principalement des ouvriers, des marchands, des étudiants et des propriétaires d'entreprise, avaient constitué une commune à l'intérieur de la capitale et se défendaient contre les attaques de l'armée de Versailles.

Ce matin du 28 mai, après une semaine de représailles sanglantes des soldats contre les insurgés, Matthew apprit de l'un de ses étudiants, qui venait d'échapper au massacre, que la révolte des communards avait été écrasée quand les miliciens étaient entrés dans Paris.

— C'est terrible, professeur McDoughan ! eut juste le temps de bredouiller le jeune Louis Racicot, avant de s'écrouler aux pieds de Matthew sur le tapis du vestibule, le visage ensanglanté et les yeux écarquillés d'effroi.

À cause de son bras toujours en écharpe – des suites d'une blessure subie lors du siège allemand –, Matthew, solidaire des révolutionnaires, n'avait pu participer aux affrontements.

— Flavien, aide-moi à l'étendre sur un lit ! s'écria-t-il.

Puis, il s'adressa à Jane, qui, en entendant du bruit dans l'entrée, avait surgi derrière eux :

— Vite, chérie, va chercher une bassine d'eau et des serviettes. Il aura besoin de tes soins, je crois qu'il est blessé.

Après s'être fait panser sa blessure à la tête et avoir ingurgité un peu de bouillon, préparé avec la dernière poule que les McDoughan avaient dû se résoudre à tuer, le jeune Louis se mit à raconter les horreurs des attaques :

— C'était atroce. À mesure qu'ils avançaient comme une marée d'hommes qu'on ne pouvait arrêter, les soldats détruisaient les barricades, enjambaient les morts, tiraient sur ceux qui essayaient de fuir et faisaient prisonniers les autres. Les rigoles des rues débordaient de sang et allaient gonfler les eaux du fleuve. Jamais je ne pourrai oublier cette barbarie, professeur !

En l'écoutant, Matthew se frottait le menton. Comment allait-il pouvoir expliquer à cette jeune génération, qui n'avait jusqu'à maintenant jamais vécu les affres de la guerre, que ces défaites, bien qu'elles soient injustes et humiliantes, étaient surmontables ? Elles ne devaient surtout pas altérer leur idéalisme ni leur volonté de combattre pour leur liberté.

***

Québec, juillet 1871

Molly était épuisée et affligée, car depuis l'aube, elle avait assisté une parturiente dont l'accouchement avait été difficile et dont l'enfant était mort à la naissance. À la fin de cette longue journée au dispensaire de la Maternité, elle fit une halte au bureau de poste, comme à son habitude. Un paquet et une lettre de France l'y attendaient. Aussitôt, elle sentit sa fatigue s'évaporer et, soulagée, elle serra l'enveloppe dans ses mains. Elle accéléra le pas pour rentrer au manoir.

Pendant le siège de Paris, Joseph et Arthur avaient suivi dans les journaux le déroulement de ce conflit outre-mer et avaient même participé à une assemblée, dans le quartier Saint-Roch, pour trouver des solutions et venir en aide aux blessés de cette guerre. L'annonce du traité de paix les avait rassurés, mais la nouvelle d'une révolte dans la capitale française les avait bouleversés. Tout ce temps, les pensées des membres de la famille et les prières de sœur Saint-Jérôme avaient été destinées à leurs lointains parents.

— Après ces longs mois d'inquiétude, je sais que, tout comme moi, il vous tarde d'avoir de leurs nouvelles, déclara Molly à ses parents et à Rachel. Si ça ne vous dérange pas de patienter un peu, je crois qu'Arthur apprécierait que nous l'attendions avant d'ouvrir la lettre. Il devrait revenir bientôt de son travail.

— Tu as raison, ma mésange, approuva Joseph, solidaire de son gendre. Nous la lirons tous ensemble aussitôt qu'il rentrera.

Puis, il plaça l'enveloppe dans la poche intérieure de son veston et se tut. Il ne servait à rien de troubler davantage sa famille avec ses appréhensions.

Cécile, qui devina les craintes de son mari, fronça les sourcils et lui prit le bras.

— Le fait que Matthew nous écrive, fit-elle remarquer, nous indique tout de même qu'ils se portent bien, Jane et lui, n'est-ce pas, Joseph ?

Ce dernier n'eut pas le temps de répondre.

— Une lettre d'oncle Matthew ! s'exclamèrent en chœur Colin, Maud et Charlotte en se précipitant derrière eux.

Ils n'avaient rien manqué de la conversation. Les trois adolescents faisaient vibrer de leur présence animée l'immense résidence et s'immisçaient de plus en plus dans les discussions des adultes. Les jumeaux étaient à présent âgés de seize ans et Charlotte, de quinze.

— Il faudra avertir tante sœur, ajouta Charlotte. Elle a tellement prié pour eux.

— Évidemment, ma chérie, déclara Cécile. Je lui apporterai la lettre à ma prochaine visite.

— En attendant, nous pourrions peut-être déballer le paquet et voir ce qu'il contient, osa Maud en se dirigeant vers le guéridon de l'entrée, où Molly l'avait déposé.

Joseph acquiesça. Sa petite-fille lui tendit alors le colis. Il en défit la ficelle, retira l'épais papier de la boîte de carton et souleva le couvercle.

— Grand-père, on dirait que ce sont des bouquins ! applaudit Colin, un large sourire éclairant son visage.

— Tu as l'œil, mon cormoran ! Il y a cinq volumes, leur apprit-il. Encore des chefs-d'œuvre de la littérature française que nous fait parvenir notre cher Matthew.

— De quel écrivain s'agit-il, cette fois-ci ? demanda Charlotte, qui avait grandement apprécié recevoir de son parrain et de sa marraine, lors de son dernier anniversaire, le roman de la comtesse de Ségur, *Les malheurs de Sophie*.

— Hum ! D'après ce que je vois, répondit Joseph, cette fois-ci, oncle Matthew nous envoie l'intégral des *Misérables*, une œuvre du célèbre Victor Hugo.

Depuis qu'elle avait lu le roman *Valentine*, Maud considérait George Sand comme son écrivaine favorite. Moins intéressée par Victor Hugo, elle revint vers sa mère, sa tante et sa grand-mère. Les trois femmes venaient de s'installer dans le grand salon. Cécile et Rachel s'étaient remises à leur ouvrage de tapisserie, qu'elles avaient commencé en après-midi.

— Tu m'as l'air bien songeuse, jeune demoiselle, lui fit remarquer Molly, un sourire se dessinant sur ses lèvres.

Elle reconnaissait bien la propension de Rachel, au même âge, à s'évader dans son monde imaginaire. Ladite demoiselle se cala dans son fauteuil en rougissant.

— Vous avez raison, ma tante, je rêvais de la France, mais surtout de Paris. Depuis que grand-papa m'a parlé du grand Molière, pour moi, c'est la ville où le théâtre règne et où les comédiens côtoient les rois. J'aimerais tant m'y rendre un jour!

Sa mère prit une voix douce:

— Écoute-moi, Maud, c'est vrai que, depuis que je chante à la salle du Saint-Louis, j'ai réalisé mon rêve d'être entendue et appréciée d'un public. Mais attention, ma chérie, j'ai dû faire beaucoup d'efforts, être persévérante et faire quelques concessions pour y arriver. Ce n'est pas encore le Théâtre Royal et je ne chante pas de l'opéra. Tu devrais être plus prudente avec tes rêveries. Crois-moi, je suis bien placée pour savoir que tu risques de vivre quelques désenchantements!

— Qui parle de désillusions? s'enquit Joseph en pénétrant dans la pièce, le paquet de livres encore dans les mains.

Charlotte et Colin le suivaient de près et personne n'osa répondre, mais ce silence ne gêna pas le vieux docteur.

— Il ne faut pas confondre le rêve et l'espérance, mes oiselles! La vie peut nous sembler banale ou difficile, mais quelquefois, il arrive qu'un souhait se réalise…

À ce moment, le carillon de l'horloge sonna les six heures. Cécile en profita pour interrompre son mari, avant qu'il ne s'éternise, et s'empressa de transmettre ses directives pour l'organisation du souper.

— Mon chéri, nous sommes toujours heureux d'entendre tes sages paroles, mais il est temps de s'activer. Allons, jeunes filles, pendant que vos mères se reposent au salon et espèrent le retour d'Arthur, il serait temps d'aller aider Mary, dicta-t-elle à Maud et à Charlotte. Elle vous sera reconnaissante d'avoir mis les couverts sur la table de la salle à manger.

Depuis l'arrivée de Rachel et des jumeaux, Mary peinait à accomplir toutes les corvées domestiques. Molly lui avait assuré que, dès qu'elle trouverait quelqu'un de confiance, elle engagerait une aide pour la seconder. C'était une question de semaines. En attendant, tout le monde était d'accord pour alléger ses tâches.

— J'imagine que, toi, Colin, ajouta Cécile en s'adressant à son petit-fils, tu préféreras suivre ton grand-père à la bibliothèque.

En effet, depuis quelques semaines, l'adolescent avait entrepris de concevoir un système de classement afin de retrouver plus facilement un livre dans les immenses étagères. Elles débordaient de documents politiques, de romans historiques ou d'aventure, de recueils de poésie, de chroniques et d'almanachs de toutes sortes. Seules manquaient les encyclopédies de médecine qui, elles, s'entassaient sur les tablettes et le secrétaire du bureau.

***

À la minute où il passa la porte de la villa, le major fut assailli par la famille, qui était rassemblée au grand complet dans le salon. Lorsque Joseph lui tendit la lettre de son air sérieux, il comprit qu'il s'agissait de nouvelles de Matthew. Devant la fébrilité de tous, il se dépêcha d'ouvrir l'enveloppe :

« *Paris, 15 juin 1871* », commença-t-il à haute voix, une fois les feuillets dépliés.

Il s'arrêta un instant pour scruter l'écriture plus attentivement.

— Hum ! Ce n'est pas l'écriture de Matthew, celle-ci est plus élancée, ce doit être celle de Jane. J'espère qu'il n'est rien arrivé de fâcheux à…

— Alors, major Lockwell, intervint Molly, elle est finie, ton enquête ? Tu vois bien que ton auditoire s'impatiente !

Ce dernier se racla la gorge et, aussitôt, s'appliqua à lire :

« *Chers lointains et bien-aimés membres de notre famille,*

Je prends la plume pour vous écrire, car une semaine avant le cessez-le-feu avec les Allemands, notre cher Matthew est revenu du front blessé à l'épaule et au bras droit. Je vous rassure, malgré le fait qu'il ait été un patient un peu grincheux, mon cher mari est à présent remis de ses blessures, mais son écriture est encore illisible.

D'ailleurs, en ce moment, il est près de moi et il participe à la rédaction de cette lettre. Il tient à préciser que, depuis qu'il a repris son enseignement à l'université, il est encore bouleversé de l'issue de ce conflit, mais de meilleure humeur. Ce que je confirme.

Imaginez ma panique lorsque, travaillant comme aide-soignante au théâtre-hôpital de Mme *Sarah Bernhardt, je l'ai vu arriver, en milieu de matinée, l'épaule traversée par une balle ennemie et le bras ensanglanté. Nous n'avions plus de médicaments et ne pouvions pas le soulager, mais le D*^{r} *Dumoulin a pu désinfecter la plaie avec du vieux cognac puisé de la dernière bouteille de sa précieuse réserve.*

« Un traitement royal ! » a lancé le médecin à la blague. Il faut dire qu'il connaissait bien le côté antimonarchique de son patient. La plaisanterie a réussi à nous dérider et à détendre l'atmosphère pour un bref instant.

Vous devez avoir appris par les journaux le soulèvement des Parisiens contre l'Assemblée nationale à la suite de la signature du traité avec les envahisseurs. Blessé, mais frustré, Matthew n'a pu se joindre aux concitoyens révoltés qui luttaient, pour une juste cause, contre l'armée française. Pendant cette période, les blessés se comptaient par milliers et j'ai continué mon travail à l'hôpital.

La capitale est défigurée, plusieurs secteurs de la rive gauche, dont le cimetière du Montparnasse, les quartiers du Luxembourg et du Panthéon, tout près de la Sorbonne, ont été détruits par les bombardements des Allemands. Comme par miracle, les bâtiments de la rive droite, dont notre immeuble, ont été épargnés. Mais les destructions ne se sont pas arrêtées là : les communards en colère ont démoli la colonne de Napoléon, place Vendôme, et incendié plusieurs édifices administratifs de l'État.

Deux semaines ont passé depuis la fin des hostilités, mais nous sommes encore sous le choc des atrocités commises, qui ont connu leur apogée d'horreur la dernière semaine de mai. Malgré le fait que nous ayons souffert d'une grave carence alimentaire, sans oublier l'angoisse qui nous tenaillait le ventre, jour et nuit, Dieu merci, nous en sommes sortis vivants !

L'hôpital ayant repris son rôle de théâtre hier, je suis revenue à mes occupations de maîtresse de maison et d'épouse. Cependant, je n'oublierai jamais le dévouement de Mme Sarah ni celui du praticien.

Je me souviendrai aussi toujours de la bravoure des insurgés. Toujours vaillants, les Parisiens se remettent donc tranquillement de ces deux défaites et la cité reprend peu à peu son souffle.

À son premier jour de classe, Matthew, accablé, a pu constater que près de la moitié de ses étudiants étaient absents. Certains étaient morts au combat ; d'autres blessés, traduits devant un tribunal militaire allemand, ou pire, laissés aux mains des gouvernants français… deux jeunes hommes ont été fusillés pour trahison.

Le service de poste n'a été rétabli que récemment, alors nous venons juste de recevoir vos messages de sympathie. Nous les avons lus et relus avec beaucoup d'émotions et de reconnaissance. Nous en profitons pour vous faire parvenir ces tomes, dont la lecture saura vous intéresser autant qu'elle a su le faire pour nous. Quel beau récit, dans lequel la justice et le courage finissent par triompher ! Le quatrième tome raconte l'insurrection du peuple contre la monarchie dans les rues de Paris, en 1832. Ce passage décrit très bien l'atmosphère qui régnait dans la ville et les dangers encourus par les communards embusqués derrière leurs barricades, durant les deux sièges que nous avons connus.

De vous résumer ces derniers mois nous fait réaliser à quel point chaque membre de notre famille est précieux pour nous et que, peu importe que nous ne vivions pas sous le même toit, vous êtes à jamais dans nos pensées et dans notre cœur.

Nous vous embrassons affectueusement,

Vos lointains parents, Matthew et Jane »

À la fin de la lecture, un silence plana dans la pièce. Arthur tortilla machinalement le bout de sa moustache, puis constata dans les yeux de chacun un mélange de stupeur et de soulagement.

— Il y aura donc toujours des guerres dans ce monde ! prononça Rachel d'une voix empreinte de tristesse.

Tous les regards convergèrent vers elle et Joseph, désolé, prit la parole :

— Ma foi ! Tu as raison, mon rossignol. Il semble que les hommes ne retiennent que peu de leçons de leurs erreurs passées, même les plus meurtrières.

Arthur hocha la tête, l'air grave.

— Pourtant, il y a des batailles qui sont justes, commenta-t-il. Sans vouloir vous contredire, Joseph, et t'offusquer, Rachel, combattre pour la liberté d'une nation ou contre l'esclavage, comme l'a fait Brogan, est essentiel pour l'évolution de la société. Et même si on ne les gagne pas toutes, je suis persuadé qu'elles contribuent à ébranler les dirigeants.

— Que ces terribles conflits soient justifiés ou non, intervint Molly en enveloppant de sa main celle de Rachel, il n'en demeure pas moins qu'ils causent également du tort à des innocents, comme des femmes et des enfants, et ce, même du côté des vainqueurs.

— En fait, il devrait y avoir d'autres façons moins barbares d'éliminer les oppresseurs, osa Colin, entre deux bouchées de pain.

Ses joues se couvrant de pourpre démontraient qu'il avait rassemblé tout son courage pour intervenir dans la discussion des grands.

— Par exemple, le président Lincoln aurait pu imposer d'énormes taxes aux propriétaires d'esclaves, suggéra-t-il devant le regard interrogatif des autres. Si ces charges leur avaient coûté plus cher, les asservisseurs auraient compris que leurs intérêts étaient de les affranchir et que de rétribuer leur travail leur reviendrait moins cher !

— Eh bien ! Il semble que les cours de comptabilité et de commerce que tu suis au Séminaire de Québec t'apprennent à raisonner, remarqua Joseph, impressionné par le commentaire de son petit-fils.

— Ce n'est pas bête, mon garçon, reprit Arthur, mais crois-moi, tu touches là à des domaines complexes, ceux de l'économie d'un pays et de la politique.

— Ce qui importe, pour le moment, intervint Cécile, qui trouvait que la conversation dérivait, c'est que tous ceux que nous aimons et qui ont subi la guerre soient sains et saufs !

Tous comprirent que le sujet était clos, et c'est alors que Mary fit son entrée dans le salon :

— Le repas est servi, messieurs, dames ! annonça la domestique, ce qui fit sursauter les convives.

8

New York, été 1871

Depuis le départ de Rachel et des jumeaux, le besoin de boire de Brogan était devenu plus criant. La solitude que ce père ressentait en entrant dans le logement vide, en prenant ses repas seul et en passant ses soirées sans la présence des siens, lui était insoutenable. Plus que jamais, la bouteille de whisky était devenue sa fidèle compagne, et elle seule pouvait l'aider à s'endormir.

Il travaillait toujours comme briqueteur, mais dès sa journée terminée, il s'engouffrait dans la taverne pour y rejoindre ses camarades de beuverie. Même le regroupement des Féniens, réprouvant ses nombreuses absences aux réunions et son manque d'enthousiasme pour leur cause, l'avait rayé de leurs membres. Ainsi s'étaient écoulés les mois, jusqu'à ce matin pluvieux de juillet.

À l'aurore, il se réveilla dans une ruelle avec un horrible mal de tête, empestant l'urine et ne se souvenant de rien de ce qui s'était passé la veille. Ses poches de pantalon avaient été vidées et sa montre de gousset, souvenir de son père, avait disparu. Il avait honte de lui-même.

Je ne peux pas descendre plus bas! songea-t-il en refoulant un haut-le-cœur.

Comme il était trop tard pour qu'il se rende à son travail et vu le piètre état dans lequel il se trouvait, il savait qu'il ne lui servait à rien de se présenter sur le chantier. En le voyant, M. McGraw le renverrait sur-le-champ. Son patron ne tolérait aucun retard, et encore moins celui d'un ivrogne. Il valait mieux attendre au lendemain pour y retourner.

Si ce n'avait été de son ami Patt, qui venait le chercher tous les matins, il aurait déjà perdu son emploi. Ce dernier, sobre depuis six mois, avait réussi à reprendre le cours normal de sa vie. La menace de sa femme Eileen, celle de suivre l'exemple de Rachel et de le quitter avec leurs quatre enfants, lui avait causé tout un choc. Au contraire de Reilly, l'avertissement l'avait suffisamment ébranlé pour qu'il décide de se prendre en main et d'arrêter de boire.

Aussi, à la tombée du jour, Brogan ne fut pas surpris d'entendre Connolly cogner à sa porte.

— Bordel! Reilly, c'est la troisième fois que je te couvre et, crois-moi, c'est la dernière, lui lança son collègue en entrant dans le logement. De toute façon, McGraw commence à se douter que tu as un problème plus grave que de simples intoxications alimentaires. Veux-tu me dire où tu étais ce…

Il s'interrompit en apercevant les traits tirés, les yeux rougis et le teint jaunâtre de son maigre compagnon.

— Mon pauvre vieux! s'exclama-t-il. Mais dans quel état t'es-tu mis? Là, tu as atteint le fond du baril! Peut-être que maintenant tu vas vouloir m'écouter.

Penaud, Brogan se laissa entraîner dans la cuisine, s'affala sur une chaise et s'accouda sur le bord de la table.

— Je suis irrécupérable, Patt, souffla-t-il, ne perds plus ton temps avec moi.

— J'ai trop d'estime pour toi pour te laisser te détruire à petit feu ! se fâcha Connolly en s'asseyant face à son ami. Tu dois te ressaisir, sinon c'est la rue et une pitoyable mort qui t'attendent !

Brogan s'assombrit ; il savait que son compagnon avait raison. Une seconde s'étira dans le silence.

— Patt, comment as-tu fait ? Moi, je n'arrive pas à oublier les visages des hommes que j'ai tués. Ils sont comme marqués au fer rouge dans ma tête et ils viennent me hanter. Et puis, Rachel et les enfants m'ont abandonné. Certains jours, je regrette d'avoir survécu à cette guerre !

Découragé, il se tint la tête entre ses mains. Connolly sourcilla à peine, il compatissait au désarroi de son ami ; néanmoins, lui démontrer de la pitié ne lui serait d'aucun secours.

— D'abord, depuis le temps que je te le répète, cesse de t'apitoyer sur ton sort. Toi, au moins, tu as tous tes membres. Brogan, si tu le veux vraiment, tu peux y arriver. Si je m'en suis sorti, tu le peux aussi. Ce que j'ai compris, c'est qu'en fait, il faut accepter que ces souvenirs fassent partie de nous, tout comme nos cicatrices physiques. Arrête d'essayer de les oublier, c'est impossible !

— J'y arrive très bien quand je bois, se justifia son ami en esquissant un mauvais sourire qui ressemblait davantage à une grimace.

— Brogan Reilly, tu auras beau boire tout le whisky du monde, tu ne feras qu'abreuver tes fantômes ! Laisse-moi t'aider. Avec le temps, je suis certain que tu finiras par t'en sortir.

Patt se leva et alla préparer du café.

— Je ne me suis pas guéri de ma dépendance tout seul, tu sais. Eileen m'a suggéré d'aller voir le curé de la paroisse pour qu'il me vienne en aide, confia-t-il en ravivant le feu du poêle de sa seule main. C'est lui qui m'a fait comprendre que de combattre le mal par le mal, ce n'était pas la solution. Il est convaincu que notre seule arme pour lutter contre nos démons, c'est de faire le bien autour de nous.

— Qu'est-ce qu'il en sait, le curé ? riposta Brogan. Comme je le connais, ça me surprendrait qu'il ait déjà pris un verre de vin, en dehors de la messe !

— Eh bien ! Tu te trompes, mon ami. Ce que je vais te dire doit rester entre nous, mais quelques années après sa prêtrise, il a eu d'énormes problèmes avec l'alcool. Il a même failli perdre son ministère.

Brogan se redressa, l'air effaré.

— Et lui, qui est-ce qui l'a aidé à se défaire de ce vice ?

— Sa foi en Dieu ! lui annonça Patt, le ton grave.

— *Aide-toi et le ciel t'aidera!* C'est bien ça, sa devise? ironisa Brogan.

Connolly ne rit pas.

— C'est sérieux, Brogan. Je croyais que tu étais un bon catholique.

— Je l'étais, mais depuis que Rachel et les enfants sont partis, je n'ai plus jamais remis les pieds dans une église.

Patt réprima son impatience et réussit à prendre un ton de voix plus calme:

— Tu sais très bien, au fond de toi, que Dieu n'a rien à voir avec leur départ. Regarde-moi, tu dois admettre que ta conduite est la seule responsable de ton malheur. Et si tu te réconciliais avec toi-même, tu ne penses pas que ça t'aiderait à te contrôler?

Un profond silence s'installa entre les deux hommes, rompu seulement par le bruit du chaud breuvage que Connolly versait dans les tasses. En lui tendant un café, ce dernier vint s'attabler à nouveau face à son compagnon. D'une voix douce, il lui donna une dernière raison de changer de vie:

— Tu n'es pas obligé de croire en Dieu, mais au moins, mon ami, aie foi en ta famille! Les jumeaux doivent maintenant avoir seize ans; ils ont encore besoin de toi. Il n'est pas trop tard. Pour l'instant, c'est ton beau-frère Arthur et ton beau-père qui passent du temps avec ton fils, du temps que tu devrais passer avec lui!

Brogan acquiesça d'un hochement de tête. Ce que son ami venait de lui dire le troubla. Néanmoins, à la seule pensée de ne plus boire, il sentit sa gorge se nouer et ses mains se mettre à trembler.

— Je ne sais pas si j'y arriverai, Patt, finit-il par balbutier, mais je te promets d'essayer !

***

Québec, novembre 1871

Le départ pour l'Angleterre de la garnison britannique de Québec faisait le bonheur de bien des Québécois, dont assurément le vieux Joseph Rousseau. Pendant que des citoyens de la ville offraient un bal d'adieu aux officiers anglais du 60e régiment, le Dr Rousseau célébrait, chez lui, l'arrivée à la Citadelle de l'Artillerie royale canadienne.

Pour l'occasion, Joseph et Cécile avaient tenu à inviter leur vieux couple d'amis irlandais, Mathilde et Hugh O'Toole, dont les cinq enfants étaient à présent mariés et parents à leur tour.

Dans l'après-midi, les dames s'étaient réunies dans le salon et les hommes s'étaient retirés dans le bureau que partageaient le docteur et le major. Tout en discutant, ces derniers savouraient une boisson apéritive : une habitude que Joseph et Arthur conservaient depuis la première visite de Matthew au manoir.

— Bon débarras ! s'exclama Hugh O'Toole en parlant de la milice britannique.

Il leva son étroite flûte en cristal, laquelle contenait une délicieuse liqueur de prunes.

— Je suis d'accord avec vous, mon ami. Cela fait plus de cent ans que nous subissons la présence, dans notre ville, de ces militaires anglais, renchérit Joseph.

— Ma foi, c'est bien vrai, cela date de la défaite, précisa O'Toole. Montcalm doit se retourner dans sa tombe !

Moins impétueux que ses compagnons, Arthur prit le temps de rejeter une bouffée de tabac, puis il leur apprit :

— Il semble que la ville profitera de ce départ pour faire des améliorations. J'ai entendu dire que la municipalité pense démolir les étroites portes Prescott et Saint-Louis et élargir des rues afin que les calèches puissent y circuler.

— Vraiment ? s'étonna le visiteur. Eh bien ! C'est une bonne chose, cela permettra plus d'achalandage pour les commerces de ce secteur.

Lentement, la conversation dévia sur la conférence sur l'immigration qui avait eu lieu en septembre, à Québec. Le premier ministre du Canada, sir John Alexander Macdonald, y avait convoqué ses homologues provinciaux afin de pallier la pénurie de main-d'œuvre dans l'ouest du pays.

— C'est en effet un grave problème, souligna Arthur. Le manque d'habitants à nos frontières facilite grandement les invasions américaines.

— À mon avis, émit Joseph, il était temps que le gouvernement s'occupe de cette situation. C'est bien en mai de l'année dernière que la milice britannique a dû repousser plus de deux cents Féniens près de Montréal. Vous me connaissez suffisamment pour savoir que je ne conteste pas leur cause, mais leurs manières de la défendre. Je réprouve les armes et il est fâcheux que ces rebelles viennent se battre sur nos terres, même si c'est contre les Anglais !

O'Toole l'approuva d'un signe de la tête.

— Je suis d'accord avec vous, mon ami. Je suis également un pacifique et je ne peux que désapprouver le recours à la violence. Il ne faut pas les confondre avec les Irlandais, qui, tout comme moi, se sont intégrés depuis quelques générations et qui vivent heureux dans ce pays d'adoption.

Arthur se redressa sur son siège et ramena la discussion sur le problème du faible taux de population au Canada :

— Ce dont nous avons surtout besoin, c'est d'immigrants, peu importe leur provenance, qui sont courageux, travaillants et prêts à s'établir dans notre pays. Nous avons besoin d'eux pour promouvoir la colonisation et commencer le défrichage de nos immenses territoires boisés.

Un silence suivit, ce qui permit aux trois hommes d'entendre les notes de musique jouées au piano par Cécile, puis la voix de soprano de Rachel, qui entamait un air d'opéra. D'un accord tacite, ils se turent le temps d'écouter ce mélodieux chant.

***

Pendant ce temps, Florent et le jeune Jean, le fils de Mary, étaient occupés à seconder le maréchal-ferrant venu changer les fers des sabots des chevaux. Charlotte, Maud et Colin avaient donc accepté de bon cœur de ramasser les feuilles que de violentes rafales avaient fait tomber dans la cour, durant la nuit. Ils profitaient de ce samedi d'automne particulièrement doux et leur conversation était bien différente de celle de leurs aînés.

— J'ai aimé la légende que ta mère nous a racontée, hier soir, sur sa bague de Claddagh, affirma Maud en s'assoyant sous un pommier dégarni de ses fruits. C'est donc toi qui vas hériter de cette magnifique alliance à sa mort. Je trouve ça tellement romantique !

— C'est la coutume, lui répondit Charlotte en délaissant son râteau pour venir la rejoindre. Maman m'a dit que nous devons la transmettre de mère en fille aînée. Cette bague doit nous rappeler notre lignée des McDoughan.

— Allons, les filles ! s'exclama Colin, irrité par leur manque de sérieux. Il reste encore des poches de feuilles à aller porter derrière l'écurie. De vraies pies ! Vous n'arrêtez pas de jacasser pendant que je fais tout le travail.

— Ne sois pas si grincheux, Colin, le calma sa sœur. Laisse-nous le temps de respirer un peu. Tu es plus robuste que nous, pas vrai, Charlotte ?

Cette dernière approuva.

— Et aussi, tu es beaucoup plus rapide. Mais tu as raison, cher cousin, il est à peine quatre heures, et déjà le soleil commence sa lente descente à l'horizon. D'ailleurs, il fait plus frais. Allons, Maud! Nous devons nous dépêcher de terminer cette corvée, souffla-t-elle à sa cousine en lui tendant la main pour l'encourager à la suivre.

Vingt minutes plus tard, les feuilles de la dernière poche gisaient près du tas de fumier, en attente d'être brûlées par Florent et Jean. Satisfaits, ils s'en retournaient à la villa lorsque Charlotte sentit un frisson monter dans son dos.

— Si nous allions nous réfugier dans notre confortable grenier, leur proposa-t-elle. Nous avons encore le temps avant le souper.

Devant la moue d'hésitation de Colin, qui préférait aller lire à la bibliothèque, Maud sut se montrer persuasive, car elle connaissait bien les centres d'intérêt de son frère:

— Hier, Charlotte a trouvé un vieux carnet rempli de chiffres et de mesures dans l'une des malles. En dessous, il y avait aussi d'anciens plans du domaine; tu devrais venir y jeter un coup d'œil...

Elle n'avait pas fini sa phrase que Colin, curieux, prenait le bras de sa cousine et l'entraînait vers la maison.

— Ne m'attendez pas, leur lança Maud en esquissant un sourire complice en direction de Charlotte. Je vais aller demander à Mary de nous préparer un pot de chocolat chaud et je vous rejoins.

La suggestion fit l'unanimité et, quelques minutes plus tard, les trois adolescents se retrouvèrent installés confortablement dans la mansarde.

— C'est fantastique ! s'exclama Colin en dispersant les documents sur le tapis, devant le coussin où il était assis.

Dans le halo de lumière de la lampe, il entreprit la lecture de ces papiers, qui dataient de la fin du siècle dernier, lorsque le manoir avait été construit.

Perdue dans ses rêveries, à mille lieues du domaine des Rousseau, Maud se prenait pour la Tsigane Consuelo, qui devenait la comtesse de Rudolstadt, dans le roman de George Sand qu'elle venait de terminer. Elle souriait béatement, étendue de tout son long sur un divan au tissu élimé. Celui-ci avait dû faire partie du riche mobilier des parents de Cécile. Soudain, elle s'exclama :

— Imaginez, nos mères ont vécu dans un vrai château, comme des princesses ! Ce devait être fabuleux. Quel dommage qu'il ait été détruit par un incendie !

Excédé par les futiles préoccupations de sa jumelle, Colin haussa les épaules et prit sa voix de grand frère :

— Ce que tu peux être frivole, ma pauvre sœur ! Le destin de nos nobles ancêtres irlandais a été une tragédie. C'est ce landlord anglais Wesley qui a fait brûler leur château en Irlande et qui est responsable de la mort de notre arrière-grand-père William.

— Tu n'as pas le droit de me parler comme ça, Colin Reilly, s'emporta Maud en se redressant sur ses coudes.

— Colin a raison, émit Charlotte en faisant fi de la susceptibilité de sa cousine. Même si nos mères nous ont raconté cette difficile période, j'ai l'impression qu'elles ne nous ont pas tout dit.

— Je suis d'accord avec toi, reprit Maud, il y a comme un mystère qui entoure la mort de grand-papa Sean…

Elle soupira en laissant sa phrase en suspens, puis elle but une gorgée du chaud liquide chocolaté. Un silence s'ensuivit, qui ne dura que quelques secondes, car Colin se rappela une fête irlandaise célébrée justement en novembre :

— Te souviens-tu, Maud, quand papa nous a raconté qu'en Irlande on commémore la mort de l'année et celle de nos ancêtres la même nuit ?

À l'évocation de son père, la jeune fille esquissa un triste sourire. Les jumeaux étaient assez vieux pour comprendre les raisons de leur départ de New York, mais leur père leur manquait terriblement.

— Ça s'appelle la *Samain*, je crois.

Devant le regard interrogateur de Charlotte, Colin précisa :

— C'est un mot irlandais qui veut dire « Dieu de la mort ». C'est une fête celtique qui se déroule la dernière nuit de la saison d'été, ce qui correspond également à la première nuit de l'hiver.

— D'après papa, les Irlandais honorent donc, cette nuit-là, les morts de leur famille et ceux de leur clan, précisa Maud. Les gens allument une chandelle sur leurs perrons pour guider les spectres de leurs aïeuls vers eux.

À la seconde où elle termina sa phase, la flamme de la lampe vacilla et un volet de la lucarne vint cogner contre la fenêtre. Le cri des filles fit sourire Colin, qui se moqua aussitôt d'elles :

— Même les fantômes d'Irlande ont dû vous entendre !

— Nous n'avons pas crié si fort, répliqua Maud, indignée.

Pour sa part, Charlotte se contenta de hausser les épaules.

— J'aurais tellement aimé connaître nos grands-parents, Rébecca et Sean.

Colin approuva de la tête et leur rappela :

— Nos mères nous ont promis, l'année dernière, de nous emmener à Grosse-Île lorsque nous serions plus vieux. Peut-être que là, en visitant le cimetière, elles nous en apprendraient davantage sur la mort de notre grand-père McDoughan.

— Bien sûr, Grosse-Île ! répéta Charlotte. Tante Rachel et maman semblaient beaucoup tenir à ce pèlerinage avec nous.

— Ça pourrait être une belle aventure, en effet, admit Maud en reprenant sa posture de rêveuse. Il faudrait peut-être juste leur rafraîchir la mémoire.

Colin sourit, ravi, et Charlotte jeta un regard rapide à son cahier de croquis. Elle attrapa un crayon et traça, sur l'esquisse devant elle, un nouveau trait sur le visage de son cousin.

***

Québec, printemps 1872

En premier lieu, Florent était allé mener Rachel au Théâtre Royal dans l'un des deux carrosses de la famille, puis il était revenu stationner l'attelage devant le manoir.

À présent, il finissait d'aider Jean à atteler l'autre voiture, qui, conduite par le jeune homme, transporterait Charlotte et ses cousins, tandis que Cécile, Molly, Joseph et Arthur prenaient déjà place dans la première. En ce dernier soir du mois de mai, le temps était doux et un rougeoyant soleil couchant flottait à l'horizon, ajoutant une touche de romantisme à ce qui deviendrait une inoubliable soirée.

À l'intérieur du théâtre, l'effervescence était à son comble. La cacophonie des musiciens qui accordaient leurs instruments dans la fosse, le grincement des poulies sous l'action des lustres que l'on abaissait par les cordes pour allumer les chandelles et les vocalises des chanteurs se mêlaient à la rumeur des gens, impatients d'assister à la première de l'opéra de Mozart intitulé *La flûte enchantée*.

Vêtue d'une longue robe noire recouverte d'un mince voile de mousseline scintillante, Rachel représentait la reine de la nuit. Nerveuse, elle faisait les cent pas dans les coulisses et tentait de contrôler sa respiration.

L'année précédente, après son audition à la salle Saint-Louis, elle avait été engagée un soir par semaine, pendant tout l'automne et la saison hivernale. Son répertoire de sérénades irlandaises et de chants populaires avait fait le bonheur de l'auditoire. Et voilà qu'en mars dernier, un agent artistique ayant assisté à sa prestation avait été impressionné par sa voix de soprano dramatique et lui avait offert de s'occuper de sa carrière. C'est ainsi que le Théâtre Royal lui fit une place de choix parmi ses talentueuses chanteuses.

Rachel faisait son entrée sur scène au milieu du premier acte. À l'approche de l'ouverture, elle sentit autour d'elle la fébrilité des choristes et des interprètes monter d'un cran. Dans les coulisses, la nervosité était palpable, chacun se concentrait sur sa partition afin de ne faire aucune erreur. Cette ambiance n'avait rien pour la calmer.

— C'est normal d'avoir le trac, Rachel, la rassura Paul-Émile Leblanc, le ténor qui incarnait Tamino, le héros de la pièce. Mais tu verras, une fois sur scène, on entre dans un autre monde.

Rachel entendit l'orchestre entamer les premiers accords du prélude musical, qui allait durer plusieurs minutes avant le lever du rideau. Toutefois, le clin d'œil que Paul-Émile lui lança en allant prendre place auprès des autres, sur la scène, la détendit quelque peu. Lorsque enfin le rideau s'éleva, elle sourit dans l'ombre en entendant les exclamations ravies des spectateurs qui découvraient le magnifique décor enchanteur.

Son tour arriva et, les joues en feu, elle entama les premières notes de son solo. Le ténor avait raison, un enivrant sentiment de délivrance la saisit. Sa voix s'éleva, claire et puissante. Dans de larges gestes, comme un oiseau de nuit, elle s'avança vers le héros et le supplia d'aller délivrer sa fille, la princesse Pamina, prisonnière de Sarasto, son ennemi juré et le gardien du soleil.

Assis au premier rang, les membres de la famille, émus, jetèrent un coup d'œil circulaire vers les spectateurs, qui, tout comme eux, frémissaient à l'unisson. Rachel avait réussi à tous les captiver.

— J'ai toujours trouvé maman gracieuse, souffla Colin dans l'oreille de Maud, mais là, elle est incroyable.

— Tu as raison, et regarde ses yeux, je ne les ai jamais vus aussi brillants !

***

Il régnait dans le manoir une effervescence des jours de fête. Pour célébrer l'occasion, après la représentation, Cécile et Molly avaient tenu à réunir toute la famille et à inviter quelques amis artistes de Rachel à une réception intime au domaine.

Sur la table de la cuisine étaient empilés des plateaux vidés de leurs bouchées de mousse au saumon et de leurs canapés au fromage, que Jean, en tenue de serveur, avait fait circuler à travers les convives. Ceux-ci se tenaient debout autour du piano, charmés par la mélodie que Paul-Émile Leblanc faisait vibrer sous ses doigts agiles.

Les bras chargés d'un large plat empli de petits rouleaux aux légumes et d'œufs farcis, Jean retourna faire sa tournée dans le grand salon. Pendant ce temps, Mary et Rosaline s'activaient à mettre la dernière touche aux tartelettes aux fruits et à trancher finement le gâteau aux noix.

Cela faisait maintenant six mois que Molly avait engagé Rosaline Gingras. C'était une jeune femme de dix-neuf ans, aux yeux noisette et à la longue chevelure brune qu'elle tressait et laissait retomber sur une de ses épaules. En fait, une compagne de bénévolat de Cécile, une certaine Mme Fugère, l'avait recommandée. Pour son premier emploi, Rosaline avait travaillé trois ans chez cette dame âgée, qui avait été contrainte de s'en séparer. Mme Fugère avait dû réduire son personnel, puisqu'elle était devenue veuve et que ses deux enfants vivaient à l'extérieur de la capitale.

Au fil des mois, une bonne entente s'était établie entre Mary et Rosaline et, de leur côté, Cécile et Molly étaient très contentes des améliorations apportées à la villa : l'argenterie était à nouveau astiquée, les planchers étaient polis et le roulement de l'entretien de la lingerie était effectué régulièrement.

— Tu imagines, Rosaline, si j'avais eu à cuisiner ce banquet toute seule ! déclara Mary en essuyant, du coin de son tablier, son front trempé de sueur. Je te le redis, c'est une bénédiction de t'avoir avec moi.

— C'est aussi une chance pour moi, renchérit la jeune fille en versant du vin blanc dans un magnifique pichet en cristal rose. J'aime ce métier et l'atmosphère est tellement plus joviale dans cette maison. M. Fugère, toujours malade, ne supportait pas la vue de la moindre lumière du soleil. Les tentures de toutes les fenêtres de sa maison étaient tirées, autant de jour que de nuit, et l'air devenait lourd et poussiéreux. Mais ici, avec les jeunes gens, c'est si vivant, et puis, madame Rachel qui va devenir une célébrité !

— Ils sont prêts pour la suite, les avertit Jean en revenant de la salle à manger, les mains pleines d'assiettes vides.

— Déjà ? s'exclama Mary sans même relever la tête.

Elle mit donc en vitesse une dernière touche au plateau des tartelettes.

— D'après ce que j'ai pu comprendre, expliqua son fils, les maîtres Rousseau, fatigués, ont quitté les invités. Madame Molly, qui ne souhaite pas que les gens se sentent obligés de partir, m'a demandé de poursuivre rapidement le service et de resservir du vin.

— Ça y est, tout est prêt, affirma Mary en retirant son tablier blanc taché de farine et de glaçage. Pendant que je vais aller aider Jean à servir le vin, Rosaline, commence donc à laver la vaisselle. Ça nous en fera moins à faire plus tard.

— Te rends-tu compte, Arthur, qu'après toutes ces années, j'ai réalisé mon rêve, se confia Rachel. Ce soir, même si mon personnage se révèle être une méchante mégère au destin funeste, en chantant cet opéra, j'ai été transportée d'exaltation.

— Tu as été remarquable et nous sommes tous si fiers de toi, la félicita-t-il, assis près d'elle sur le canapé, devant de la grande cheminée.

Il jeta un coup d'œil autour d'eux et lui chuchota à l'oreille :

— Il me semble qu'enfin, tu as repris goût à la vie… et j'en suis très heureux.

Rachel fut émue par cette confidence, qu'elle trouva adorable venant de son réservé beau-frère.

Le lendemain, au petit-déjeuner, lorsque Florent revint avec les journaux, la conversation reprit de plus belle. Tous réunis autour de la table, ils écoutaient Joseph, qui, fièrement, leur faisait la lecture de l'article du critique d'art du *Journal de Québec*, Pierre Gosselin.

Le journaliste y décrivait, en des termes élogieux, la représentation de ce grand opéra, le dernier de l'illustre compositeur du XVIIIe siècle, Amadeus Mozart :

« *C'est une ovation debout qui a longuement salué le metteur en scène ainsi que les acteurs-chanteurs de cette fable magique et surprenante. En premier lieu, il me faut féliciter le directeur pour ce choix de pièce judicieux, le chef d'orchestre pour sa performance constante et les chanteurs pour leur immense talent. Les décors, les costumes sombres pour les personnages de la nuit et flamboyants pour ceux du jour, les expressions et les nuances des voix des chanteurs, tout respectait cette simplicité qui sied si bien à Mozart !* »

— Est-ce qu'il parle de maman ? demanda Maud, impatiente.

— Allons, chérie, laisse daddy terminer sa lecture, intervint Rachel, les joues rosies par la nervosité. Joseph reprit :

« *Je me dois de souligner l'immense talent du ténor, Paul-Émile Leblanc, et de la cantatrice, Sofia Martino, respectivement les interprètes de Tamino et de Pamina. Cette première représentation nous aura également fait découvrir une nouvelle choriste, Mme Rachel McDoughan Reilly.* »

Joseph releva la tête et fit un grand sourire à son rossignol.

— C'est tout ? s'exclama Cécile, déçue.

— Allons ! Un peu de patience, j'y viens.

Son mari prit le temps de retrousser ses lunettes, avant de lire d'une voix forte :

« *D'une voix vibrante, souple et puissante, elle a su transmettre à l'auditoire sa passion et toute l'intensité de l'obscur personnage de la reine de la nuit !* »

9

Québec, 15 juillet 1872

Pour le major Lockwell, la matinée au poste de police s'annonçait tranquille et il en profitait pour mettre à jour ses dossiers des dernières semaines : trois vols, dont celui d'un cheval ; une attaque au couteau dans une taverne ; et la fermeture d'une maison close, où un proxénète et plusieurs prostituées avaient été appréhendés.

Toutefois, ce calme ne dura pas, car vers neuf heures trente, un agent de la police riveraine, un petit homme à la taille rondelette et à l'air paniqué, vint le chercher d'urgence. Une bagarre avait éclaté au quai Saint-André, dans le marché Finlay, entre un capitaine de navire et un racoleur de matelots, puis s'était poursuivie sur le dock de chargement, près du quai Napoléon.

Face au fleuve, le marché Finlay était une vaste bâtisse en pierres et en briques qui abritait plusieurs commerces. S'y entassaient, derrière leurs étals, des poissonniers, des bouchers, des fromagers, des agriculteurs et des fleuristes.

— Il n'y a rien d'inhabituel à cela, agent Johnson, ce n'est pas la première bagarre du genre à se dérouler sur les quais…

— Il s'agit d'un meurtre, major ! déclara le policier. L'affaire vous revient.

— Un meurtre ?

Arthur se leva d'un bond.

— Et lequel des deux s'est fait tuer ? demanda-t-il en faisant un signe à son collègue de bureau, Guy Poulin, de le suivre.

— L'embaucheur Dillon, monsieur.

— James Dillon ! répéta Arthur. Ce mécréant, il est bien connu de nos services. C'est un racoleur de la pire espèce. Et qui est l'officier qui l'aurait assassiné ?

— Le capitaine Pelletier. Il lui a planté une hache dans la hanche droite. Il a presque coupé le corps en deux, ce n'est pas très beau à voir. Des marchands et des badauds ont réussi à maîtriser le tueur et des agents ont accouru pour empêcher les hommes de main de Dillon de lyncher le capitaine. Nous avons réussi à le protéger et à l'amener à la station portuaire. Il est maintenant sous bonne garde, dans une cellule.

Ayant tout entendu de l'affaire, Poulin avait devancé son chef et s'était empressé de faire atteler les chevaux. Il rejoignit les deux hommes dans la rue Sainte-Ursule. Lorsqu'ils arrivèrent sur les lieux, de gros nuages gris couvraient le ciel et un vent frisquet se levait, donnant un air sinistre à la scène du crime. Les agents du port avaient écarté les curieux agités, et le major et son second trouvèrent la victime dans une mare de sang, gisant au sol, près de l'établi d'un charpentier de navire.

Un jeune policier qu'Arthur ne connaissait pas se tenait, le visage dégoûté, près de la dépouille, dont on pouvait voir les intestins se répandre par la plaie béante.

— Quel carnage! ne put s'empêcher de s'exclamer Poulin en réprimant un haut-le-cœur.

Un autre agent plus âgé, qu'Arthur reconnut, était penché au-dessus des pieds du corps. Le major salua d'un geste de la main le premier, puis se pencha pour s'adresser à l'agent Wilde:

— Wilde, pouvez-vous me donner plus de détails sur les circonstances de cette violente bataille?

Derrière lui, Poulin avait déjà sorti son calepin et son crayon, prêt à prendre des notes. Le policier se redressa et regarda Lockwell à travers ses épaisses lunettes.

— La victime est ce scélérat de James Dillon. Vous le savez, lui et ses hommes sont, la plupart du temps, responsables des bagarres entre marins et racoleurs. Le capitaine Pelletier, en compagnie d'une partie de son équipage du *Rivoli*, aurait voulu défendre quatre de ses matelots. Ces crapules tentaient de les persuader de déserter le navire. Dillon leur promettait une meilleure solde sur un plus grand bateau. Ce qui, bien sûr, était un vil mensonge. Voyant les marins demeurer fidèles à Pelletier, les racoleurs se sont fâchés et ont poursuivi l'équipage hors du bâtiment, et c'est là que la bataille a éclaté.

— Et ce capitaine, quel genre d'homme est-il?

— C'est une personne très respectable, au tempérament conciliant. Je peux vous garantir qu'il n'aurait jamais usé de tant de brutalité si sa vie n'avait pas été en péril.

— Et était-ce le cas, Wilde ? le questionna l'enquêteur Poulin.

— D'après les témoignages que nous avons recueillis, j'en suis presque certain, monsieur. Dillon et trois de ses gars se seraient rués sur lui.

— Si je comprends bien, il s'agirait donc d'une affaire de légitime défense, conclut Arthur en se frottant le menton.

— Bon ! Il ne vous reste plus qu'à demander aux brancardiers de transporter ce cadavre à la morgue.

Il se tourna vers son collègue et lui demanda d'aller réquisitionner le fourgon cellulaire au poste de la Haute-Ville, afin qu'ils puissent conduire le capitaine à la prison située aux Plaines. Il se dirigea ensuite vers la station portuaire afin de s'entretenir avec l'officier Pelletier et de recueillir sa déposition.

***

Ce matin-là, Cécile avait quitté le manoir aussitôt son déjeuner englouti et s'était laissé conduire par Florent jusqu'à l'orphelinat des religieuses pour son bénévolat hebdomadaire. Pendant la sieste matinale des enfants, elle avait décidé de se rendre à pied dans une bijouterie de la rue Saint-Pierre, près du port.

L'anniversaire des jumelles arrivait dans un mois. Son mari et elle avaient convenu d'offrir à Rachel un joli pendentif.

Comme Sarah ne pouvait recevoir aucun présent, ils avaient décidé de faire un don en argent à la communauté des Augustines.

La journée était venteuse et une pluie froide se mit à tomber à l'instant où Cécile arrivait en face de la boutique. Cette dernière releva le col de sa cape de toile, quitta le trottoir pour traverser la rue et, plongée dans ses pensées, n'entendit qu'à la dernière seconde le bruit des sabots de l'attelage du tramway. Sur des rails en bois, ce tramway, qui partait de la rue Saint-Ours, longeait les rues Saint-Joseph, Saint-Paul et Saint-Pierre jusqu'au marché Champlain.

Elle eut le temps de pivoter sur elle-même, mais la vue des deux immenses chevaux noirs fonçant sur elle la glaça d'effroi. L'ayant aperçue, le cocher essaya de retenir les deux colosses, mais le poids de la voiture et l'eau sur les rails ne firent que ralentir leur course. Elle poussa un effroyable cri qui fit se cabrer l'une des bêtes. D'un coup de sabot dans le ventre, le cheval la projeta un peu plus loin, sur le pavé mouillé.

Des promeneurs, des gens des commerces environnants, des voyageurs et un agent de la paix se précipitèrent à son secours. Durant tout ce temps, malgré une douleur lancinante au côté droit, Cécile était demeurée consciente. Péniblement, elle essaya de se relever, mais aussitôt qu'elle redressa la tête, celle-ci se mit à tourner. Inquiète, elle renonça.

— Oh ! Madame, comment vous sentez-vous ? lui demanda l'homme en uniforme.

— Je…, ne put que prononcer Cécile, le souffle coupé par la douleur quasi intolérable qui la torturait.

Le policier la trouva pâle et n'attendit pas qu'elle lui réponde. Il la souleva de ses bras robustes, puis s'adressa aux curieux :

— Il faut qu'on amène immédiatement cette dame à l'Hôtel-Dieu. Est-ce que quelqu'un aurait une carriole ?

— Moi ! J'ai ma charrette à deux pas d'ici, s'avança un homme qui, d'après sa tenue, avait tout d'un jardinier. Je viens juste d'aller livrer ma dernière cargaison de fleurs au marché.

— Je suis Mme Rousseau, émit péniblement Cécile à l'adresse de l'agent. Vous devez connaître mon gendre… le major Lockwell ?

— Bien sûr ! Il est d'ailleurs près d'ici, au quai Napoléon, pour une enquête. Vous pouvez compter sur moi, madame, je vais aller le prévenir de ce pas !

***

Avec une expression de gravité et de compassion, Molly franchit la porte du bureau où Joseph travaillait. En la voyant, son père eut un mauvais pressentiment. Il déposa ses lunettes sur son livre de médecine et se laissa aller contre le dossier de son fauteuil. Son visage s'assombrit.

— Qu'est-ce qui se passe, ma mésange ? À te voir, on dirait qu'un malheur est arrivé !

— C'est le cas, daddy, affirma Molly en s'avançant vers lui. C'est mommy…

En nommant sa mère, Molly sentit ses jambes se dérober sous elle. Elle s'appuya sur le bras d'un des fauteuils de cuir qui faisaient face au secrétaire.

— Elle a eu un accident…, réussit-elle à balbutier.

Elle laissa volontairement sa phrase en suspens pour donner à son père le temps d'encaisser la nouvelle. Joseph fut parcouru par un frisson et, après un bref silence, il se leva d'un bond.

— Mais, où… ? À l'orphelinat… ? Est-elle blessée ?

Molly hocha tristement la tête.

— Elle a été frappée par l'un des chevaux du tramway de la Basse-Ville. Toutefois, d'après ce que m'a appris Arthur, elle était toujours consciente lorsqu'on l'a conduite à l'hôpital.

— Non ! Ce n'est pas possible, murmura-t-il, accablé, pas ma Cécile.

D'un geste brusque, il saisit ses lunettes et les posa sur son nez.

— À quel hôpital ? demanda-t-il, la voix tremblotante, en prenant sa fille par les épaules.

— À l'Hôtel-Dieu. J'ai demandé à Rachel de veiller à ce que Florent attelle une des carrioles. Il doit nous attendre devant le perron…

Molly ne termina pas sa phrase, son père ne l'écoutait déjà plus. Il s'était prestement écarté d'elle, puis s'était élancé vers le vestibule.

* * *

Étendue sur son lit d'hôpital, dans la grande salle où étaient alitées une dizaine de patientes, Cécile laissa couler une larme.

Dès son arrivée, un médecin, assisté d'une sœur-soignante, s'était empressé de venir l'examiner derrière les blancs rideaux qui la séparaient des autres malades. Le praticien avait relevé la longue jaquette blanche dont on l'avait revêtue et, tout comme lui, elle avait pu voir son abdomen se gonfler et une immense tache noire s'étendre de sa taille jusque sous sa poitrine. Elle n'avait pas eu besoin que le docteur lui dise quoi que ce soit pour réaliser que son état était désespéré. Le regard sombre du médecin avait suffi.

— Madame Rousseau, votre mari est un confrère dont j'estime énormément les compétences, s'était-il contenté de lui dire en lui tenant la main. C'est pourquoi j'attendrai son avis avant de me prononcer. On m'a informé qu'il a été averti et donc qu'il devrait se présenter à votre chevet dans l'heure. En attendant, le mieux est de vous reposer.

Il avait ensuite prévenu la religieuse de ne rien lui donner à manger ni à boire, puis, avec une moue soucieuse, il s'était éclipsé.

Cela faisait maintenant une bonne trentaine de minutes que Cécile était alitée et le mal ne faisait que s'amplifier. Frissonnante, elle eut l'impression que l'ombre de la mort se profilait sur le plafond de la pièce et venait légèrement frôler la mince tenture qui l'entourait. À l'abri des regards, elle se permit alors de laisser ses pleurs couler sur ses joues. Non seulement parce que le mal la torturait, mais aussi parce que les signes qui annonçaient ce départ définitif vers un autre monde l'affligeaient.

Seigneur ! Il est trop tôt. Je ne suis pas prête à quitter mes filles chéries, mes petits-enfants et mon bien-aimé Joseph. Ah ! La pensée de ne plus les revoir est un tel déchirement !

Elle sursauta lorsque le rideau se souleva. Heureusement, ce n'était pas le sombre visage de la Faucheuse qui se pencha vers elle et qui vint lui poser un baiser sur le front, mais bien celui, bouleversé, de son mari. Tendrement, il sécha une à une ses larmes et lui sourit tristement.

— Je suis si désolée, mon pauvre Joseph, lui murmura-t-elle à l'oreille.

C'est elle qui est blessée, songea-t-il, *et elle me dit que c'est moi le pauvre !*

Il se sentit vidé et terriblement triste devant les traits de sa bien-aimée colombe, qui étaient déformés par la douleur. Il effleura la main de sa femme en guise de réconfort, puis, lentement, il souleva le drap. Il dut faire un effort incommensurable pour ne rien laisser paraître de sa consternation. Le Dr Goulet l'avait pourtant prévenu de l'état critique de Cécile, mais il en resta muet de chagrin. Lui qui avait pourtant l'habitude d'annoncer aux mourants leur fin, il cherchait les mots pour exprimer à sa femme toute son impuissance et sa désespérance. Devinant ce qui le tourmentait, Cécile ne lui laissa pas le temps de les trouver et vint à sa rescousse, d'une voix qu'elle désirait la plus douce du monde :

— Je vais mourir, Joseph, je le sais.

— Non ! Je t'interdis de dire ça…

— Je le sens, mon amour, le coupa-t-elle.

Elle lui saisit la main et la posa sur sa poitrine.

— Pas seulement dans mon corps, mais aussi dans mon cœur, lui confia-t-elle.

À son grand désarroi, Joseph ne pouvait la contredire. Il avait compris en lui palpant le ventre que le foie, organe vital, était irrémédiablement endommagé. Il était trop tard pour l'opérer et stopper l'hémorragie interne, probablement causée par la rupture d'importants vaisseaux sanguins.

Lentement, il remonta la couverture sur le corps meurtri de Cécile et, comme s'il avait peur de la casser, il la serra délicatement dans ses bras.

— Dieu ! Comme je t'aime, ma colombe ! lui chuchota-t-il.

Malgré les larmes qui l'aveuglaient, il réussit à lui sourire.

— Maintenant, je voudrais voir nos filles…, réclama Cécile dans un souffle.

— Elles sont là, impatientes de te voir. Molly et Rachel m'ont accompagné et nous avons rencontré Sarah qui arrivait en même temps que nous dans le corridor. Elle venait juste d'être avisée par la sœur-soignante.

Joseph tira légèrement le rideau et fit signe à ses filles d'avancer. Lorsqu'elles virent le visage dévasté de leur mère adoptive, les trois sœurs sentirent leur cœur cogner douloureusement contre leur poitrine. Pour retrouver un peu d'énergie, Cécile avait fermé les yeux quelques secondes.

— Mommy? dit Molly de sa voix la plus affectueuse.

Cécile ouvrit les yeux et regarda chacune de ses filles.

— Mommy… quel merveilleux mot! murmura-t-elle. Écoutez-moi bien, mes chéries… je veux vous remercier de m'avoir permis d'être votre seconde maman… et de m'avoir apporté autant de bonheur…

— Oh! Mommy, émit Rachel en lui serrant les doigts fermement en signe de gratitude, c'est daddy et vous qui nous avez sauvées…

Voyant sa jumelle trop émue pour poursuivre, Sarah ajouta:

— Nous vous aimons tellement, mommy!

Cécile leur sourit.

— J'en suis certaine…

Puis, sentant son temps compté, elle reporta son attention sur Joseph:

— Tout comme j'ai la conviction que vous prendrez soin de votre vieux daddy.

Celui-ci se rapprocha de son épouse et vint amoureusement l'embrasser. Il connaissait son intolérance à la tristesse, alors il s'efforça de lui sourire.

— Je t'aime, ma colombe, lui répéta-t-il à l'oreille, et je te chérirai jusqu'à ce que j'aille te rejoindre au ciel.

Elle lui sourit en retour.

— Je t'aime aussi et je t'attendrai au paradis, mon geai moqueur.

C'était la première fois qu'elle l'appelait par un nom d'oiseau. Il connaissait bien les caractéristiques de ce petit volatile, sédentaire et gourmand. Elle soutint son regard étonné.

— Quelle grâce nous avons reçue, mon amour ! lui souffla-t-elle. Nous avons eu la chance de nous dire « je t'aime » une dernière fois !

***

Le décès de Cécile causa tout un émoi dans l'entourage de la famille Rousseau. L'église était bondée de monde, rendant le service funéraire encore plus émouvant. Après la cérémonie et l'enterrement au cimetière de la paroisse, les proches et amis, à l'exception de sœur Saint-Jérôme, qui avait eu la permission d'assister seulement à l'office religieux, furent reçus dans le grand salon du manoir.

L'atmosphère était lourde, les gens chuchotaient entre eux tout en grignotant de petits gâteaux au gingembre servis avec du café que leur offraient Mary et Rosaline, le visage crispé de chagrin.

Adossée à l'arche centrale, Molly, la tête légèrement penchée sur le côté et le regard pensif, observait Charlotte et Maud, qui paraissaient un peu perdues parmi cette foule d'étrangers. Elles essayaient de bien se tenir pour ne pas décevoir leurs mères.

Mais où est passé Colin? se dit-elle, étonnée de ne pas le voir avec sa cousine et sa sœur.

En tournant la tête vers la droite, c'est Rachel qu'elle remarqua. Elle discutait avec Mme et M. O'Toole devant le magnifique portrait de Cécile, suspendu en haut de la cheminée. Le vieux couple d'amis de leurs parents semblait tout aussi affligé qu'elle et ses sœurs. Près du piano, Arthur conversait avec des collègues, dont son second, Guy Poulin, et derrière eux, elle aperçut Colin près de Florent et de Jean. Vêtus de leurs habits du dimanche, ils tenaient compagnie aux parents adoptifs de ce dernier, Juliette et Maurice Fournier.

Tiens donc, Colin semble s'entendre très bien avec le fils de Mary! Je crois que la constante compagnie des filles commence à l'agacer sérieusement.

Molly chercha son père des yeux, mais elle ne le voyait nulle part.

Cher daddy, tout le long de la cérémonie, il s'est tenu droit, la tête levée, réussissant à peine à garder son calme, songea-t-elle. *Son visage était crispé de chagrin et tout son être semblait enveloppé d'un épais brouillard. Comme je le connais, dès notre retour du cimetière, il a dû aller se réfugier dans son bureau ou dans la bibliothèque.*

Toutefois, après s'être rendue dans les deux pièces sans y trouver son père, Molly commença à s'inquiéter.

Il n'y a qu'un autre endroit où il peut se trouver, se dit-elle. *J'aurais dû y penser!*

Elle monta le grand escalier et se dirigea vers la chambre de sa mère, puis cogna à la porte. Sans attendre qu'il lui réponde, elle ouvrit doucement la porte. Joseph était assis sur le bord du lit et humait le parfum de Cécile encore imprégné dans l'une des robes. Ses yeux étaient injectés de sang à force de pleurer. Molly eut un pincement au cœur de voir cet homme, habituellement si fort et rassurant, défait par la perte de l'amour de sa vie.

— Il y a tant de choses que je voudrais encore lui dire, lui confia-t-il lorsqu'elle vint s'asseoir près de lui. J'aimerais pouvoir remonter le temps, ma mésange, retourner en arrière d'une semaine et changer le cours des événements.

Molly lui prit la main et la serra tendrement.

— Tout ce que nous pouvons faire, mon cher daddy, c'est de nous soutenir les uns les autres et de continuer à vivre en tâchant d'être heureux. Vous le savez, c'est ce qu'elle aurait souhaité.

Un silence absolu les enveloppa. Seul le tic-tac de l'horloge sur le manteau de la cheminée se faisait entendre. Molly jeta un regard attristé vers son père. Celui-ci, le visage assombri, laissait son esprit s'envoler, une fois de plus, vers ses tendres souvenirs.

***

— Vous êtes certaines de votre décision ? demanda Arthur à sa femme et à sa belle-sœur. Cette visite à Grosse-Île ne sera pas trop troublante pour eux et aussi pour vous ?

En cette fin d'après-midi d'août particulièrement chaude, les adultes avaient rejoint Joseph, qui se berçait, comme à son habitude, à l'ombre de la véranda. Pendant que les jeunes entamaient une partie de croquet sur le terrain gazonné près de la volière, les adultes en profitaient pour siroter tranquillement un thé glacé avant le repas du soir.

— Tu sais à quel point c'est important pour nous d'aller nous recueillir sur la tombe de notre père, lui rappela Molly, après avoir pris une gorgée du désaltérant liquide. Depuis que j'ai appris que le Dr Douglas avait fait ériger, il y a plusieurs années, un monument en mémoire des médecins morts lors de la grande épidémie, je me suis toujours dit que nous devrions toutes les trois y retourner un jour. Et puis, Sarah est entrée au couvent et Rachel est partie pour New York. Je ne me suis jamais décidée à y aller seule, sans l'une d'elles.

— Nous jugeons qu'à présent, Charlotte, Maud et Colin sont assez matures pour nous y accompagner, renchérit Rachel. Sur place, ils comprendront mieux le sort des Irlandais qui sont morts sur cette île, à l'époque.

Molly fit une moue embarrassée.

— Nous sentons également le besoin d'expliquer à nos enfants le passé de leurs ancêtres.

Rachel s'approcha de son père.

— Le décès de mommy nous a remémoré celui de notre père et, hier soir, nous avons décidé de leur raconter ce que leur tante Sarah avait vu, cette nuit-là.

Arthur haussa un sourcil.

— Et comment Charlotte et les jumeaux ont-ils réagi? demanda-t-il.

— Bien sûr, le récit les a choqués, déclara Molly. Mais ils ont aussi apprécié ce que leurs oncles Arthur et Matthew ont fait, c'est-à-dire la façon dont ils ont retrouvé ce Corrigan et assisté à sa mort.

— Alors, si je comprends bien, résuma Arthur après avoir coincé sa pipe entre ses dents pour sortir une allumette de la pochette de sa chemise, vous désirez savoir comment vous rendre sur l'île.

Molly acquiesça de la tête et sourit à sa sœur, qui hocha la tête en signe d'assentiment. Tout comme elle, Rachel transpirait sous une longue robe noire de deuil qui accentuait son teint pâle. Mais toujours aussi coquette, elle avait épinglé au col de la sienne une vraie rose.

— Eh bien, je crois savoir qui pourra vous y conduire. Vous souvenez-vous du capitaine Pelletier, accusé du meurtre d'un racoleur? C'est l'affaire dont je m'occupais au port, le matin de l'accident de Cécile.

Molly hocha tristement la tête.

— Je me rappelle, en effet, que tu m'en as vaguement parlé quand tu es venu pour m'avertir.

— La semaine dernière, le juge a reconnu qu'il s'agissait bel et bien d'un cas de légitime défense et l'a acquitté. J'ai eu à le rencontrer quelques fois pendant sa détention et j'ai également témoigné en sa faveur pendant son procès.

Nous sommes devenus de bons amis et il sera sans doute heureux de me rendre ce service. Son bateau est le *Rivoli*, il est ancré au quai Napoléon. J'irai le voir demain.

Joseph se redressa sur sa chaise.

— Et de mon côté, je vais envoyer un télégramme à mon ancien confrère, le Dr Montizambert. C'est lui qui, maintenant, est le surintendant de la station de la quarantaine. Il pourra peut-être vous y accueillir à la fin septembre. À cette période, l'île ne devrait pas être trop achalandée par des immigrants de passage.

— Oh! Vous croyez que cette excursion pourra se faire? réagirent en chœur les deux femmes.

— C'est à souhaiter, mes oiselles, c'est à souhaiter, répéta Joseph, sincère.

Il laissa passer un silence, puis ébaucha un triste sourire avant de glisser:

— Comme je la connais, ma chère Cécile aurait été ravie de vous y accompagner…

À cette évocation, Molly réalisa à quel point son père souffrait de la perte de sa femme. L'absence de Cécile se faisait cruellement sentir chez tous les membres de la famille; cependant, c'est Joseph qui en souffrait le plus.

À peine plus d'un mois s'était écoulé depuis les funérailles, et le Dr Rousseau semblait avoir vieilli de dix ans. Il n'avait pas repris son travail à l'hôpital et passait ses journées à tourner en rond dans la bibliothèque, dans sa chambre et sur la galerie de la cour arrière.

Molly se retint de le prendre dans ses bras et de le bercer comme un petit enfant. Orgueilleux, Joseph n'aurait pas apprécié le geste, mais Arthur, qui avait observé sa femme, devina sa pensée. Il l'en aima davantage.

Il inspira une bouffée de tabac pour reprendre son aplomb.

***

Charlotte et ses cousins avaient eu le temps d'arriver à la fin du parcours de leur jeu de croquet. La jeune fille jetait constamment de rapides coups d'œil vers la véranda. Elle connaissait bien ses parents et pouvait lire sur leurs visages.

— Je crois que notre pèlerinage à Grosse-Île se fera bientôt, annonça-t-elle à son cousin, indifférente au fait que sa boule de bois venait de louper le troisième arceau.

— Puisses-tu avoir raison, Charlotte ! déclara Colin, soudain désintéressé par le jeu. Je n'arrête pas de penser à notre grand-père et à son assassinat.

— Quelle injustice ! s'exclama Charlotte. Mais peut-être qu'une fois sur l'île, nous pourrons mieux comprendre le terrible sort qu'ont connu les exilés irlandais.

Colin hocha la tête et, distraitement, d'un coup sec de maillet, il fit dévier sa balle jusqu'aux deux petites arches formant un X au centre du jeu.

— Ce Corrigan, quel horrible personnage !

— Dites donc, suis-je la seule à prendre cette partie au sérieux ? les disputa Maud, les deux mains sur les hanches et le visage écarlate.

Ayant pris de l'avance, elle était rendue devant les deux derniers arceaux et, concentrée, n'avait rien entendu de leur discussion.

— Ne te fâche pas, Maud ! Au contraire, nous sommes très sérieux, se défendit son frère. Nous parlions de grand-papa Sean.

— Encore ? lança sa jumelle. Je croyais que nous voulions jouer cette partie justement pour nous changer les idées.

Charlotte remarqua le visage de plus en plus rouge de sa cousine.

— Tu aurais dû m'écouter et mettre un chapeau, lui fit-elle remarquer. On dirait que tu as attrapé un coup de chaleur.

Sa cousine haussa les épaules.

— Je vais très bien, « maman », la taquina-t-elle. Alors, nous continuons ?

Sans attendre la réponse, elle se remit au jeu. Elle positionna son maillet derrière sa boule bleue, puis la frappa. La sphère de bois roula sous les arches et vint frapper le piquet.

— Voilà, j'ai gagné, annonça-t-elle, manifestement peu enthousiaste. Je n'ai aucun mérite, vous n'avez pas été des adversaires bien crédibles. Maintenant, vous allez pouvoir papoter en paix…

Maud sentit sa bouche devenir sèche et, soudain, son visage passa du pourpre au blanc, puis elle s'effondra sur la pelouse. Colin s'élança vers elle et Joseph, qui les observait, se précipita derrière lui.

Le crépuscule tombait quand Maud se réveilla, couchée sur le côté avec un linge humide sur la tête. Elle ouvrit les yeux sur une chambre obscure, à peine éclairée par la lueur d'une bougie posée sur la table de nuit. Maud reconnut son grand-père assoupi dans un fauteuil, près d'elle. La douleur à sa tête s'était atténuée, mais sa gorge brûlait. Elle retint une larme ; elle adorait ce grand-papa affectueux, mais c'est son père qu'elle aurait souhaité à ses côtés. Brogan lui manquait cruellement. Comme s'il ne dormait que d'un œil, le vieil homme releva la tête et, d'un geste familier, remonta ses lunettes sur son nez.

— Comment te sens-tu, ma chérie ? lui demanda-t-il d'un air grave en s'approchant d'elle.

— J'ai soif, grand-père, réussit-elle à marmonner.

Il s'empressa de la faire boire, puis lui toucha le front et les joues. Elle avait repris une température normale.

— Tu nous as fait une de ces peurs, ma mouette rieuse ! affirma-t-il en lui caressant les cheveux. À quoi as-tu pensé ? En plein soleil et sans chapeau !

— Je sais, j'ai été idiote, grand-père, admit-elle.

Pour lui démontrer qu'elle était désolée, elle se redressa et déposa un baiser sur la joue piquante de Joseph. Puis, au grand soulagement du docteur, elle s'exclama :

— J'ai faim !

— Le fait que tu aies de l'appétit est la preuve que tu es guérie.

Le voyant s'éloigner vers la porte, elle ne put retenir son émotion :

— Vous êtes le meilleur docteur du monde, grand-papa !

Il lui lança, l'air moqueur :

— Alors, tu crois que je suis encore bon pour soigner des malades ?

— Grand-maman Cécile disait que vous aviez un don. Il serait dommage que vous cessiez de l'utiliser, lui répondit-elle simplement.

Joseph hocha la tête, ému.

J'ai déjà trop tardé, se dit-il. *Demain matin, ma Cécile, je retourne travailler à l'hôpital !*

10

Grosse-Île, fin septembre 1872

Vingt-cinq années s'étaient écoulées à Grosse-Île depuis la mort soudaine du Dr Sean McDoughan, le bien-aimé de l'infirmière Thérèse Turcotte. Cette dernière y travaillait toujours et habitait avec son fils Simon une petite maison coiffée d'un toit à croupes, dans le village en développement, au centre de l'île.

Au printemps de 1848, à la fonte des glaces sur le fleuve, le Dr Douglas avait repris son poste de surintendant de la station. Plus heureuse qu'embarrassée, Thérèse lui avait alors confié être enceinte de quatre mois. Il avait eu vent de la relation qu'elle entretenait avec le docteur irlandais et trouvait bien triste qu'elle n'ait pas eu le temps de se marier avec lui avant que le typhus ne l'emporte.

Ni le surintendant ni Thérèse n'avaient appris la véritable cause de la mort de Sean. Pendant les semaines qui avaient suivi le décès, Thérèse avait longtemps pensé que cette cause était une inflammation du foie plutôt qu'une infection contagieuse. Cependant, ce mal n'aurait pas noirci sa langue, ainsi que le lui avait assuré Ernest Larose, le bénévole qui avait trouvé le docteur la tête renversée sur son bureau. Et puis, comme elle n'avait pas pu examiner le corps, elle s'était résignée à ne plus y penser.

Pour la protéger de possibles préjudices, le surintendant Douglas avait décidé de l'appeler « Mme Turcotte » et lui avait conseillé de prétendre qu'elle était la veuve d'un médecin de l'île, emporté, comme tant d'autres cet automne-là, par le typhus. C'est également cette version qu'elle avait racontée à son fils Simon, lorsqu'il avait commencé à la questionner sur son père. Cela expliquait pourquoi elle tenait tant à aller fleurir le monument érigé en mémoire des médecins.

Dès que Simon avait été en âge d'aller à l'école, ils avaient emménagé chez l'un des frères de Thérèse, à Berthier-sur-Mer. De la fin du printemps jusqu'à la mi-automne, ils revenaient habiter sur l'île. Thérèse reprenait alors son travail d'infirmière auprès des immigrants malades de passage à la station.

À seize ans, Simon avait été accepté comme pensionnaire au collège de Québec, et Thérèse avait décidé de s'établir en permanence à Grosse-Île. Après ses années d'internat, son fils l'y avait rejointe pour occuper le poste de télégraphiste.

Âgée de cinquante-deux ans, Thérèse était toujours restée fidèle à Sean, l'amour de sa vie, et jamais elle ne s'était mariée. « Je n'y peux rien, expliquait-elle à son fils. À part toi, mon Simon, je n'ai rencontré personne qui pouvait alléger mon chagrin et, de toute façon, je ne vois pas quel homme voudrait partager mes silences. »

L'infirmière, bien qu'elle n'ait connu que Sarah pour l'avoir soignée – les deux autres fillettes étant déjà parties à son arrivée –, songeait souvent aux filles de son bien-aimé. Le surintendant lui avait assuré que les trois orphelines, Molly, Rachel et la petite Sarah, avaient été adoptées par un couple de sa connaissance, qu'elles se portaient très bien et qu'elle ne devait plus s'en inquiéter.

Depuis quelque temps, Thérèse se demandait si elle avait bien fait de suivre les conseils du Dr Douglas et de ne pas chercher à les rencontrer pour leur révéler qu'elles avaient un demi-frère et si elle avait pris la bonne décision en ne divulguant pas leur existence à Simon.

***

Simon Turcotte était à présent un jeune homme dans la mi-vingtaine, à la chevelure épaisse et blonde de sa mère et au même regard perçant que son père. Il se passionnait pour la musique classique et, même s'il jouait à l'oreille, tout le monde sur l'île vantait son talent de violoniste. Au printemps dernier, lors d'un séjour à Québec, il avait assisté à un opéra de Mozart, au Théâtre Royal. Il avait été charmé par la musique interprétée par l'orchestre et impressionné par la voix des choristes. Le lendemain, il avait lu dans le journal que l'une des cantatrices se nommait Rachel McDoughan Reilly et il avait songé, avec fierté, qu'elle devait être irlandaise.

— Cette choriste m'a fait une telle impression, avait-il confié à sa mère à son retour. Elle chantait si merveilleusement que j'en ai eu la chair de poule.

Thérèse avait été bouleversée d'entendre le nom de la chanteuse en question, mais elle avait résisté à l'envie de dévoiler son secret à son fils. Pourtant, en ce soir de septembre, elle n'avait d'autre choix que de tout lui dire.

En fin de journée, pendant qu'elle apprêtait un poisson pour le souper, Simon était revenu du travail agité comme elle ne l'avait jamais vu.

— Maman, je viens juste d'aller porter un télégramme au Dr Montizambert. Vous ne devinerez jamais qui va venir à Grosse-Île ! lui annonça-t-il en entrant précipitamment dans la maison.

— Comment veux-tu que je le sache ? lui répondit sa mère en essuyant ses mains enfarinées sur son long tablier à fleurs. À te voir si énervé, je dirais une nouvelle et jeune infirmière ?

Exaspéré que sa mère ne manque jamais une occasion de lui faire remarquer qu'à vingt-quatre ans, il était toujours célibataire, Simon fit signe que non de la tête, mais il décida de la faire languir et n'ajouta pas un mot. Il croisa ses deux bras sur son torse et attendit.

— Et si tu me disais qui a adressé ce message au surintendant, s'impatienta Thérèse, ça m'aiderait peut-être !

— C'est un certain Dr Rousseau de Québec, un ancien collègue de Montizambert…

— Et c'est ce docteur qui te fait tant d'effet ?

— Bien sûr que non, mais imagine, il est le père adoptif de trois orphelines irlandaises, et deux de ces dames veulent venir se recueillir avec leurs enfants au cimetière où leur père a été enterré…

— Ah ! Je savais bien qu'il s'agissait de femmes, le coupa sa mère, satisfaite.

— Mais l'une d'elles n'est pas n'importe quelle dame, maman, c'est la cantatrice de l'opéra *La flûte enchantée*, auquel j'ai eu le plaisir d'assister au printemps. Vous ne pouvez pas l'avoir oubliée, je vous ai parlé de cette Rachel McDoughan Reil…

Il ne termina pas sa phrase, la physionomie de Thérèse venait de changer et son teint habituellement rosé avait viré au gris. Elle restait là, muette de stupéfaction. Après tant d'années, elle ne croyait plus que les filles de Sean reviendraient à Grosse-Île. Elle se sentit chanceler.

— Maman ? Vous ne vous sentez pas bien ? s'inquiéta Simon en l'aidant à s'asseoir. Qu'est-ce que j'ai dit ?

Thérèse inspira profondément et réussit à reprendre un peu de vigueur.

— Ce n'est rien, mon chéri, c'est la surprise. Vois-tu, pendant l'effroyable épidémie de 1847, j'ai soigné l'une de ces sœurs McDoughan, la petite Sarah…

Elle se tut un moment et, sentant au fond d'elle-même qu'il était plus que temps de lui dire toute la vérité, elle inspira à nouveau pour rassembler son courage.

— Chéri, assois-toi près de moi et promets-moi de m'écouter jusqu'au bout, sans m'interrompre.

Bien qu'intrigué, Simon le lui promit.

— Le père de ces trois fillettes était le Dr Sean McDoughan, commença-t-elle d'une voix douce, l'homme dont je suis tombée amoureuse et qui est également ton père. C'était un Irlandais et il était veuf ; sa femme avait péri du typhus sur le bateau qui les conduisait au Québec. En arrivant à Grosse-Île, devant l'ampleur de la déplorable situation…

Pendant plusieurs minutes, Thérèse lui relata les mois qu'elle avait passés auprès de Sean et comment, malgré la misère qu'ils côtoyaient chaque jour, ils étaient heureux ensemble et combien ils s'aimaient. Elle lui certifia qu'il lui avait fait sa demande en mariage quelques semaines avant de mourir. Les larmes se mirent à couler sur son beau visage et sa voix se fêla lorsqu'elle parla de la mort soudaine de Sean et de son désespoir de l'avoir perdu, avant même qu'elle ne sache qu'elle était enceinte. En terminant, elle lui expliqua la raison pour laquelle elle ne lui avait pas parlé de ses demi-sœurs irlandaises. Elle lui avoua aussi ne jamais les avoir contactées.

Simon l'avait écoutée, les coudes sur la table et les mains jointes sous le menton, hochant de temps en temps la tête. À la fin de son récit, Thérèse observa son fils. Il se murait dans un lourd silence, le regard impénétrable. Ce calme la torturait. Elle se dit qu'il lui en voulait probablement et que cela faisait sans doute partie de sa punition. Elle se tordait nerveusement les doigts en attendant qu'il lui dise quelque chose, n'importe quoi !

Simon resta un bon moment sans parler : il considérait sa mère, cette femme, qui était restée souriante et lui avait appris à aimer la vie malgré le chagrin et les difficultés d'élever seule un enfant. Elle était la mère la plus généreuse et la plus affectueuse et, du plus loin qu'il se souvienne, tous ses amis lui avaient envié cette chance. Et voilà qu'aujourd'hui, il découvrait une femme amoureuse qui avait offert son cœur à un seul homme et qui continuait même à l'aimer au-delà de la mort. Il se força à lui sourire pour cacher son émoi de la voir si troublée.

— Je suis donc le demi-frère de la très talentueuse Rachel ! conclut-il, le regard fier.

Soulagée qu'il ne lui en veuille pas de lui avoir caché cette partie de son passé, elle lui sauta au cou, puis lui prit le visage entre ses mains.

— Oh ! Je t'aime tellement, mon grand !

***

Le surlendemain, le Dr Montizambert, qui ignorait les liens qui unissaient l'infirmière aux visiteurs, demanda à Thérèse si elle voulait bien les accueillir dans deux jours. Depuis un mois, il préparait un voyage en France. Il devrait se rendre à Québec pour embarquer sur un bateau en partance pour ce pays, le jour même de l'arrivée du petit groupe sur l'île.

Le médecin allait rencontrer Louis Pasteur à Paris au sujet de l'inespérée découverte du scientifique : un vaccin contre la contagion des microbes et contre la variole.

— Un progrès immense pour la médecine ! s'était-il exclamé sans attendre de réponse, certain que Thérèse accepterait. C'est le Dr Bourassa, mon adjoint, qui me remplacera. Il n'y a qu'une dizaine de patients et vous êtes trois infirmières, vous devriez très bien vous débrouiller sans moi.

Puis, il avait remis son nez dans les dossiers médicaux qu'il voulait terminer avant son départ.

Au repas du soir, Thérèse, légèrement perplexe, fit part à Simon de sa nouvelle tâche de guide :

— Ces jeunes femmes doivent être dans la trentaine à présent. Bien sûr, elles désireront voir le cimetière des Irlandais et aussi le monument aux médecins. Je ne sais pas si, en les revoyant, j'arriverai à retenir mes émotions…

Elle fit une pause.

— Le surintendant m'a parlé de la visite de Molly, de Rachel et de leurs enfants, finit-elle par dire, mais il n'a pas mentionné Sarah. Elle n'avait pas une forte constitution, j'espère qu'elle n'est pas morte… je m'étais attachée à elle. Ce serait tellement terrible si…

— Allons, maman, cessez de vous imaginer le pire, ça ne vous ressemble pas ! Elles aussi seront troublées par ce retour.

— Tu as raison, mon grand, mais tout ce passé qui remonte… je n'y peux rien, ça me bouleverse.

— Il faudra que vous leur parliez de leur père, de la chance qu'il a eue avant de mourir de connaître l'amour à nouveau et du désir qu'il avait de vous épouser. Qu'il soit mort heureux, j'en suis certain, les consolera.

Perdue dans ses pensées, elle acquiesça en silence. Elle se demandait comment trouver les mots pour le leur annoncer, tout en leur assurant que Sean n'avait pas oublié leur mère, Rébecca. Révéler son histoire à son fils n'avait pas été trop pénible, mais la réaction des filles de Sean lui faisait peur. Elles lui en voudraient peut-être de ne pas leur avoir écrit. Elle était épuisée des dernières nuits sans sommeil qu'elle avait passées à ressasser ses souvenirs et le courage lui manquait. Cependant, elle savait que son fils ne la laisserait pas s'en tirer si facilement. Elle sursauta quand il ajouta :

— Plus de secret, maman ! Il faudra que vous les mettiez également au courant pour moi.

Thérèse soupira.

— Si tu ne leur dis pas, c'est moi qui le ferai, la menaça-t-il.

Dieu du ciel ! Ce qu'il peut m'exaspérer quelquefois ! songea-t-elle.

***

Le matin du départ de Québec, une brume recouvrait le fleuve. Retenant leur chapeau d'une main et sentant leur cœur battre fébrilement, Molly et Rachel étaient assises sur l'un des bancs près de la timonerie du *Rivoli*. Leurs grands enfants, accoudés aux bastingages, à la poupe du navire, ne pouvaient cacher leur enthousiasme et admiraient le vert paysage des côtes fluviales.

Depuis plusieurs années, la barque du capitaine Pelletier faisait la navette entre Québec, Lévis et les quelques îles habitées qui baignaient dans le fleuve Saint-Laurent. L'embarcation avait dû manœuvrer sur l'eau afin d'éviter les remous des énormes bateaux à vapeur qui effectuaient de lourdes livraisons : des barriques de charbon, des matériaux de construction, des barils d'huile pour les lampes et, quelquefois, des ballots de tissus et de laine que les insulaires commandaient dans des commerces de la capitale.

Les deux sœurs s'imprégnaient doucement de la lumière trouble qui filtrait à travers les nuages et, malgré que la pâleur matinale laisse présager une journée plutôt grise, la douceur du vent salin leur était agréable. Toutefois, à l'approche de Grosse-Île, la goélette se mit à tanguer et Rachel fut soulagée quand, enfin, on l'ancra au quai.

Lorsque tous mirent les pieds sur la terre ferme, la grisaille de l'aube s'était évaporée et avait fait place à un lumineux soleil. Molly et Rachel traversèrent la passerelle les premières, imitées par Charlotte, Maud, Colin et Rosaline, la jeune domestique que Mary avait déléguée pour les accompagner. La jeune fille portait à son bras un panier contenant assez de nourriture pour faire un savoureux pique-nique.

Le Dr Montizambert avait fait parvenir un télégramme à Joseph pour l'informer de son départ imminent pour le Vieux Continent. Il l'avait également avisé que l'infirmière Turcotte se ferait un plaisir de recevoir les descendants du D^r^ McDoughan à sa place. Tous se dirigèrent donc vers la dame qui s'avançait vers eux et qui était vêtue d'une robe blanche et d'une coiffe tout aussi immaculée.

Au bout de l'embarcadère, Thérèse, nerveuse, avait assisté à l'accostage du bateau. Elle tressaillit en remarquant les sombres vêtements de deuil des personnes qui venaient à sa rencontre et souhaita que ce ne soit pas pour Sarah. Elle eut juste le temps de se ressaisir avant de les aborder :

— Je suis garde Turcotte, se présenta-t-elle en ébauchant un chaleureux sourire. Soyez les bienvenus à Grosse-Île !

— C'est gentil à vous de nous accueillir, la remercia Molly. Voici ma sœur Rachel, et ces jeunes gens sont Charlotte, ma fille ; Maud et Colin, ses cousins ; et Rosaline, notre domestique.

— Il semble que vous ayez perdu un membre de votre famille…, osa-t-elle, ne pouvant s'empêcher de faire une remarque.

— Notre mère adoptive, la renseigna Molly, il y a un mois.

— Oh ! Je suis vraiment désolée.

Tous sentirent dans son intonation un accent de sincérité.

— Mais ne restons pas là, venez ! Comme nous serons trop nombreux pour nous installer dans une seule carriole, expliqua Thérèse, j'ai pensé qu'il vaudrait mieux nous déplacer à pied. Heureusement, ce n'est pas une bien grande île.

Pendant que Molly et l'infirmière discutaient, Rachel balayait le paysage du regard. Sur les formations rocailleuses, les tentes blanches avaient disparu. Un long bâtiment de bois à quatre cheminées avait pris leur place.

— L'île possède ce lavoir depuis quelques années, précisa Thérèse devant le regard interrogateur de Rachel. Il y a des réchauds pour l'eau et nous pouvons laver notre linge dans de grands chaudrons de fonte. C'est bien plus pratique que dans le fleuve.

Rachel la remercia d'un sourire et reprit son observation. Sur le quai, il n'y avait plus de moribonds ni de misérables se lamentant, couchés dans la poussière que le vent faisait lever sur les berges. L'atmosphère était beaucoup moins lugubre que dans ses souvenirs : une végétation luxuriante s'étalait sur les rives et quelques bâtiments avaient été construits, un peu plus loin. Elle eut tout de même un spasme au ventre en pensant à l'est de l'île et aux bâtiments où des malades contagieux devaient être alités, attendant leur guérison pour poursuivre leur voyage.

Malgré le fait que, sur les buttes, face au fleuve, les canons menacent toujours l'horizon, je ne vois aucun militaire dans les environs. Finalement, cette escapade ne sera peut-être pas aussi pénible que je l'imaginais ! se dit-elle intérieurement.

La voix apaisante de garde Turcotte mit un terme à ses réflexions :

— Quelle belle journée ! Et c'est une excellente période pour une visite : la station est presque déserte à ce temps-ci de l'année. Alors, où dois-je vous conduire en premier ?

Devant l'hésitation de sa tante et de sa mère, Colin prit les devants :

— Au cimetière des Irlandais. Notre grand-père McDoughan y est enterré et nous aimerions aller nous y recueillir.

Les lèvres de Thérèse se mirent légèrement à trembler, mais celle-ci se contenta d'acquiescer de la tête et fit signe au petit groupe de la suivre.

— Nous allons prendre ce sentier, qui passe à travers la forêt et mène à la fosse commune. Un peu plus loin, à la pointe ouest de l'île, se trouve un endroit idéal pour un pique-nique. On y a une vue magnifique sur le fleuve.

Heureuses d'avoir eu la bonne idée de mettre leurs bottines de marche, les femmes la suivirent en file indienne, et Colin prit galamment le panier des mains de Rosaline avant de leur emboîter le pas.

Contournant les immenses érables, sapins et chênes, l'étroit chemin de terre battue était parsemé de petits cailloux. La saison estivale tirait à sa fin, et pourtant, les fougères et les bosquets de fleurs sauvages foisonnaient.

Ils débouchèrent sur le haut d'une colline où trônait le monument aux médecins, érigé par le Dr Douglas. La stèle commémorative, taillée dans le marbre et surmontée d'une urne, surplombait une vallée parsemée, ici et là, de croix blanches plantées dans un lit de verdure.

Le silence, la simplicité et l'ambiance solennelle qui se dégagent de ce lieu, se dit Molly impressionnée, *nous donnent l'impression d'être dans une église à ciel ouvert.*

— Comme vous le savez sans doute, en 1847, expliqua l'infirmière, plus de cinq mille de vos compatriotes irlandais, victimes du typhus, ont été enterrés dans ces fosses.

Elle n'en dit pas plus. Elle comprenait l'émotion que l'on pouvait ressentir lorsqu'on prenait conscience de l'ampleur du drame qui s'était déroulé sur l'île. Instinctivement, les descendants de Rébecca et de Sean McDoughan ainsi que Rosaline, dont c'était la première sortie et qui ne savait comment réagir devant ce site sacré, se prirent la main, comme pour se donner le courage d'affronter la dure réalité. Ils fixèrent, atterrés, ce que Thérèse avait baptisé « la vallée des martyrs d'Érin ».

Soudain, un vent doux se leva et son sifflement à travers la cime des arbres résonna comme une plainte.

— J'ai l'impression que des ombres rôdent autour de nous, murmura Maud à l'oreille de sa mère en frissonnant.

La jeune fille s'était exprimée à mi-voix, comme pour ne pas déranger le repos des âmes qui avaient tant souffert.

— C'est étrange, en effet. Je sens également la présence des fantômes de ces malheureux, lui confia Rachel, troublée.

Tout comme les visiteurs, Thérèse se sentit submergée par une vague de tristesse. Colin remarqua qu'elle pleurait, détournant les yeux de la fosse, les lèvres serrées.

— Avez-vous connu notre grand-père, le D^r^ McDoughan ? demanda-t-il en s'approchant d'elle.

— Oui, bien sûr, j'ai travaillé à ses côtés et j'ai aussi soigné votre sœur Sarah. Elle n'est pas venue avec vous ?

Molly hocha négativement la tête.

— Lorsqu'elle a quitté l'île, elle était très perturbée… j'espère qu'elle va mieux, mentionna Thérèse.

— Oh ! C'est vous la garde qui a pris soin d'elle. Je me souviens qu'elle nous a parlé de vous et de votre gentillesse. Elle se porte très bien. Sarah s'appelle sœur Saint-Jérôme, depuis près de vingt ans maintenant. Elle est très heureuse chez les Augustines et y œuvre comme aide-apothicaire.

Thérèse parut soulagée.

— Religieuse ? C'est vrai qu'elle était une enfant discrète et posée.

Elle fit une pause, puis proposa :

— Que diriez-vous de venir prendre votre pique-nique dans mon jardin ?

Elle désirait les connaître davantage avant de se décider à leur révéler sa relation avec Sean.

— Cela nous ferait un réel plaisir, madame Turcotte, s'empressa d'accepter Molly au nom de tous.

— Alors, appelez-moi Thérèse…

— Et nous pourrions nous tutoyer ! renchérit Rachel.

Enchantée de ce rapprochement, Thérèse acquiesça, un sourire dans les yeux.

11

Grosse-Île, le même jour

Le temps était splendide. Sur le chemin qui menait à la demeure de Thérèse, les promeneurs furent étonnés des bruits et des odeurs qui s'échappaient par les fenêtres ouvertes des quelques maisons construites d'un bord et de l'autre de la seule rue qui traversait l'île d'ouest en est. Rien ne reflétait la dure réalité de cette île. On aurait dit un village ordinaire perché sur le bord du fleuve.

Thérèse et Molly marchaient devant, discutant des quelques changements apportés à Grosse-Île depuis que cette dernière y avait campé avec ses sœurs.

À leur gauche apparut une grande maison de style victorien. Une épaisse porte en bois sculpté, entourée de deux larges fenêtres de chaque côté, trônait au centre de sa façade.

— Oh! Mais à qui appartient cette magnifique demeure? demanda Molly.

— C'est la résidence du surintendant, le Dr Montizambert, qui effectue présentement un voyage de formation en France. La construction a été entreprise l'année dernière, mais il reste encore quelques travaux à terminer à l'intérieur. Et une longue galerie devrait aussi garnir tout le devant.

— Et là, je reconnais la petite chapelle et le presbytère! s'exclama l'aînée des McDoughan en pointant des bâtiments situés un peu plus loin sur leur route. Je me rappelle qu'ils étaient également bondés de malades.

— C'est vrai, admit Thérèse dans un soupir. Tes sœurs et toi, vous vous souvenez de tout, n'est-ce pas?

— Tous les jours que Dieu fait. Et je ne souhaite à personne de connaître les horreurs que nous y avons vues.

Thérèse hocha la tête et lui fit un triste sourire.

— Toutefois, même si nous accueillons encore nombre d'immigrants, tint-elle à mentionner, peu nous arrivent infectés et rares sont ceux qui meurent sur l'île.

— J'en conviens, l'atmosphère est très différente, presque agréable. Je dois t'avouer que j'étais craintive à l'idée de revenir ici, mais finalement, je suis heureuse d'être venue et de t'avoir rencontrée.

Elle pointa du doigt une maisonnette érigée de l'autre côté de la rue, près du fleuve.

— C'est le bureau de télégraphie. Ils sont deux engagés.

Elle rougit de fierté, puis précisa:

— C'est mon fils Simon qui est le télégraphiste responsable.

Jusqu'ici, rien n'avait indiqué à Molly que l'infirmière pouvait être mariée. Elle parut surprise.

— Et que fait ton mari? Travaille-t-il également sur l'île?

— Je n'ai…, commença l'infirmière.

Elle hésita. Il valait mieux attendre qu'ils soient tous réunis pour leur parler de Sean. Le moment idéal serait probablement pendant le repas.

— Il est décédé du typhus avant que j'apprenne que j'étais enceinte de Simon…, se contenta-t-elle de répondre.

— Oh ! Je suis navrée. Pendant la contagion, je suppose ?

Thérèse acquiesça et Molly passa amicalement son bras sous le sien.

Je comprends maintenant pourquoi elle a été si sensible à notre peine, au cimetière, songea cette dernière.

— Là-bas, ce grand bâtiment, c'est le sanatorium, reprit Thérèse. Il a été bâti il y a six ans pour accueillir les convalescents du choléra.

Molly lança un regard vers l'avant.

— Les hangars-hôpitaux sont toujours au bout de l'île, n'est-ce pas ?

Thérèse acquiesça d'un signe de tête.

— Et avec l'arrivée massive des immigrants, ils ont dû en bâtir plusieurs autres. Onze en tout. Je dois t'avouer que, malgré l'air pur et la végétation magnifique qui les entourent, ces lazarets donnent des airs lugubres au paysage.

Poursuivant leur marche, bras dessus, bras dessous, Thérèse et Molly s'isolèrent dans un silence.

Derrière elles, absorbée dans ses pensées, Rachel leur emboîtait le pas. Il arrivait encore que ses défunts parents lui manquent, et c'était le cas aujourd'hui. En arpentant ce lieu empreint de tristes souvenirs, elle songea à la belle et tendre histoire d'amour que Rébecca et Sean avaient vécue, et à l'absence de Brogan à ses côtés. La douleur qu'elle avait cru s'être estompée avec les mois l'engloutit à nouveau.

La solitude qui m'enveloppe depuis que j'ai quitté Brogan m'effraie. Vais-je vieillir sans connaître à nouveau le bonheur d'être aimée ?

Ignorante des tourments de sa mère, Maud suivait Rachel de près en compagnie de Charlotte. Les deux jeunes filles discutaient de la joie, mais aussi du troublant émoi que cette escapade suscitait. Tout en parlant, elles observaient, au-delà de la route, la flore et la faune qui grouillaient dans les hautes herbes des marécages aux abords du fleuve.

Fermant la marche, Colin racontait à Rosaline, qui l'écoutait poliment d'une oreille, les injustices que les Britanniques infligeaient encore aux Irlandais. En plus de son intérêt pour les faits et les chiffres, il était devenu un grand amateur d'histoire, surtout celle de ses ancêtres.

— Je m'excuse, Rosaline, je vois bien que je t'ennuie avec mes propos…

— Non, pas du tout, monsieur Colin, c'est juste que je sais déjà tout cela…

Il vit qu'elle cherchait ses mots.

— … c'est que, depuis que Jean sait qu'il est de souche irlandaise, sa mère et vous aussi, monsieur Colin, lui parlez du pays de vos aïeuls. C'est donc un sujet de discussion récurrent dans la cuisine.

Un bref instant, les joues de Colin s'empourprèrent légèrement. Après un court silence, il déclara sur un ton qui se voulait léger :

— J'apprécie beaucoup la compagnie de Jean. Malgré son manque d'instruction, il est intelligent et il me surprend par ses connaissances. Nos échanges sont fort intéressants.

Rosaline lui sourit, heureuse que le solitaire Jean, qu'elle aimait bien, se soit fait un ami de son âge. Puis, ils accélérèrent le pas.

Arrivée devant une coquette maison munie de volets bleus et garnie d'une galerie courant sur trois côtés, Thérèse ouvrit la barrière de la clôture blanche qui menait à la cour arrière. Elle invita ses visiteurs à la suivre.

En entrant dans la cour, ils découvrirent de majestueux arbres centenaires qui projetaient leurs ombres sur un carré de verdure. Ce petit espace côtoyait un pré de fleurs sauvages, d'où l'on pouvait voir couler les flots du fleuve.

Prenant son rôle de domestique au sérieux, Rosaline devança tout le monde et se dirigea tout droit vers la table ronde, qui était entourée de chaises en osier. Elle entreprit aussitôt de sortir de son panier les sandwichs et les salades. De son côté, Thérèse insista pour aller préparer un cruchon de limonade dans sa cuisine.

Pendant que les femmes disposaient les couverts et s'installaient, Colin alla s'asseoir sur un rocher, en face de l'eau, pour respirer l'air salin. Une foule de visages inconnus flottaient dans son esprit, dont celui de son grand-père. Il aurait aimé pouvoir visiter les lazarets, mais comme des patients contagieux se trouvaient encore dans l'un d'eux, garde Turcotte leur avait expliqué que ce secteur de l'île était interdit aux visiteurs. Cependant, depuis quelque temps, c'était la figure de son ami Jean qui lui revenait le plus fréquemment, et ce, aux moments les plus inattendus, comme celui-ci.

***

Une fois qu'ils furent tous attablés, Rachel, se disant que Molly serait aussi heureuse qu'elle d'en connaître davantage sur la vie de leur père sur l'île, demanda à leur hôte :

— Thérèse, vous nous avez appris au cimetière que vous aviez travaillé avec notre père, le Dr McDoughan. Nous aimerions beaucoup que vous nous parliez de lui, de son travail à la station de quarantaine.

L'infirmière prit le temps de bien tous les observer. La simplicité et la sympathie de ces personnes lui inspiraient confiance. Même si elle s'était résolue à leur raconter les moments qu'elle avait partagés avec Sean, elle avait du mal à contrôler sa nervosité.

— Cette année-là, je suis arrivée sur l'île en renfort médical, commença-t-elle d'une voix tremblante. Votre père y travaillait déjà depuis plusieurs semaines. Lorsque nous avons fait connaissance, il était épuisé et il s'inquiétait de la santé de Sarah, de votre sort, Molly et Rachel, et aussi de celui de son frère Matthew, resté en Irlande. Le travail était très ardu et il fallait être fait fort pour côtoyer la souffrance des pestiférés. Il se sentait impuissant devant cette terrible épidémie, qui tuait ses compatriotes et que, malgré tous nos efforts, nous n'arrivions pas à freiner.

Après cette introduction, elle remarqua qu'ils avaient tous cessé de manger et qu'une tendre tristesse se peignait sur leur visage. Elle se convainquit que leur confier les sentiments que Sean et elle éprouvaient l'un envers l'autre pourrait finalement les réconforter. Elle reprit peu à peu son calme et, avec une grande délicatesse, elle se lança :

— Pour tenir le coup et garder le moral, vous comprendrez que, comme la plupart du personnel médical et des bénévoles de la station, nous avions besoin de nous soutenir entre nous. C'est ainsi que Sean et moi avons commencé à nous rencontrer durant nos rares pauses. Nous marchions le long du fleuve ou nous nous assoyions sous un arbre pour discuter des espoirs qui nous faisaient tenir bon. Bien sûr, guérir Sarah et vous retrouver faisaient partie des siens.

Elle s'arrêta un moment, un léger sourire flottait sur les lèvres de chacun.

— Au fil des jours, il s'est tissé entre nous une solide affection, qui n'altérait en rien l'amour que votre père conservait au fond de son cœur pour votre mère. Si bien que quelques jours seulement avant qu'il meure du typhus, cette infection qu'il avait tant combattue, il m'a fait l'immense joie de me demander en mariage. Vous pouvez comprendre, à présent, pourquoi sa mort m'a dévastée et pourquoi je partage avec vous l'immense chagrin de sa perte.

Un silence empreint d'un léger malaise s'installa à la suite de cette révélation. Le ciel commençait à se couvrir de gros nuages gris annonciateurs de tempête. Un vent fort se mit à agiter les branches des arbres et l'air se refroidit, mais personne n'y prêta attention. Émues, Charlotte et Maud avaient la larme à l'œil et, de son côté, Colin toussotait. D'un même mouvement, les trois se tournèrent vers leurs mères, guettant leur réaction.

Seigneur! Elle ne sait donc pas que notre père est mort assassiné! constata Molly, silencieuse. *Cela va davantage la perturber, mais je dois lui révéler les réelles circonstances entourant le décès de papa.*

Assise aux côtés de Molly, Rachel avait également pris un air songeur et se faisait à peu près la même réflexion :

Il serait peut-être temps que cette femme connaisse enfin la vérité sur la mort de l'homme qu'elle aimait!

Thérèse se méprit sur leur mutisme. Sur son visage se dessinèrent les traits de l'inquiétude.

— Je vous assure, votre père et moi, nous nous sommes vraiment aimés.

Molly la rassura en posant sa main sur la sienne et un doux sourire se dessina sur ses lèvres ; un souvenir ancien et énigmatique venait de faire surface dans sa mémoire.

— Oh! Je te crois Thérèse, s'empressa-t-elle de la réconforter, et j'ai même la preuve que papa avait beaucoup d'affection pour toi.

— Quoi? s'exclamèrent-ils tous en chœur en se tournant vers elle, intrigués.

Molly s'adressa d'abord à Rachel:

— Te rappelles-tu quand le Dr Douglas est venu raccompagner Sarah à la maison d'accueil pour orphelins et qu'il nous a annoncé le décès de papa?

Curieuse de connaître la suite, sa sœur opina de la tête, sans dire un mot.

— Avant de nous quitter, le docteur m'a remis une cassette qui contenait quelques effets personnels que notre père avait soigneusement gardés. À travers ces précieux souvenirs, j'ai découvert un mouchoir de dentelle avec la lettre T brodée en majuscule sur l'un des coins. Je ne lui avais trouvé aucune explication jusqu'à maintenant.

Molly prit la main de Thérèse dans la sienne et parla avec beaucoup de douceur:

— Il t'appartenait, n'est-ce pas?

Une expression d'étonnement traversa les yeux de l'infirmière. Celle-ci posa son autre main sur son cœur avant d'acquiescer d'un signe de tête. Elle lutta contre les larmes qui lui montaient aux yeux et son visage se détendit.

— Je l'ai oublié un soir dans son logis et, quand j'ai voulu le récupérer le lendemain, il a insisté pour le conserver.

— Nous ne pouvons qu'être heureuses que notre père ait connu à nouveau le bonheur avant de mourir, renchérit Rachel, sincère.

— Quand vous parliez de lui, vos yeux scintillaient, ajouta la romantique Maud, et j'ai l'impression que vous l'aimez encore. Est-ce que je me trompe ?

— Oh non ! Je ne l'ai jamais oublié… et cet amour a fait son nid dans mon cœur, pour toujours.

Molly se rappela une confidence que lui avait faite Thérèse.

— Tu m'as révélé que tu as été enceinte… Était-ce de notre père ?

Le visage de Thérèse s'empourpra lorsqu'elle acquiesça.

— Oui, mon fils Simon est votre demi-frère. Il est présentement à son travail.

Dans le silence qui suivit, un éclair cisailla le ciel assombri, un coup de tonnerre retentit et les premières gouttes de pluie annonçant l'orage se mirent à éclater un peu partout sur le sol.

— Vite, rentrons dans la maison avant que le ciel nous tombe sur la tête ! s'exclama Thérèse.

Les bras chargés d'assiettes, de verres et de plateaux, tous se précipitèrent à l'intérieur. En entrant, les invités découvrirent une grande pièce ouverte, uniquement séparée par une arche. Une minuscule cuisine était aménagée à une extrémité de la demeure et un salon muni d'un foyer en pierre, de deux canapés qui se faisaient face et de quelques fauteuils, se trouvait dans la partie la plus grande. Devant les deux fenêtres donnant sur la façade s'alignaient plusieurs pots de géraniums et, dans un coin, un étui à violon était posé sur un guéridon.

Bien qu'encombré, l'espace, des parquets au plafond, étincelait de propreté et respirait la simplicité d'une vie au bord de l'eau. Contre un mur étaient adossées des étagères remplies de plumes d'oiseaux, de galets, de bouquets de fleurs séchées joliment disposées dans des vases. Une collection de petits objets probablement ramassés lors de multiples promenades. Une odeur de cire et de jasmin embaumait toute la maison, ce qui rendait l'atmosphère des plus accueillantes.

Charlotte aperçut, juché sur une tablette, un gros chat noir qui, loin d'être dérangé par le petit groupe d'étrangers, dormait tranquillement le ventre à l'air et la tête accotée sur une pile de méthodes de musique classique.

— Il est vieux et sourd comme un pot, plaisanta Thérèse en allumant sur la table basse des bougies de toutes tailles et de toutes formes.

Comprenant qu'ils avaient tous besoin d'un peu de temps pour reprendre leurs esprits, elle préféra s'éclipser.

— Installez-vous confortablement, je vais vous préparer un bon café.

— Je viens avec vous, insista Rosaline, se sentant plus à l'aise dans son rôle de servante. Je peux faire la vaisselle et vous aider à servir les boissons.

Encore sous le choc, Molly et Rachel se regardaient, ne sachant que dire.

— Eh bien ! s'exclama Maud avec enthousiasme. S'il est votre demi-frère, ça veut donc dire que pour Charlotte, Colin et moi, Simon est notre jeune oncle ! Je suis curieuse de faire sa connaissance.

— Il a peut-être des traits de grand-papa Sean, fit remarquer Charlotte, comme notre grand-oncle Matthew.

— Simon doit bien avoir vingt-quatre ans maintenant. Pourrons-nous le rencontrer ? demanda Colin à Thérèse, pendant qu'elle déposait un plateau de tasses fumantes entre les chandelles de la table du salon.

Rosaline réapparut à cet instant, portant une assiette de biscuits.

— Simon est le télégraphiste de l'île, leur rappela Thérèse, et il doit souvent travailler tard. Toutefois, il désirait vraiment vous rencontrer avant votre départ.

— Cela n'a pas dû être facile d'élever seule un enfant, commenta Molly. Cela t'a certes demandé beaucoup de courage.

Ce simple commentaire remua encore tant de souvenirs dans l'esprit de Thérèse, qui prit le temps de s'asseoir face aux deux sœurs McDoughan.

— J'ai eu la chance d'avoir l'appui du Dr Douglas pendant toutes ses années de surintendance, et puis, les mois d'hiver, mon frère nous accueillait chez lui…

Au-dehors, la tempête faisait rage et, quelques instants plus tard, au moment où Thérèse terminait son récit en évoquant la passion de son fils pour le violon, un claquement de porte se fit entendre. Tout le monde sursauta, même le chat. Le félin s'étira, miaula et sauta d'où il était perché pour venir se réfugier sur les genoux de sa maîtresse. Un jeune homme trempé de la tête aux pieds fit irruption dans le salon.

— Ah ! Voilà justement mon Simon, annonça l'hôtesse, radieuse.

La pluie ruisselait sur l'imperméable du jeune homme et sur ses courts cheveux blonds soigneusement lissés vers l'arrière. La lumière vacillante des flammes des chandelles éclairait les traits fins de son visage bien rasé. D'un mouvement rapide de la tête, il salua l'assemblée. Son regard croisa celui de Rachel, s'attarda un bref instant sur le visage de Rosaline, puis revint se poser sur la talentueuse cantatrice. Il ne put s'empêcher de lui faire part de son admiration :

— Je vous ai entendue chanter au Théâtre Royal. Vous étiez absolument fabuleuse dans le rôle de la cruelle reine de la nuit !

Je reconnais bien ces yeux perçants, se dit Rachel, émue.

Elle retrouvait un peu de son père en lui. Instinctivement, elle ramena une boucle de cheveux sur son front d'un geste coquet et lui offrit un sourire. Simon le lui rendit, puis sortit de la poche intérieure de son manteau un télégramme qui s'adressait aux dames Lockwell et Reilly.

— Je suis désolé, mais vous ne pourrez pas rentrer ce soir, les informa-t-il. Le fleuve est déchaîné. Le *Rivoli*, qui devait vous reprendre en fin d'après-midi, a jeté l'ancre à l'Île-aux-Coudres, où il est bloqué à cause de la tempête.

— Oh ! Comme c'est ennuyeux ! s'exclama Molly en lançant un regard soucieux à Rachel.

— Le capitaine Pelletier vous informe qu'il ne pourra venir vous chercher que demain dans l'avant-midi, leur apprit Simon en poursuivant la lecture du message. Il mentionne qu'il a également fait parvenir un télégramme à Québec pour avertir le major Lockwell de votre retard.

— Allons ! Il n'y a aucun souci à vous faire, les réconforta aussitôt Thérèse, nous allons vous garder avec nous. Molly et Rachel, vous pourrez dormir dans la chambre de Simon et nous installerons dans le salon des lits de fortune pour les jeunes.

***

Après un simple, mais jovial repas, tout le monde se retrouva au salon pour faire plus ample connaissance. La discussion amorcée à la table se poursuivait, à présent, à la lueur des flammes du foyer.

— À l'opéra, vous étiez sublime, ne put s'empêcher de répéter Simon. Vous… tu semblais si à l'aise sur la scène.

— Oui, c'est vrai. Les représentations suivantes m'ont fait le même effet. Chaque fois que le rideau se levait et que l'orchestre exécutait la première mesure, j'oubliais complètement le public et je devenais mon personnage. Mais maintenant, assez parlé de moi, Simon, ta mère nous a confié que tu avais un réel talent de violoniste. Si tu nous jouais un morceau !

Molly et Thérèse l'encouragèrent d'un sourire. Dans la pénombre, le jeune homme rougit.

— Oh ! J'ai encore tellement à apprendre de la musique classique. Mon rêve serait justement de faire partie d'un quatuor ou d'un orchestre symphonique.

Il se leva pour prendre son instrument. Il joua un morceau de l'opéra de Mozart, afin de faire plaisir à la chanteuse, et fut chaudement applaudi par son public.

Quand le calme revint, Molly décida de révéler à Thérèse et à Simon les circonstances entourant la mort de Sean. Après avoir consulté sa sœur du regard, elle prit une voix qui se voulait bienveillante :

— Il se fait tard et il serait temps, pour Molly et moi, de… hum… nous avons de douloureuses révélations à vous faire, Simon et Thérèse. C'est au sujet de la mort de notre père.

Aussitôt, un lourd silence s'abattit sur les convives. Seuls les craquements du feu dans l'âtre se faisaient entendre. Étonnée, l'infirmière les observa, puis saisie d'une appréhension, elle se cala dans son siège. À cette évocation, une image douloureuse la saisit : le cadavre de son bien-aimé Sean, recouvert d'un linceul. Ce souvenir la hantait encore.

— Lorsque Sarah est revenue de Grosse-Île, commença Molly, elle était traumatisée…

Thérèse se redressa nerveusement.

— Oui, je m'en souviens. Elle ne se rappelait rien de cette nuit-là et elle pleurait fréquemment. Il n'y avait que lorsque je la berçais qu'elle finissait par s'endormir.

Molly lui fit un triste sourire.

— Je dois d'abord commencer par la visite de notre oncle Matthew, qui, depuis la rébellion de 1848 en Irlande, s'était réfugié à Paris. Dès son arrivée au port, Rachel et moi, nous avons été troublées par sa ressemblance avec papa, mais pour Sarah, qui était déjà religieuse et qui l'a reçu dans le sombre parloir du couvent, ce fut un terrible choc. Elle a vraiment cru à une apparition de notre père et s'est évanouie dans les bras de Matthew. Lorsqu'elle est revenue à elle, sa mémoire, endormie jusque-là sur les événements, s'est tout à coup réveillée. Et l'horreur que nous avons vue dans ses yeux nous a tous figés sur place.

Voyant sa mère pâlir, Simon fit signe à Molly d'arrêter un instant. Il soupçonnait que la suite serait difficile à entendre.

— Je crois que nous avons du cognac dans l'armoire de la cuisine. Que diriez-vous d'un petit remontant avant de poursuivre ?

Aussitôt que les adultes furent servis, le jeune homme vint s'asseoir près de sa mère.

— Nous vous écoutons, Molly, dit-il simplement.

— Nous avions un domestique en Irlande, un certain Corrigan, qui avait pris le même bateau que nous pour venir s'établir au Canada. Nous avons découvert, beaucoup plus tard, que c'était un infâme personnage qui voulait nous voler la précieuse bague que j'ai à mon doigt, pour la vendre et s'acheter une terre. Comment il est entré dans la chambre et à quel propos la bagarre a éclaté resteront toujours un mystère, mais Sarah, cachée derrière la porte de la chambre, est certaine d'avoir reconnu Corrigan qui traînait son ancien maître, inerte, vers le bureau de travail…

— Oh mon Dieu, non ! Ce mécréant a tué Sean ! s'exclama Thérèse, qui comprit le drame.

Elle les regarda les yeux écarquillés, s'efforçant de mesurer l'ampleur de cette révélation. L'infirmière avait la sensation que son cœur allait arrêter de battre. Pour elle, que son bien-aimé soit mort assassiné rendait encore plus injuste sa douloureuse absence.

— Je le savais bien, que ce ne pouvait pas être le typhus, murmura-t-elle d'une voix presque éteinte.

Des larmes coulèrent sur son visage et les mots restèrent bloqués dans sa gorge. Elle se réfugia dans un silence que tous respectèrent. Molly lui entoura les épaules de son bras.

— Ce n'est qu'une mince consolation, Thérèse, ajouta Rachel, mais oncle Matthew et le mari de Molly, Arthur, qui est policier, ont pourchassé ce meurtrier et l'ont retrouvé dans un petit village où, déjà, il s'était fait plusieurs ennemis. Quand ils sont arrivés à sa maison, sa femme les a reçus en leur annonçant qu'à la suite d'une bagarre avec des villageois où on l'avait laissé pour mort, il agonisait dans une chambre à l'étage. Il mourut dans les bras d'oncle Matthew, terrorisé à la vue de ce qu'il croyait probablement être un revenant.

— Après des explications, la femme de Corrigan a insisté pour remettre la bague à notre oncle, qui me l'a donnée le jour de notre mariage, à Arthur et à moi, termina Molly.

Également bouleversé par ce récit, Simon se leva et alla empoigner son violon. Il se mit à jouer une douce mélodie irlandaise dont Rachel connaissait les paroles. De sa voix claire, elle en entonna le chant. Le calme dans la pièce contrastait avec l'averse qui se déchaînait au-dehors.

Avant de monter se coucher, Thérèse, le visage encore défait, embrassa Molly et Rachel, et les remercia du regard. Les deux sœurs, tout aussi émues, se retirèrent dans la chambre de Simon, située au rez-de-chaussée. Pendant que Charlotte, Maud et Colin se faufilaient sous d'épaisses couvertures de laine, Simon en profita pour s'asseoir près de Rosaline, intrigué par la jolie femme.

— Et toi, Rosaline, tu ne t'endors pas ? lui demanda-t-il en laissant son regard s'attarder sur elle.

Depuis l'instant où elle avait vu Simon Turcotte surgir dans la pièce, mouillé et essoufflé, Rosaline n'avait pu s'empêcher de contempler ce beau visage. Elle fut troublée lorsqu'il joua du violon et l'était encore plus en ce moment, alors qu'il s'intéressait à elle. Aucun de ceux qui étaient dans la pièce ne remarqua les joues de la domestique s'empourprer, mais tous aperçurent, à la lueur des flammes, une étincelle pétiller dans ses beaux yeux marron.

***

Cette nuit-là, le sommeil fut long à venir pour Thérèse. À son réveil, elle se sentit éreintée, mais étonnamment sereine. La journée de la veille avait été forte en émotions, et pourtant, elle était soulagée. Elle ne ressentait plus le poids des secrets et du doute peser sur elle. Elle avait surtout la réconfortante impression d'avoir trouvé une chaleureuse famille pour Simon.

Mon bien-aimé Sean, tu dois être très heureux de ces retrouvailles! songea-t-elle avec tendresse. *Allez hop!* se secoua-t-elle en se levant. *Il est encore tôt, j'ai le temps de faire du café avant que tout le monde se réveille.*

Elle s'habilla et, avant de sortir de la chambre, elle s'observa dans le miroir. Non pas pour admirer son visage, il y avait longtemps qu'elle n'était plus coquette, mais pour replacer en chignon ses cheveux parsemés de fils blancs.

Installées dans la chambre du rez-de-chaussée, Molly et Rachel n'étaient effectivement pas encore levées et, dans le salon, tout le monde dormait. En se dirigeant vers la cuisine, elle aperçut Simon et Rosaline, assis l'un près de l'autre sur les marches de la galerie de la cour. Ils observaient la brume se lever à mesure que le soleil matinal réchauffait la terre encore humide. Thérèse vit son fils s'approcher de Rosaline, lui sourire et lui toucher doucement la joue. Il y avait de l'intensité dans son regard.

À l'évidence, ils se plaisent, ces deux-là! Je donnerais cher pour savoir ce qu'ils se disent.

Simon se leva, car il devait partir pour reprendre son poste de télégraphiste, puis il serra longuement la main de la jeune fille, avant de s'éloigner, sans se retourner. Discrètement, Thérèse recula de la porte et entreprit de préparer le petit-déjeuner.

Deux heures plus tard, le *Rivoli* accostait au quai, pour l'embarquement de nouveaux passagers. Avant de se rendre au sanatorium, Thérèse avait insisté pour y accompagner son petit groupe d'invités.

— Thérèse, comment te remercier de ta généreuse hospitalité ? lui demanda Molly en la serrant dans ses bras. Simon et toi faites maintenant partie de notre famille et vous serez toujours les bienvenus au manoir.

Émue par tant d'amabilité, l'infirmière s'essuya les yeux, prit un petit mouchoir plié dans la poche de son long tablier blanc et se moucha.

— Je crois que Simon veut suivre des cours de violon à Québec pour se perfectionner. Probablement l'automne prochain, quand la station sera moins achalandée, alors peut-être…

Rachel se rapprocha des deux femmes.

— Nous l'accueillerons avec joie ! Nous sommes si heureuses d'avoir trouvé un frère. Sait-il que dans ses veines coule le sang bleu de la noblesse irlandaise ?

Cette nouvelle laissa Thérèse sans voix. Rosaline, qui n'avait rien perdu de la conversation des trois femmes sur la venue possible du beau Simon à la villa, se dirigea sur la passerelle, à la suite de Charlotte, de Maud et de Colin. Un sourire angélique flottait sur ses lèvres.

Lorsque les amarres furent larguées, Thérèse agita la main dans leur direction et, du voilier, le petit groupe la salua en retour. Soudain, elle aperçut une colonie d'oies quitter les blés de mer de la rive et s'envoler. Traversant le ciel, elles semblaient former une escorte au-dessus du bateau.

Elles descendent déjà vers le sud, réalisa Thérèse, *et vont se poser à leur prochaine escale, Cap-Tourmente.*

Devant ce signe annonciateur de l'automne, un désagréable frisson l'envahit.

12

Québec, décembre 1872

Dehors, le vent soufflait en rafales et faisait claquer les flocons glacés sur la vitre de la fenêtre. Joseph était couché depuis une heure, mais il n'arrivait pas à s'endormir. La chambre était froide, pourtant un grand feu de bois flambait dans la cheminée.

À moins que ce soit moi, se dit-il en entendant le grésillement des bûches, *je n'ai plus que la peau et les os. Ma colombe avait bien raison de détester vieillir !*

L'image de Cécile mourante, les traits crispés par la douleur, vint le tourmenter une fois de plus. Il secoua la tête ; il ne voulait garder en mémoire que leurs heureux souvenirs. Ils l'apaisaient, mais ne l'endormaient pas pour autant. D'un geste de lassitude, il se leva, se couvrit de sa robe de chambre et saisit la couverture de laine que Mary avait pris l'habitude de plier au pied du lit. Puis, il descendit à la bibliothèque.

Dans une autre chambre, au bout du couloir, Colin peinait également à s'endormir, car des pensées lui trottaient dans la tête. Dans trois mois, il allait terminer ses cours de comptabilité et de commerce et il ne savait pas encore quel métier l'intéressait vraiment.

Bien sûr, je pourrais toujours me faire embaucher comme comptable dans une usine ou comme responsable des achats dans un commerce, pensa-t-il, *mais ça ne m'emballe pas du tout. Ah! Ça m'énerve de ne pas savoir.*

Il roula sur le ventre et enfouit sa tête sous son édredon, espérant ainsi trouver le sommeil. Rien n'y fit. Il patienta jusqu'à ce que l'horloge sonne les quatre heures et, exaspéré, il se décida à quitter son lit.

Il descendit l'escalier en douce, puis gagna la bibliothèque. Il fut surpris d'y trouver son grand-père, allongé sur le divan, un gros livre ouvert sur son torse. Ce dernier émettait un ronflement qui ressemblait fortement à celui d'un train en marche. Sans bruit, Colin remit une bûche dans l'âtre, prit un bouquin au hasard sur une des étagères qui croulaient sous les livres, puis s'installa dans un fauteuil près de la lampe à huile.

Le jour était sur le point de se lever lorsque Joseph se réveilla. L'entendant bouger, Colin, qui somnolait à son tour, leva la tête. Son visage devint grave : des larmes coulaient sur les joues du vieil homme.

— Ne t'en fais pas, j'ai la larme facile, mon enfant, mais ça ne dure pas ! lui dit son grand-père de sa voix posée.

Colin sourcilla.

— Grand-maman vous manque, n'est-ce pas ?

Joseph s'efforça de lui sourire.

— Tu sais, mon cormoran, c'est merveilleux de trouver son âme sœur dans la vie, mais il est d'autant plus difficile de lui survivre lorsqu'elle s'envole.

Il y eut un silence, puis Joseph s'assombrit :

— Mais toi, jeune homme, que fais-tu debout ? Tu n'as pas l'habitude de te lever si tôt. Souffrirais-tu d'insomnie ?

— Non, ne vous inquiétez pas, grand-papa… C'est juste qu'hier, j'ai terminé mes cours d'automne et que je réalise que je serai diplômé ce printemps, alors je me fais du souci pour mon avenir.

Joseph se redressa.

— C'est un signe que tu prends de la maturité, Colin. Toutefois, ces réflexions ne devraient pas t'empêcher de dormir. Tu es un jeune homme brillant et réfléchi, tu trouveras ta voie, j'en suis persuadé.

— Mais vous, quand avez-vous su que la médecine était ce que vous vouliez faire ?

Joseph prit une profonde inspiration et s'accorda du temps pour rassembler ses souvenirs. Cette période de sa vie lui semblait si loin.

— Eh bien, il faut que je commence par te parler de mon grand-père, Lauréat, finit-il par dire. Je ne l'ai pas connu de son vivant, car il est décédé bien avant ma naissance, mais mon père m'en parlait souvent. Il me l'a décrit comme un homme robuste et sévère qui exerçait un travail que mon paternel avait en horreur. Vois-tu, mon grand-père était barbier-chirurgien…

— Barbier-chirurgien, c'est un métier ? demanda Colin, les yeux écarquillés.

Joseph secoua la tête, satisfait de l'intérêt qu'il avait suscité chez son petit-fils.

— Plus maintenant, Dieu merci ! Cette profession a été abolie au début du siècle. Il faut que tu comprennes que, dans ce temps-là, il y avait rarement un médecin dans les villages et le barbier était le seul outillé de rasoirs, de ciseaux et de bassines. Donc, en plus de tailler la barbe et de couper les cheveux, c'est lui qui effectuait les amputations, qui cautérisait les plaies et qui extrayait les mauvaises dents. Un métier très utile, mais j'avoue qu'il pouvait être traumatisant pour les membres de sa famille qui, parfois, devaient l'assister.

— Et ce sont ces tâches de votre grand-père Lauréat qui vous ont inspiré votre profession ? s'enquit Colin, ne pouvant réprimer une moue de répulsion qui fit sourire Joseph.

— En quelque sorte, oui, mais ce qui m'attirait vraiment, c'était d'alléger les souffrances des gens. Malheureusement, aucune école de médecine n'existait au Bas-Canada à cette époque. Alors, à quatorze ans, j'ai commencé à travailler à l'hôpital comme aide à tout faire et, pendant neuf ans, j'y ai pris de l'expérience. Lorsqu'en 1823, un certain Dr Caldwell a fondé l'Institut médical de Montréal, j'avais amassé assez d'argent pour m'inscrire à une formation.

Colin parut étonné :

— Je ne savais pas que vous aviez connu la pauvreté, grand-papa !

Joseph baissa les yeux sur son petit-fils assis devant lui et lui répondit sans hésiter :

— Oh ! Ma famille n'était pas la plus misérable ni la plus riche, je dirais qu'elle se situait entre les deux. Pendant cette période, j'ai appris à me débrouiller et à foncer pour réussir dans la vie. C'est en épousant ta grand-mère Cécile, l'héritière de la grande famille Dupré, que je suis devenu aussi propriétaire de ce domaine, qu'on a rebaptisé au nom des Rousseau.

— Je comprends, dit simplement Colin. Mais poursuivez, grand-père, vous en étiez à vos études en médecine à Montréal…

— Eh bien, après avoir obtenu mon diplôme, je suis revenu à Québec pour reprendre mon travail à l'hôpital. Cette fois-là, comme praticien. Je venais d'avoir vingt-six ans. Tu vois, tu as encore le temps de trouver quelle profession exercer.

Colin acquiesça, songeur et sérieux. L'instant d'après, Florent fit son entrée dans la pièce, les bras chargés de bûches fraîchement coupées.

— Oh ! Je suis désolé de vous déranger, messieurs. Je venais pour regarnir le foyer ; dehors, il fait un froid de loup. Je peux revenir si vous…

Le domestique ne finit pas sa phrase, le heurtoir de la porte avant se fit entendre. Hésitant à aller ouvrir avec son fardeau dans les mains, il se figea sur place.

— Florent, allez raviver le feu, intervint Joseph, et toi, mon cormoran, va donc ouvrir à ce visiteur si matinal.

Le jeune homme se précipita dans le portique et, à son tour, se figea en reconnaissant l'homme qu'il venait de faire entrer.

— Papa ! s'exclama Colin.

— Tu m'as l'air en pleine forme, mon fils, remarqua Brogan en lui ouvrant les bras.

Colin s'avança et l'étreignit avec force.

— Tu m'as manqué, papa, souffla-t-il en réprimant un sanglot.

— Vous aussi…

Dans les bras l'un de l'autre, ils n'échangèrent plus un mot pendant un bon moment.

Puis, Brogan relâcha son étreinte.

— Va chercher Rachel, Colin, je dois parler avec ta mère…

— Tu reviens avec nous, n'est-ce pas ?

Son père haussa les épaules.

— Va chercher ta mère, répéta-t-il, visiblement bouleversé.

Peu de temps après, Maud, les cheveux en broussaille et sa robe de chambre sur le dos, dévala l'escalier à toute vitesse.

— Je ne peux pas le croire, papa, tu es là ! lança-t-elle, réfrénant son envie de lui sauter au cou.

Ces deux dernières années, l'absence de son père avait été douloureuse et, contrairement à son frère, Maud avait des sentiments ambivalents : elle hésitait entre la joie de revoir Brogan et la colère qu'elle éprouvait toujours envers lui, pour leur avoir causé tant de chagrin.

— Je suis sobre depuis plus de huit mois, les enfants, déclara Brogan, qui devinait les pensées de sa fille et qui désirait l'encourager à venir l'embrasser.

— Et tu ne boiras plus jamais ? osa-t-elle lui demander, le regard inquisiteur.

— Jamais ! Mes chéris, je vous le promets. Vous êtes ce que j'ai de plus précieux.

Maud l'examina des pieds à la tête, puis vint se blottir dans ses bras.

— En tous les cas, tu es loin d'avoir engraissé, mon papa chéri, lui dit-elle sur un ton maternel qu'il ne lui connaissait pas.

Brogan sentit la présence Rachel plus qu'il ne la vit et releva le menton. Elle se tenait là, bien droite derrière eux. Elle avait tout entendu et le regardait, sans rien dire. Elle essaya de lui sourire, mais ne réussit pas à le faire. Elle avait pourtant mille fois souhaité ce moment, mais la blessure qu'il avait laissée en elle était encore là.

De son côté, bien qu'il ait ressassé cette rencontre plusieurs fois dans sa tête, Brogan ne savait plus comment abattre le mur de silence qui, au fil du temps, s'était érigé entre eux. Il s'écarta de sa fille. Il était blême et avait les traits tirés. Il plongea son regard dans celui de sa femme.

Cette rousseur d'Irlandais, songea Rachel dans un soupir, *et cette désarmante lueur de tendresse dans les yeux. Près de deux ans et tout ce temps d'absence n'a servi à rien, je l'aime encore !*

Elle parla la première, mais pour s'adresser à Maud et à Colin. Elle leur dit d'une voix apaisante :

— Mary et Rosaline doivent avoir commencé à servir le petit-déjeuner, les enfants. Laissez-nous, votre père et moi devons discuter…

Puis, tout aussi calme, elle s'adressa à Joseph, qui était resté dans l'embrasure de la porte de la bibliothèque, témoin silencieux de ces retrouvailles.

— Pouvons-nous prendre votre bureau, daddy ?

Joseph approuva de bonne grâce et vint serrer la main de Brogan.

Il est grand temps que ces deux-là se parlent, se dit-il, satisfait. *Ils s'aiment encore, c'est clair comme de l'eau de roche !*

En examinant son gendre de plus près, Joseph remarqua aussitôt une dégradation de son état de santé. Il cacha son inquiétude et fit une tape dans le dos de Brogan, comme pour l'encourager.

— J'ai appris pour madame Rousseau, lui dit Brogan. Toutes mes condoléances à votre famille et à vous. Votre femme s'est toujours montrée si aimable envers moi…

Gêné de ne pas avoir été auprès d'eux pendant ce dur moment, il laissa sa phrase en suspens et, du regard, il supplia Rachel d'avancer vers le bureau.

***

— Je t'en prie, Rachel, écoute-moi, lui demanda Brogan, une fois installé face à elle, sur l'un des fauteuils près du foyer. Si je t'ai laissé partir, c'est que je savais que tu avais raison: ma conduite était inacceptable et je vous faisais du tort.

Il cherchait ses mots.

— Je me sentais si minable et je me détestais, mais je ne voyais pas comment me défaire de ce vice.

— Je sais, acquiesça-t-elle, sa bouche affichant un pâle sourire.

Encouragé, il essaya de lui prendre la main, mais elle la retira de l'accoudoir de cuir.

— Je peux concevoir que tu ne m'aimes plus… mais s'il te plaît, peux-tu au moins m'accorder ton pardon… C'est très important pour moi…

— Tu as dit aux enfants que tu avais arrêté de boire, c'est vrai?

— Oui, je te le jure, répondit-il avec une certaine fierté dans les yeux. Ton départ m'a ébranlé, mais je n'avais plus aucune estime de moi et j'ai continué à sombrer dans l'alcool. Notre séparation a secoué nos amis, les Connolly, surtout Eileen. Elle a très mal réagi quand tu es partie pour de bon de New York. Elle a aussitôt menacé son mari de le quitter, avec leurs enfants, s'il n'arrêtait pas de boire. Elle l'a obligé à aller en parler au curé de la paroisse, espérant que la prière lui permettrait de changer. Étonnamment, le prêtre l'a effectivement aidé à s'en sortir.

Au souvenir de son amie, Rachel eut un pincement au cœur. Eileen lui manquait. Intérieurement, elle lui était très reconnaissante, car c'était grâce à elle si Patt et Brogan avaient pu se libérer de leur dépendance.

— Une fois sobre, continua Brogan, Patt s'est mis en tête d'en faire autant avec moi. Crois-moi, c'est un grand ami ; il a passé des soirées entières à me raisonner et il ne m'a jamais laissé tomber, même lorsque je me mettais en colère contre lui. Rachel, ce qui m'a fait tenir bon, tout ce temps, c'est que jamais je n'ai cessé de penser à toi et aux enfants. C'est pour vous trois que je me suis battu, pour mériter votre pardon.

Le regard de Rachel s'adoucit.

— Brogan, mon cœur n'est pas fermé, c'est juste que, pour ne pas trop souffrir, je l'ai laissé s'endormir. Chaque matin, je ravale ma douleur pour être capable de me lever et de sourire aux jumeaux.

— Et le chant ? Tu as réussi, tu es célèbre à présent…

— Tu exagères, je n'ai chanté qu'à Québec. Pourtant, ce petit succès m'a redonné confiance en moi… Brogan, il faut que tu me laisses un peu de temps, tu comprends ?

— Oui, bien sûr, lui assura-t-il en se levant pour partir. J'ai loué une chambre en haut du magasin général Moisan, sur la rue Saint-Jean. Tu sauras où me trouver quand… ou si Maud et Colin veulent me voir…

Elle fit un pas vers lui et lui caressa le visage.

— Jamais je n'interdirai à Maud et Colin d'aller te rendre visite.

Elle le laissa faire lorsqu'il la prit dans ses bras pour l'enlacer. Troublé, il pouvait entendre le cœur de Rachel battre contre le sien. Doucement, elle s'écarta de lui en baissant les yeux pour éviter son triste regard.

Le voyant remettre son manteau, Maud et Colin vinrent rejoindre leur père dans le vestibule. Ils interrogèrent des yeux leur mère, qui leur fit signe que tout allait bien.

— Allez embrasser votre père, les enfants.

À bientôt, mes amours! espéra-t-il en les serrant fortement dans ses bras.

Joseph s'avança vers Rachel, qui regardait, à travers le vitrail latéral de la grande porte, son mari s'éloigner les épaules courbées, dans l'allée enneigée. Lorsqu'elle le vit se retourner et lui lancer un baiser de la main, elle gratifia Brogan d'un triste, mais chaleureux sourire.

***

La partie du grenier du monastère qui servait de réserve et d'atelier pharmaceutique était entourée de plantes suspendues, de fleurs séchées et de tablettes où s'alignaient dans un ordre bien précis des pots de grès, des cruches de terre cuite et des bouteilles de verre marron de toutes formes et grandeurs.

Sœur Saint-Jérôme y faisait l'inventaire, calculant les provisions de racines, de feuilles, de boutons de rose, de sachets de graines de camomille ou de valériane et de toutes les autres plantes médicinales que renfermaient ces contenants.

Ensuite, elle devrait descendre au rez-de-chaussée pour renflouer, suivant la liste des végétaux manquants que la sœur apothicaire lui avait donnée, le laboratoire pour la préparation des médicaments et le cabinet qui leur servait de pharmacie.

— Ah ! Vous êtes là, ma sœur, déclara d'un ton impatient une religieuse grassouillette et haletante qui se tenait derrière elle. Je vous ai cherchée partout, dans votre chambre et au cagibi qui vous sert d'officine. Finalement, j'ai rencontré sœur Marie des Anges en me rendant à la chapelle et elle m'a dit qu'elle vous avait envoyée ici…

Elle fit une pause pour reprendre son souffle.

— Votre sœur jumelle est au parloir.

— Rachel ! s'exclama sœur Saint-Jérôme. Je me demande bien ce qui se passe… J'espère que ce n'est pas une mauvaise nouvelle.

Trop intriguée, elle ne termina pas sa phrase, remercia sa consœur et s'empressa de la devancer dans l'escalier pour aller rejoindre sa jumelle. Elle trouva cette dernière assise sur le dur banc du parloir, le visage soucieux et pâle.

— Eh bien ! Que se passe-t-il, ma chérie ? s'exclama-t-elle en lui enserrant doucement la main entre les siennes.

— J'ai besoin de ton aide, Sarah. C'est Brogan…

— Il t'a écrit ? Qu'est-ce qui lui arrive ? s'informa la religieuse, craignant le pire.

Rachel secoua la tête.

— Il est revenu, hier. Il a cessé de boire depuis plusieurs mois, mais daddy croit qu'il est atteint d'une cirrhose et il espère qu'il n'est pas trop tard.

— Oh ! La maudite boisson ! ne put s'empêcher de s'exclamer la religieuse, recouvrant aussitôt sa bouche de sa main.

Ce qui mit un léger sourire sur les lèvres de sa jumelle.

— Daddy veut le soigner au plus vite et il pense que, dans votre pharmacie, vous devez avoir des graines d'une plante qui se nomme « chardon-Marie ».

— Eh bien ! Tu arrives à point, je répertoriais justement les plantes dans la réserve et je sais qu'il nous en reste.

— Je te l'avoue, lorsque daddy m'a appris que l'état de Brogan était sérieux, je n'arrivais plus à raisonner. J'en voulais tellement à Brogan et je m'efforçais davantage à endurcir mon cœur qu'à le lui ouvrir. Maud et Colin sentaient bien qu'il se passait quelque chose de grave, mais n'osaient pas parler, se contentant de m'observer tristement. Alors, me voyant hésitante, notre cher daddy m'a prise par les épaules, m'a regardée droit dans les yeux et m'a dit : « Le temps n'est pas aux rancunes, mon rossignol, ton mari a besoin de toi. Ton orgueil est néfaste ; il t'empêche de voir clair dans tes sentiments. » Tout à coup, la pensée de perdre Brogan m'est devenue insupportable. Daddy m'a prise dans ses bras et je me suis mise à pleurer toute la peine que je contenais depuis tant de temps.

— Et qu'as-tu fait ensuite ?

— J'ai demandé à Colin de courir après son père et de le ramener au manoir. Pendant que Mary et moi, nous lui préparions la chambre d'invités, daddy a envoyé Florent atteler la carriole d'hiver, puis ils sont allés chercher les bagages de Brogan et régler la note de sa chambrette.

— Je vais de ce pas voir si sœur Marie des Anges en garde à l'étage, sinon, ne t'inquiète pas, je sais que nous en conservons au grenier.

Quelques minutes plus tard, elle réapparut dans la pièce, tenant un sac de papier.

— En plus des feuilles séchées de chardon-Marie, qui lui redonneront un peu d'appétit et qui lui permettront de reprendre du poids, sœur Marie des Anges a mis un jus qu'elle a concocté à partir de l'huile grasse des graines de cette plante. Il est très amer, alors fais-le-lui boire avec du miel. Il y a aussi quelques racines de pissenlit à infuser pour en faire des tisanes.

Puis, la religieuse, le regard pétillant de curiosité, changea de sujet :

— Maintenant, si tu me racontais plus en détail votre pèlerinage à Grosse-Île. Daddy m'en a glissé un mot… je n'en reviens pas que nous ayons un demi-frère !

— Cette visite nous a réellement chamboulés. Thérèse se souvenait très bien de toi, elle aurait beaucoup aimé te revoir. En tout cas, elle n'a pas paru surprise que tu aies pris le voile.

— Et ce Simon, il ressemble à papa ?

— Pas autant qu'oncle Matthew. Il est blond, mais il a les mêmes yeux noirs et perçants que papa…

13

Paris, janvier 1873

Suivant son rituel matinal, Matthew entreprit la lecture de son journal quotidien, *Le Petit Figaro,* après son petit-déjeuner. Depuis plusieurs jours, une série de tempêtes violentes provoquaient des inondations dans le nord de la France, et Paris n'y échappait pas. La Seine était sortie de son lit. Les rues adjacentes et les ponts submergés rendaient la circulation entre les deux rives quasi impossible. De forts vents accompagnaient ces orages. Ils avaient déjà fait tomber plusieurs arbres et blessé quelques passants.

Pour Matthew, se rendre à l'université, sur la rive gauche, était tout un périple. Il fallait avoir le cœur solide pour prendre la barque qui faisait la navette entre les deux quais et qui menaçait de chavirer à tout moment sur les flots déchaînés. De plus, l'humidité avait réveillé la lancinante douleur de sa vilaine blessure au bras. Dehors, le bruit de l'eau qui dégoulinait le long des gouttières l'irritait.

— C'est à n'y rien comprendre ! s'exclama Matthew, l'humeur aussi sombre que le temps. Je me rappelle très bien l'année dernière, à pareille date, l'hiver avait été rigoureux. La température avait atteint les moins vingt degrés et toute la ville croulait sous la neige !

Jane, confortablement installée sur l'une des bergères, relisait la récente lettre de Molly.

— De quoi s'agit-il encore, mon chéri ? s'enquit-elle en levant son regard vers lui.

Elle résistait à l'envie de céder à l'impatience devant le mauvais caractère que son mari traînait depuis quelques jours.

— Du bulletin météo, quoi d'autre ? N'est-ce pas le principal sujet de discussion que nous ayons tous, depuis plus d'une semaine ? bougonna-t-il. On annonce encore deux jours de pluie glaciale !

Elle prit le temps de digérer ces paroles. Ses yeux se plissèrent et elle lui rétorqua :

— Je conçois que c'est un douloureux désagrément qui nous complique la vie ; cependant, tu sais très bien que, pas plus que toi, je n'ai de pouvoir là-dessus.

Matthew se contenta de hausser les épaules en un geste de lassitude.

— Ne pourrais-tu pas faire un effort pour être plus agréable ? insista sa femme. Allons ! Cesse de te plaindre et laisse-moi me concentrer sur ma lecture.

— Hum ! grogna Matthew en remettant le nez dans son journal.

La seule bonne nouvelle dans ce fichu journal, se renfrogna-t-il, *c'est l'annonce du décès de cet imbécile d'empereur, Napoléon III, mort à Londres, en exil !*

Jane leva les yeux au ciel, puis reprit la lecture de la lettre de sa nièce. Sur plusieurs feuillets, Molly, en plus des habituels vœux de Noël et du Nouvel An de la part de toute la famille, leur décrivait le pèlerinage à Grosse-Île, les révélations de Thérèse et la rencontre de leur demi-frère, Simon.

Quelle étonnante découverte que ce fils de Sean ! songea Jane en relevant à nouveau la tête vers son mari.

Elle s'apprêtait à lui dire combien elle était contente qu'il ait pris la décision d'écrire à son neveu. Toutefois, en le voyant concentré, elle renonça à le déranger et replongea dans la lettre de Molly. Cette dernière détaillait le retour de Brogan et la santé vacillante de ce dernier. Très amaigri, son beau-frère souffrait de nausée et de problèmes intestinaux. Joseph et Rachel se relayaient à son chevet avec l'espoir de stabiliser son état et de le remettre sur pied avant le printemps.

Molly terminait en mentionnant la réussite de la fête-bénéfice au profit du dispensaire de la Maternité qu'elle avait organisée, la veille de Noël. Rachel y avait interprété des chants populaires du temps des Fêtes. Sa renommée, dans la capitale, avait attiré des gens fortunés qui avaient donné généreusement pour la cause. À la grande joie de Mme Métivier, la directrice, le récital avait permis d'amasser plus d'une centaine de dollars.

Des croquis au fusain de certains membres de la famille, exécutés par Charlotte, étaient joints dans la grande enveloppe.

Jane reconnut aussitôt Joseph avec ses sourcils en broussaille et cette lueur taquine dans les yeux, que la jeune artiste avait réussi à faire ressortir. La feuille suivante représentait Thérèse et son fils Simon, assis l'un près de l'autre sous un grand chêne.

Il n'y a aucun doute, c'est bien un McDoughan, pensa Jane, nostalgique, en scrutant la figure du jeune homme. *On dirait Matthew au même âge !*

Sur l'avant-dernière esquisse figurait un Brogan presque méconnaissable, avec une barbe, les cheveux coupés ras et les joues creuses. Finalement, sur la dernière feuille, elle put admirer le reflet de Charlotte, que cette dernière avait dû tracer devant son miroir et qui laissait apercevoir la jolie jeune femme qu'elle devenait.

— Oh ! Matthew, ils me manquent tous tellement ! ne put-elle s'empêcher de soupirer à voix haute, au bout de quelques instants. Et notre Charlotte qui a déjà seize ans, tu as vu comme elle a vieilli ?

Matthew perçut le tremblement dans la voix de Jane.

— Je sais, ma chérie, dit-il en prenant un ton attendri.

Tous deux se turent un petit moment, puis le visage de Matthew s'éclaira.

— Je viens justement de lire qu'une école privée des beaux-arts ouvrira ses portes au courant de l'année. Contrairement au Collège des Quatre-Nations, les professeurs de l'Académie Julian accepteront la présence des femmes sur les bancs de leurs ateliers de dessin, alors…

Enthousiaste, Jane ne le laissa pas finir :

— Alors, nous pourrions en informer Charlotte. Elle pourrait venir s'y perfectionner. Oh ! Matthew, ce serait formidable de l'avoir avec nous quelque temps !

Cette idée enchantait Jane et Matthew avait retrouvé sa belle humeur. Il adressa un sourire affectueux à sa femme et se leva. Puis, il s'inclina vers elle pour prendre sa main et y déposer un léger baiser.

— J'ai un nouveau livre à lui faire parvenir qui pourrait peut-être l'inspirer, murmura-t-il. Jules Vernes vient de publier un nouveau roman, *Le tour du monde en quatre-vingts jours.*

À l'extérieur, la tempête faisait toujours rage et ne montrait aucun signe d'accalmie, pourtant Jane et Matthew ne s'en souciaient plus !

***

Québec, 19 août 1873

En ce bel après-midi, Charlotte et sa mère s'étaient installées au salon. Molly, les cheveux attachés au-dessus de la tête, était concentrée à tricoter des bonnets pour les nourrissons du dispensaire de la maternité.

Comme le soleil inondait la pièce et que la lumière sur le visage de sa mère était parfaite, Charlotte s'assit près de Molly et, munie de sa tablette et de ses crayons, entreprit un dessin.

— Ne bouge plus, maman, je n'arrive pas à tracer ton nez, s'impatienta la jeune portraitiste après plusieurs minutes.

— Mais, Charlotte, comment veux-tu que je vérifie mon ouvrage, si je ne peux pas baisser la tête de temps à autre ?

— Tu pourrais le laisser de côté un instant, répliqua sa fille.

Depuis qu'elle avait reçu l'invitation de son oncle et de sa tante, Charlotte démontrait de fréquentes sautes d'humeur. Le refus de ses parents de la laisser aller étudier à Paris l'exaspérait.

— Oh, toi, tu es encore de mauvais poil ! lui fit remarquer Molly. Ne me dis pas que tu penses encore à cette école parisienne ?

— Oui, bien sûr ! L'Académie de Mme Browne c'est bien, mais elle n'a pas la même réputation que l'Académie Julian de Paris !

— Ma chérie, combien de fois faudra-t-il te répéter que ces cours sont trop chers et qu'il n'est pas question qu'à dix-sept ans, tu entreprennes seule un tel voyage ?

— Il serait peut-être temps que vous me considériez comme une adulte, se fâcha Charlotte.

— Et de quel droit te permets-tu de parler à ta mère sur ce ton, jeune fille ? répliqua la voix irritée de son père.

Arthur venait de surgir dans le salon, les yeux rougis et le visage noirci de cendres. Il était épuisé et il se dégageait de son uniforme froissé une âcre odeur de fumée.

Au matin, le feu avait pris à la grande manufacture de meubles Drum de la rue Saint-Paul, dans le port. Il avait fallu plusieurs heures aux pompiers pour parvenir à maîtriser le brasier, et tous les policiers disponibles et les marins des environs étaient venus leur prêter main-forte.

Molly porta la main à son cœur.

— Dieu du ciel ! Encore un incendie ! Et où cette fois-ci ?

— L'usine Drum, dit-il simplement en s'accotant sur le cadrage de la porte. Il n'y a aucune victime, mais le bâtiment est complètement détruit !

Tenant à peine debout, il s'adressa à Charlotte :

— Va donc demander à Florent de venir chercher mon étalon et de le mener à l'écurie. Sylver est attaché au poteau pour les chevaux des calèches, devant le perron. Qu'il dise à Jean de bien le brosser.

Pendant qu'il parlait, Molly avait laissé tomber son tricot et s'était avancée vers lui.

— Mon pauvre chéri, tu as une petite mine ! lui dit-elle en le prenant par le bras. Monte, je vais demander à Rosaline de faire bouillir de l'eau. Tu as besoin d'un bon bain.

Dans un coin de leur chambre, Arthur avait fait installer une baignoire de forme ovale en cuivre étamé. Un paravent la dissimulait.

— Je ne peux pas croire que Charlotte soit encore contrariée, confia-t-il à Molly, une fois installé dans la cuve remplie à ras bord d'eau chaude.

Son épouse lui frottait énergiquement le dos, afin de faire disparaître la suie qui, après avoir passé à travers le tissu de sa chemise, s'était collée à sa peau.

— Elle me déçoit, soupira-t-il. Je croyais qu'elle était assez raisonnable pour comprendre notre décision.

— Ne sois pas trop dur avec elle, je suis certaine qu'elle sait que nous n'avons pas refusé l'invitation de Jane et Matthew de gaieté de cœur. Mais je crois que, depuis que Colin travaille comme comptable pour un promoteur d'entreprise de pâte à papier et que Maud a commencé des cours de théâtre, elle se sent abandonnée. C'est vrai que ce voyage lui aurait remonté le moral.

— Ouais, je n'avais pas vu les choses sous cet angle…

Il n'acheva pas sa phrase et plongea sa tête sous l'eau pour rincer ses cheveux, faisant éclabousser des gouttes d'eau sur le visage de sa femme. Il y resta plusieurs secondes, avant de refaire surface et de sortir de la baignoire. Molly déplia une large serviette et remarqua un sourire sur les lèvres d'Arthur. Tout en l'aidant à s'essuyer, elle posa une main sur son torse :

— Je connais ce sourire, mon chéri. Alors, dis-moi, quelle idée lumineuse as-tu pêchée au fond du bain ?

— Crois-tu que notre fille soit assez mature, à dix-sept ans, pour occuper un premier emploi ?

Molly le regarda, intriguée.

— Eh bien, ça dépend… s'il lui plaît, j'imagine que oui.

— Tu te souviens de Roger Sinclair, l'éditorialiste du *Canadien* ? Je l'ai rencontré par hasard la semaine dernière. Il m'a confié que leur dessinateur prendrait bientôt sa retraite. Peut-être…

— … qu'elle pourrait poser sa candidature ? compléta Molly.

Arthur acquiesça.

— Si j'ai bien compris, le journal a un photographe qui se déplace pour de grands événements ou des catastrophes, mais il imprime encore des croquis pour imager plusieurs articles.

— Fantastique, chéri ! Ce serait vraiment un travail sur mesure pour elle !

Satisfait, Arthur laissa tomber sa serviette, souleva sa femme dans ses bras robustes, puis l'étendit sur le lit.

— Chéri, le souper…

Il mit un doigt sur la bouche de Molly.

— Nous avons encore une bonne demi-heure, lui chuchota-t-il à l'oreille en délaçant son corsage d'une main et en relevant sa jupe de l'autre.

Au contact du membre durci frottant sur sa culotte de soie, Molly, émoustillée, rendit les armes.

***

Le lendemain soir, après avoir effectué une dernière tournée des agents en fonction dans le port, Arthur remontait la rue de la côte du Palais en chevauchant son cheval. Une autre bataille au couteau entre deux marins et un débardeur avait éclaté plus tôt et il voulait s'assurer que le calme était revenu aux abords du quai Saint-André.

La lune était masquée par les nuages et les lumières des lampadaires au gaz scintillaient faiblement à travers le brouillard. Il était fatigué de sa journée de travail et, malgré les relents de fumée et de crottin qui se dégageaient de la rue, il ne détestait pas faire trotter sa monture à travers l'épais voile gris baigné de mystère.

Soudain, au détour d'une rue, il crut reconnaître Brogan, qui semblait hésiter à entrer dans la brasserie Boswell. Il immobilisa sa monture et décida d'observer son beau-frère discrètement.

Trois mois aux bons soins de Joseph et de Rachel avaient réussi à remettre Brogan sur pied. Depuis peu, celui-ci avait commencé un travail comme ouvrier dans une usine de chaussures du quartier Saint-Roch. Comme son foie demeurait fragile, il devait s'astreindre à une alimentation saine, composée de jus de radis noirs, de racines de chardon-Marie et de salade de pissenlits. Son beau-père l'avait averti qu'en cas de rechute, même une faible quantité d'alcool pourrait lui être fatale.

Devant le bar, Brogan tordait ses mains tremblantes tant le désir d'éteindre le feu de la peur qu'il ressentait au creux du ventre le torturait.

Une bonne gorgée de whisky coulant dans ma gorge, pensa-t-il, *suffirait à…*

Il hocha vigoureusement la tête. « Si tu rentres dans cet endroit de perdition, tu n'es qu'un lâche, Brogan Reilly ! » se disputa-t-il à voix haute, se croyant seul. « Tu ne mériteras plus jamais l'amour de ta femme ni celui de tes enfants. »

Arthur, qui l'avait entendu, le vit se frapper l'abdomen de la paume de sa main, puis respirer un bon coup. Puis, Brogan pressa le pas dans la rue déserte et reprit le chemin du manoir. Soulagé et fier de cette décision, Arthur le rejoignit. En entendant le claquement des sabots sur les pavés, Brogan tourna rapidement les talons.

— Eh bien ! Si ce n'est pas mon beau-frère préféré, l'aborda jovialement Arthur, comme s'il venait juste de le rencontrer. Tu viens de finir ton quart de travail ?

— Ah ! C'est toi, Arthur. Oui, je rentrais au domaine. Et toi, as-tu terminé ta ronde ?

Le policier fit un signe affirmatif de la tête.

— Allez ! Embarque derrière moi, Brogan, à moins que tu préfères marcher…

— J'accepte volontiers, le coupa son beau-frère.

En saisissant d'une main le rebord de la selle, il fixa son regard droit dans celui d'Arthur :

— Tu ne peux pas savoir à quel point tu me sauves la vie !

— Hum ! Ne te fâche pas, mais je crois deviner pourquoi, déclara le policier en pointant un doigt vers la taverne.

Il empoigna ensuite son beau-frère d'une main ferme afin de l'aider à prendre place sur le robuste étalon gris argenté.

— Je…, n'eut que le temps de prononcer Brogan.

Arthur prit aussitôt la parole pour le rassurer:

— Si tu sens le besoin d'en parler, mon ami, tu peux compter sur mon aide et sur ma discrétion.

Assis derrière son dos, ému et honteux, Brogan lui tapa sur l'épaule.

— Merci, mon vieux, je m'en souviendrai.

Puis, les deux hommes s'enfermèrent dans un silence tout le long du chemin du retour.

***

Québec, fin de l'été 1873

Simon Turcotte avait enfin réussi à amasser assez d'argent pour se payer des cours particuliers de violon, qu'il allait suivre chez un professeur de Québec, un certain Arthur Lavigne. Une autre raison l'amenait également dans la capitale; il lui tardait de revoir la belle Rosaline Gingras. Il espérait qu'elle travaillait toujours au manoir Rousseau, où ses demi-sœurs l'attendaient. Elle devait maintenant avoir vingt ans, alors qu'il venait de fêter ses vingt-cinq ans. Il souhaitait qu'elle ait gardé un bon souvenir de lui.

À la seconde où Rosaline le vit faire son entrée dans la villa, elle se sentit fondre et freina l'irrésistible envie de courir se blottir contre lui.

Que m'arrive-t-il? songea-t-elle. *Bien que M*[me] *Molly m'ait avertie, la semaine dernière, qu'ils hébergeraient Simon jusqu'en décembre, je ne croyais pas que de le revoir me ferait un tel effet.*

Leur rencontre de l'an dernier, tous les deux assis sur les marches de la maison de Grosse-Île, avait été un de ces moments sublimes qui peuvent changer une vie. Avant de la quitter pour son travail, Simon lui avait avoué qu'elle lui plaisait. Désarmée par cet aveu et la gentillesse du séduisant jeune homme, elle avait blêmi, gênée, puis l'avait gratifié de son plus beau sourire. C'était la première fois qu'un homme lui portait ce genre d'attention. Le souvenir de cet agréable instant lui trottait dans la tête et elle n'avait pu s'empêcher, le soir dans son lit, de rêvasser à lui.

Depuis tout ce temps, il m'a sûrement oubliée, se raisonna-t-elle intérieurement. *Après tout, je ne suis qu'une domestique!*

Elle vit alors Simon passer devant Florent, qui l'avait accueilli, et s'approcher d'elle. Il lui sourit. Simon aperçut une vive lueur dans les yeux de la jeune fille.

Elle est encore plus jolie que dans mes souvenirs… et je crois que je lui plais, se dit-il, soulagé.

— Belle Rosaline, j'avais tellement hâte de te revoir, lui déclara-t-il, sincère.

La jeune femme se sentit rougir. La vive émotion qu'elle ressentait la rendait maladroite. Voyant qu'il était de trop, Florent décida de les laisser. Il empoigna la valise du visiteur et se dirigea vers le grand escalier pour aller la déposer dans la chambre d'amis, à l'étage.

D'un geste doux, Simon tendit une main dans laquelle la jeune femme déposa la sienne.

— Je suis ravie de te retrouver, Simon. As-tu fait bon voyage ?

À ce moment, un bruit de pas se fit entendre dans le couloir.

— Hum, hum ! fit une voix derrière eux.

Rosaline se retourna et Simon aperçut le petit comité d'accueil composé de Joseph et de Molly. Les autres membres de la famille étaient au travail, à leurs cours ou affairés dans la maison.

— Sois le bienvenu à la villa Rousseau ! s'empressa de lui dire le vieil homme, la main tendue.

— Je ne sais comment vous remercier de votre hospitalité, docteur, affirma Simon en répondant à son geste.

Molly s'avança à son tour pour lui faire l'accolade.

— Cher frère, quel plaisir de te recevoir !

En entendant un remue-ménage dans le vestibule, Rachel surgit du salon et entra dans le petit cercle qui s'était formé.

— Simon, nous sommes tous si heureux de t'accueillir !

14

Québec, automne 1873

Cinq matins par semaine, Simon se rendait rue Saint-Jean, dans l'arrière-boutique du magasin de musique d'Arthur Lavigne. Il n'empruntait pas le tramway, préférant traverser cette partie de la ville à pied. Son trajet de trente minutes débutait sur la Grande Allée, que les citadins avaient surnommée les «Champs-Élysées de Québec». Il pouvait y admirer l'architecture des riches villas, l'interminable rangée d'ormes et d'érables qui longeait cette large artère et la construction des églises, dont le clocher de certaines s'élevait déjà haut vers le ciel. Sur la rue Saint-Jean, c'était l'animation créée par les boutiques qu'il appréciait. La capitale regorgeait de charme et l'attrait de la nouveauté le stimulait.

Il s'était fait mentalement un portrait d'Arthur Lavigne et il avait été heureux de constater qu'au lieu du vieillard sévère au dos courbé qu'il s'était imaginé, son professeur semblait du même âge que lui et se montrait très amical.

De son côté, en entendant pour la première fois Simon jouer du violon, M. Lavigne avait été étonné. Son élève, qui avait appris d'un fermier de Grosse-Île à se servir de l'instrument et à l'accorder, était capable de reproduire un air à l'oreille, après l'avoir entendu seulement quelques fois. Pour avoir feuilleté plusieurs méthodes de musique, Simon connaissait également le nom des notes et savait les différencier entre elles. Son professeur était certain qu'il progresserait rapidement.

— J'ai beaucoup de respect pour les violoneux, lui avait assuré M. Lavigne, mais nous devons commencer par modifier votre manière de tenir votre instrument. Pour un musicien classique, elle est différente de celle d'un musicien qui interprète des airs folkloriques. Cela dit, vous avez un vrai talent. Malgré tout, monsieur Turcotte, il va vous falloir beaucoup de motivation, car de nombreuses heures de pratique vous attendent.

— J'ai économisé pendant presque deux ans pour me payer vos cours, alors, croyez-moi, je suis prêt!

Rapidement, les deux hommes étaient devenus amis et, d'un commun accord, s'étaient mis à se tutoyer. Arthur avait même engagé Simon, quelques après-midi par semaine, comme commis dans son commerce. Ce qui lui avait permis d'économiser quelques dollars pour faire une surprise à sa belle Rosaline.

En effet, durant les deux mois qui s'étaient écoulés depuis son arrivée au manoir, il avait courtisé la jeune fille, sous les regards amusés des gens de la maisonnée. Rosaline et lui avaient ainsi commencé à se fréquenter régulièrement. Le soir, après leur travail respectif, ils se retrouvaient à la balançoire, face au fleuve, dans la cour arrière. Joseph et Florent se relayaient sur la véranda pour leur servir de chaperon.

Ce matin-là, Mary et Rosaline avaient décidé qu'il était plus que temps d'entreprendre la confection de compote de pommes et de tartes aux fraises afin de garnir la réserve pour la nouvelle année. Les joues rosies de bonheur, Rosaline ne pouvait s'empêcher de fredonner.

— Je ne t'ai jamais vue aussi rayonnante, lui lança Mary en déposant sur la table une lourde poche de jute.

Des nuages de farine s'échappèrent du sac, lui blanchissant la figure et les cheveux. D'un geste machinal, elle s'essuya les joues avec le pan de son tablier et, malgré le fou rire de Rosaline, elle garda son sérieux :

— Alors, c'est ce soir que Simon t'emmène au Théâtre Royal ?

Rosaline acquiesça. Tout en parlant, elle alla se servir un verre d'eau pour calmer un peu sa nervosité.

— On y présente un concert intitulé *Strauss et ses valses viennoises*. Je suis si excitée !

Elle vida son verre d'une seule gorgée, puis demanda :

— Tu crois que tu pourras me prêter ton beau chapeau de paille que tu as mis à Pâques ?

Se rappelant la fébrilité qu'elle avait ressentie au début de sa relation avec son premier mari, John, puis au début de celle avec Florent, Mary partit d'un grand rire.

— Bien sûr, Rosaline, et mes gants de dentelle aussi, si tu les veux !

***

Avant de partir, Simon lui avait donné rendez-vous à la balançoire, en début de soirée.

En descendant les quelques marches de la galerie, Rosaline remarqua que Simon était déjà là à l'attendre, adossé à l'un des deux arbres qui soutenaient le banc suspendu. Dans la lumière déclinante du jour, elle admira la silhouette élancée du jeune homme, ses cheveux blonds soyeux et son beau visage.

En songeant que, dans deux semaines, il allait repartir pour Grosse-Île et qu'ils devraient reprendre, chacun de leur côté, leur vie d'antan, Rosaline eut un pincement au cœur. Pour chasser cette sombre pensée, elle agrippa sa jupe à deux mains, puis se mit à faire de grandes enjambées pour aller rejoindre son cavalier.

— Tu es magnifique, ma chérie ! la complimenta-t-il, visiblement ravi.

— Et toi, superbe dans cet habit, affirma-t-elle en reprenant son souffle.

Elle lui adressa un sourire éblouissant qui le troubla. C'est d'une voix frémissante qu'il se mit à parler :

— Rosaline, ma chérie, tu as transformé ma vie…

Il lui prit alors les deux mains et l'incita à s'asseoir sur la balançoire. Il se mit à genoux devant elle, puis sortit une petite boîte de la poche de son veston.

Rosaline, troublée, s'adossa aux lattes de la balançoire, puis ouvrit l'écrin. Elle admira la délicate alliance en argent qui s'y trouvait, avant de se pencher vers Simon.

— Je suis en train de rêver, n'est-ce pas ?

— Ma chérie, je ne conçois pas mon avenir sans toi. Maintenant, réponds-moi avant que je ne puisse plus me relever. J'ai des crampes dans les mollets !

— Oh, oui ! J'accepte de tout mon cœur, mon amour, lui répondit-elle en lui caressant le visage avec tendresse.

Simon lui passa la bague de fiançailles à l'annulaire, puis l'attira vers lui pour la serrer tendrement dans ses bras.

— Je suis l'homme le plus heureux du monde !

Le soleil rougeoyait à l'horizon lorsque Simon tendit son bras à Rosaline et l'escorta jusqu'à la calèche. Strauss et ses merveilleuses valses les attendaient.

***

Québec, été 1874

Après leurs fiançailles, à Noël, Simon était donc reparti à Grosse-Île pour reprendre son poste de télégraphiste. Avant de la quitter, il avait promis à Rosaline de lui écrire chaque jour jusqu'à son retour à Québec, pour leur mariage prévu le 5 juillet.

Durant ces sept longs mois d'attente, Rosaline avait eu la consolation d'avoir à ses côtés les dames de la maison, réjouies de cet heureux événement et déterminées à participer à la confection d'un trousseau convenable.

Rachel avait brodé de jolies petites fleurs sur le collet de deux jaquettes qu'elle lui avait offertes. Molly, de son côté, avait marqué à l'aiguille les initiales *S&R* sur les pièces de la literie neuve. Puis, avec Mary, les trois femmes avaient entrepris le piquage d'une superbe courtepointe de coton.

Le mariage fut célébré en toute intimité dans une petite chapelle de la capitale. Après la cérémonie, Thérèse, arrivée au domaine en même temps que Simon, deux jours auparavant, prit place dans la même calèche que Molly, Charlotte et Arthur. En chemin vers le manoir, la mère du nouveau marié ouvrit son ombrelle de dentelle pour se protéger du soleil aveuglant.

— C'est tellement gentil à vous de leur offrir une petite réception avant leur départ, les remercia-t-elle.

Assise face à Molly, elle pouvait voir le carrosse nuptial qui les devançait, dirigé par Florent.

— C'est la moindre des choses, lui répondit Molly en réajustant son chapeau orné de rubans et de fleurs. Simon et toi faites, à jamais, partie de notre famille.

— Alors, c'est décidé, Thérèse, déclara Arthur, nos tourtereaux iront vivre avec toi dans ta maison à Grosse-Île ? C'est très généreux de ta part…

— Mais pour moi, le coupa l'infirmière, c'est une bénédiction de ne pas me retrouver seule !

***

En fin d'après-midi, Rosaline et Simon étaient partis prendre le traversier qui les amènerait à Montmagny, pour leur voyage de noces. Naturellement, l'heure du souper avait été décalée et, à présent, les adultes se retiraient dans le grand salon pour déguster un digestif.

— Thérèse, nous sommes tous heureux que tu puisses rester avec nous encore quelques jours, se réjouit Rachel.

Peu intéressées par leur discussion, Charlotte et Maud, un châle sur les épaules, décidèrent d'aller rejoindre Colin dans la cour arrière. Celui-ci était installé dans une confortable chaise de jardin, devant un feu de joie qu'il avait entrepris d'allumer avec Jean. Le jeune domestique l'avait ensuite laissé seul pour aller aider Florent à nourrir les chevaux.

Les deux cousines s'assirent face au feu et, silencieuses, se mirent à contempler les flammes danser dans la nuit. Tout le long de cette journée, la simplicité des noces et le bonheur évident des mariés avaient enveloppé le cœur de Maud d'un voile de romantisme. Après quelques minutes, elle ne put se retenir de se confier à son frère et à sa cousine :

— Vous savez comme j'aime mes cours d'art dramatique, n'est-ce pas ?

— Évidemment, ça fait des mois que tu nous en parles ! la taquina Colin en jetant une bûche sur le tas de braises. Charlotte aussi adore son travail au journal, mais au moins, elle ne nous casse pas les oreilles avec ça.

— Tu nous as fait et refait la démonstration de tes techniques de gestuelle, renchérit sa cousine. Nous savons aussi que le professeur Lebel t'a complimentée sur ta capacité d'expression et qu'il porte son nom à merveille. Alors, qu'as-tu de nouveau à nous apprendre ?

— Eh bien, c'est justement de mon professeur que je voudrais vous entretenir…

Elle s'arrêta pour guetter leur réaction, mais tous deux la regardaient en silence, attendant la suite. Elle s'adossa contre le dossier de sa chaise de parterre, puis se lança :

— Il me plaît assez, avoua-t-elle d'un rire nerveux, et je suis certaine qu'il éprouve aussi des sentiments pour moi.

Colin ne put retenir un sursaut.

— C'est une blague, c'est ça ?

Le visage de Maud demeura impassible.

— Je suis très sérieuse, affirma-t-elle sans quitter son frère des yeux.

La déception se peignit sur le visage de Colin.

— Es-tu sûre de ce que tu es en train de faire, Maud ? Tu nous as dit qu'il était marié et qu'il avait au moins une dizaine d'années de plus que toi !

— L'amour n'a pas d'âge, mon cher frère !

— Mais comment peux-tu être certaine qu'il éprouve les mêmes sentiments pour toi ? intervint Charlotte, stupéfaite. Il t'a avoué qu'il t'aimait ?

Maud fit mine de réfléchir quelques instants.

— Pas verbalement, mais ses regards et ses gestes me l'ont dit. Dans le son de sa voix, quand il me parle, il y a tant de tendresse… Rien que d'y penser, j'en suis toute remuée. Faites-moi confiance, je sais reconnaître les signes. Je ne suis pas idiote !

Devant leur incrédulité, elle se sentit obligée de préciser :

— Ça fait plus d'un mois qu'il insiste pour venir me reconduire après les cours. Il me laisse au coin de la montée. La semaine dernière, sans que je m'y attende, il m'a serrée dans ses bras avant de me laisser descendre de la calèche. Et hier, il a relevé mon menton et a déposé un baiser sur mes lèvres.

— Oh ! Mais ton Nicolas, il est marié, argumenta Charlotte, vaguement inquiète. Quel avenir peux-tu espérer avec lui ?

— Il n'aime plus sa femme, il me l'a juré, se défendit aussitôt Maud.

— Ma pauvre fille, on dirait bien que tu t'es joliment fait embobiner ! se désola Colin.

Sa sœur ne l'écoutait plus.

— Vous ne pouvez pas comprendre ; vous n'avez jamais été amoureux ! s'adressa-t-elle à eux comme s'ils étaient encore des enfants.

Elle se leva d'un geste brusque et ramassa son châle.

— Je vous défends d'en parler à qui que ce soit, les avertit-elle. Je ne vous le pardonnerais pas.

Puis, elle se précipita dans la maison et fit claquer la porte moustiquaire derrière elle. Elle s'en voulait de leur avoir dévoilé son précieux secret.

Pourquoi ne peuvent-ils pas simplement être contents pour moi? se renfrogna-t-elle en montant dans sa chambre. *Ils sont jaloux, voilà tout!*

Une fois en chemise de nuit, elle s'accouda à la fenêtre ouverte. De là, elle avait une vue sur la cour. Elle aperçut Charlotte entrer dans la villa à son tour. Depuis les dix-huit ans de Maud, Molly avait acquiescé à la demande des deux cousines d'avoir chacune leur chambre. Et ce soir en particulier, la jeune fille appréciait son intimité.

Elle se remémora les attentions que Nicolas multipliait à son égard depuis quelques semaines et un léger sourire se dessina sur ses lèvres.

C'est comme s'il tirait tout doucement, jour après jour, sur le fil invisible qui relie nos deux cœurs! Je suis certaine que, lui aussi, il pense à moi avant de s'endormir, se convainquit-elle, sereine.

Elle respira la douceur du parfum des roses et laissa ses tendres réflexions vagabonder parmi les étoiles. Soudain, elle entendit des voix. Elle baissa son regard vers la cour. C'était Jean qui, une chaudière d'eau à la main, venait verser de l'eau sur le feu pour l'éteindre. Aux dernières lueurs des braises, elle put distinguer Colin et lui se rapprocher et se serrer dans les bras l'un de l'autre, avant de pénétrer dans la noirceur de la nuit.

Vivement, elle plaqua ses mains sur sa bouche pour ne pas crier et recula de la fenêtre. Elle se laissa choir sur le tapis, près de la massive armoire de chêne. Une série d'émotions la traversaient. D'abord de la stupéfaction ; elle avait tant d'imagination !

Ça n'a pas de sens. Ils sont bons amis, voilà tout. Certes, Jean est un beau garçon, mais il est renfermé, abrupt et maladroit. Ils n'ont aucune affinité.

Mais cette explication ne la satisfit nullement. En fait, Colin avait initié Jean au golf et elle avait remarqué qu'ils allaient y jouer de plus en plus souvent. Ensuite, elle ressentit de la colère contre son frère.

Moi qui croyais que nous n'avions pas de secret l'un pour l'autre et, en plus, il a osé se montrer offusqué de mon attachement pour Nicolas. J'aime un homme marié, soit, mais je ne souffre pas d'une déviance contre nature, moi !

Finalement, une pointe d'embarras et de tristesse l'envahit.

Oh ! C'est ma faute… et également celle de Charlotte. Avec nos placotages et nos moqueries, on l'a sûrement découragé des filles. Je suis tellement centrée sur moi que je n'ai rien remarqué. Je le connais, il m'en voudrait d'avoir découvert sa relation et, de toute façon, je ne supporterais pas qu'il y ait un froid entre nous deux. Alors, aussi longtemps qu'il gardera mon amour secret, je ne révélerai pas le sien !

* * *

Québec, automne 1874

Approchant de la quarantaine, Molly prenait conscience que son corps changeait : ses seins commençaient à tomber, son ventre s'épaississait et elle revenait de plus en plus exténuée de son travail au dispensaire. D'ailleurs, autant elle avait aimé être sage-femme, autant ce métier lui pesait à présent. Elle avait l'impression que sa vie stagnait. Elle était heureuse et satisfaite de son couple et de sa famille, pourtant elle avait le sentiment d'avoir un vide à combler, ce qui, certains soirs, l'angoissait.

Cet avant-midi-là profitant de sa journée de congé à la Maternité, elle revoyait l'inventaire du garde-manger avec Mary. Après avoir établi toutes les deux le menu pour la semaine, elles avaient dû se rendre aux halles. Molly avait demandé à Jean de les accompagner et de conduire la carriole jusqu'au marché qui desservait les résidents de la Haute-Ville, devant la basilique-cathédrale Notre-Dame.

Même si, à la villa, on faisait livrer la plupart des denrées alimentaires comme les légumes de saison, le lait, la crème, le sucre, la farine, les quartiers de bœuf et les gigots d'agneau, c'est au marché public qu'on s'approvisionnait d'épices, de chocolat, de thé, de café, de sirop d'érable et d'huile à lampe.

À la fin de la journée, Molly, en sueur et épuisée, savourait enfin un des rares moments de détente qu'elle se permettait depuis le départ de Rosaline. Dans sa dernière lettre, Thérèse lui confirmait le bonheur qu'elle avait de vivre avec sa belle-fille et son fils dans sa coquette maison de Grosse-Île. Elle espérait bien connaître la joie de voir naître un héritier dans l'année qui suivrait.

Molly sirotait donc un thé, confortablement installée dans un des larges fauteuils de cuir de la bibliothèque, les pieds posés sur un pouf capitonné. C'est alors que Mary fit irruption dans la pièce, les bras chargés d'un panier débordant de lessive à faire, suivie de Rachel portant un plumeau d'une main et le plateau du courrier dans l'autre.

— Madame Molly, il faut faire quelque chose, je n'y arrive plus ! déclara la servante.

— Mary a raison, l'appuya Rachel derrière elle. Il faut engager une autre aide de maison.

— Je sais ! fit Molly d'une voix lasse. J'étais justement en train de me dire qu'il serait grand temps de trouver une remplaçante à la vaillante Rosaline.

Elle se redressa dans son fauteuil et leur enjoignit de venir s'asseoir près d'elle.

— Mary, j'ai l'impression que tu as déjà une personne en tête. Je me trompe ?

La domestique déposa son lourd panier près de la porte et semblait ravie qu'on lui pose la question. Elle lissa nerveusement son tablier de ses deux mains et s'assit sur le bout de son siège.

— Que diriez-vous de Juliette Fournier, la mère de Jean ?

— C'est en effet une femme honnête et respectable, acquiesça Molly. Tu crois vraiment que ce travail l'intéresserait ?

Mary hocha la tête.

— Vous n'êtes pas sans savoir que, depuis que j'ai retrouvé mon Jean, Florent et moi sommes devenus des amis des Fournier.

Juliette et moi nous sommes trouvées des affinités en cuisine et en couture. Et puis, nos maris s'entendent très bien, tous les deux sont des manuels et des passionnés de chevaux.

Après avoir débité ces phrases d'un trait, la domestique dut faire une pause pour reprendre son souffle. Molly en profita pour la ramener gentiment sur le sujet qui les occupait :

— Hum ! Et si tu en venais au fait, Mary.

— Eh bien, si vous le désirez, je pourrais lui en parler dimanche prochain.

— Je suis d'accord, approuva Molly, soulagée que Mary ait trouvé une solution. J'espère que ce poste l'intéressera vraiment.

— Je crois bien, madame. Juliette m'a déjà parlé de son désir de se trouver un boulot.

Molly tapa dans ses mains, satisfaite.

— Eh bien ! Ça me semble réglé, Mary.

— Oh ! Merci, madame Molly, lui dit la domestique en reprenant son panier à linge en même temps que son courage.

Puis, elle quitta la pièce d'un pas léger.

— J'espère vraiment que madame Fournier acceptera de venir nous aider, dit Rachel en se calant dans son fauteuil. Je n'en peux plus d'épousseter cette immense demeure aux mille étagères et bibelots !

Elle choisit une lettre sur le plateau du courrier.

— Ce sont des nouvelles de nos amis, les Connolly, expliqua-t-elle à Molly. Ils nous demandent encore quand nous retournerons à New York. Dans chacun de leurs messages, Patt essaye de convaincre Brogan de retourner travailler pour M. McGraw. Bien sûr, il n'en est plus question. Brogan n'a plus la santé pour travailler en construction et, depuis qu'il est devenu contremaître à la manufacture, il a repris confiance en lui. Il me semble avoir retrouvé une certaine estime de lui.

Molly se rapprocha de sa sœur.

— Tu sais bien que, pour daddy, c'est une bénédiction que nous soyons tous réunis!

15

Grosse-Île, fin juin 1876

Les saisons avaient défilé, suivant l'ordre dicté par la nature. L'automne avait été chassé par les bourrasques enneigées de l'hiver et, à son tour, le soleil printanier avait fait bourgeonner les arbres, éclore les fleurs dans les prés et revenir les oiseaux. Depuis une semaine, les jours plus longs et les chaleurs de l'été avaient fait leur apparition.

Revenant de la chapelle après la messe du dimanche, Thérèse et Rosaline poussaient difficilement un landau sur la route de gravier tandis que Simon leur emboîtait le pas.

— Notre petit Gaétan est un ange, commenta Thérèse en se penchant encore une fois vers le bambin. Il a dormi pendant toute la messe !

— Maman, il aurait pleuré à fendre l'âme, comme ça lui arrive parfois, intervint Simon en lui prenant le bras, que vous auriez rejeté la faute sur la chorale, le bruit ou la chaleur. Vous êtes une grand-mère adorable !

Puis, il regarda sa femme et lui fit un clin d'œil. Un large sourire éclaira le visage de Rosaline.

— Surtout, Thérèse, qu'un deuxième est en route, lui annonça-t-elle, les joues rosies.

Ne pouvant cacher sa joie, la grand-mère tapota fièrement l'épaule de son fils, puis se retourna vers sa belle-fille pour l'embrasser.

— Ma chère Rosaline, tu nous apportes tant de bonheur ! Et ce bébé, c'est pour quand ?

— Si tout se passe bien, il sera notre cadeau de Noël, confirma Simon. Alors, que diriez-vous d'agrandir un peu la maison ?

— C'est bizarre que tu m'en parles, je me disais justement que nous commencions à y être à l'étroit. Surtout que le petit a déjà quatorze mois, il est temps qu'il sorte de votre chambre. Et puis, osa-t-elle, si nous en profitions pour agrandir aussi la cuisine ?

À l'heureuse pensée de retrouver son intimité avec sa femme, Simon détailla ses plans :

— Je pourrais entreprendre les travaux la semaine prochaine. En élevant la lucarne, il y aurait moyen de construire une autre chambre à l'étage pour les enfants, adjacente à la vôtre.

— Pour votre tranquillité, nous prendrions votre chambre, à l'étage, et vous pourriez vous installer dans la nôtre, au rez-de-chaussée, suggéra Rosaline. Qu'en dites-vous, belle-maman ?

Elle s'arrêta de parler devant le visage de Thérèse, qui, à l'instant où des immigrants en observation préventive les dépassèrent, s'assombrit.

— Ils ne devraient pas pouvoir se promener ainsi près du village, déclara-t-elle, le front soucieux. S'il fallait que l'un d'entre eux soit contagieux ! Je ne sais pas combien de fois je l'ai dit au surintendant ; il devrait faire ériger un poste de garde entre la partie ouest et le centre, pour éviter de contaminer les insulaires !

***

Paris, juillet 1876

De la fenêtre de son bureau, Matthew regardait la lune pâle monter lentement dans le ciel. Jane, courbaturée et enrhumée, s'était alitée plus tôt et, bien que le docteur lui ait assuré qu'elle se remettrait d'ici une semaine, il s'inquiétait tout de même. Distrait, il échappa sa plume d'oie, qui tacha d'encre sa feuille. Il froissa le papier et le lança dans la corbeille.

Il se redressa dans son fauteuil et se concentra à nouveau sur l'écriture de la lettre qu'il destinait aux membres de sa famille, au domaine Rousseau. Après s'être enquis de leur santé, il informa ses proches du décès de Flavien, son fidèle domestique, mort de cause naturelle, à l'âge honorable de quatre-vingt-deux ans. À présent, il se demandait comment leur transmettre l'émerveillement que Jane et lui avaient ressenti en découvrant le nouvel et somptueux opéra de Paris, le Palais Garnier. Après treize années de travaux, ce chef-d'œuvre d'architecture avait finalement, l'an dernier, ouvert ses portes. En juin, il y avait emmené Jane pour son anniversaire et ils avaient assisté à la représentation d'un opéra tragique de Charles Gounod intitulé *Faust*.

« Ce bâtiment de style impérial porte bien son nom, c'est un vrai palace », écrivit-il, puis il décrivit le majestueux escalier de l'immense vestibule, les lustres, les sculptures, les peintures, les dorures.

— J'aimerais que tu joignes ce livre à ta lettre, dit une voix enrouée derrière lui.

— Mais... que fais-tu debout, Jane ? Tu n'es pas raisonnable !

— Ne me gronde pas, mon chéri, je trouvais le lit trop grand sans toi. Puis, j'ai pensé à Charlotte et à Maud. Je viens de terminer la relecture de ce roman, que j'ai trouvé par hasard dans la bibliothèque. Je crois qu'elles vont l'aimer.

— *Le rouge et le noir*, de Stendhal ! lut Matthew sur la couverture. Les amours de Julien Sorel devraient, en effet, leur plaire. Je leur envoie aussi un livre, c'est un recueil de poésie de Baudelaire. Notre rêveuse Maud devrait apprécier cette douce prose.

***

Québec, juillet 1876

La vie suivait son cours au manoir Rousseau. Bien que ses études en théâtre soient terminées depuis un an, Maud entretenait toujours sa furtive relation amoureuse avec Nicolas Lebel. Il lui promettait de divorcer aussitôt que sa femme se rétablirait d'une sévère dépression.

— Cette liaison me rend très heureuse, affirma-t-elle à Charlotte, qui se disait inquiète de la morosité de sa cousine. Il est normal qu'un si grand amour demande quelques sacrifices !

— Mais Maud, tu fais l'amour avec lui ! Imagine le scandale, si tu tombais enceinte !

Sa cousine hésita avant de lui révéler :

— Ça ne risque pas d'arriver, ma chérie. Nicolas a découvert un objet bizarre pour éviter que sa semence me nuise. Sinon, je n'aurais jamais consenti à l'acte.

— Tu m'intrigues, Maud. Dis-moi quel est ce truc étrange ?

Maud sentit ses joues rougir.

— Hum ! C'est assez personnel… et gênant.

— Ne fais pas ta timorée avec moi, Maud Reilly, ce n'est pas ton genre. Alors, dis-moi !

— Bon, d'accord ! Juste avant de me pénétrer, Nicolas enfile son membre raffermi dans une espèce de fourreau en caoutchouc qu'il maintient en place par un petit ruban. Une fois nos ébats terminés, il nettoie ce petit étui, nommé « l'inusable », puis le range dans un joli coffret.

Devant le regard stupéfait de Charlotte, Maud se leva et se dirigea vers sa commode. Elle ouvrit un des tiroirs du meuble, saisit une boîte en velours dissimulée sous une pile de chandails et la tendit à sa cousine.

— Nicolas m'a demandé de la cacher ici, pour éviter que sa femme la trouve.

— C'est plus prudent, en effet, conclut Charlotte en inspectant l'objet en question avec une certaine répulsion. Je vois que ton amant a pensé à tout ! Et c'est comment de faire l'amour ? Je veux que tu me racontes tout.

Maud ferma les yeux et soupira d'aise, avant de confier à sa cousine les délices de ses ébats amoureux. Étendue sur le lit, près de Charlotte, elle décrivit l'inconfort et la gêne des premières relations, puis la douce sensation des caresses, les frissons et le sentiment de plénitude qui accompagnait la jouissance.

Ce soir-là, Charlotte se retira dans sa chambre, excitée et les joues en feu.

De son côté, Colin ignorait toujours que sa sœur avait découvert son affection pour le beau Jean, avec qui il entretenait des liens discrets et plus qu'amicaux. Maud n'en avait jamais parlé à personne, pas même à sa cousine. Mais elle n'avait pu résister à l'envie d'observer de plus près les deux jeunes amoureux.

Un soir, cachée dans l'entrebâillement de la porte de l'écurie, elle avait aperçu Colin relever une mèche de cheveux du front de son ami et embrasser celui-ci. Plutôt que d'en être choquée, cette fois, elle avait ressenti de la jalousie. L'affection et la tendresse qu'ils éprouvaient l'un pour l'autre étaient palpables.

Avec le temps, Nicolas est devenu de moins en moins passionné, s'étaitelle dit, *et de plus en plus impatient devant mes pressions pour qu'il divorce.*

Charlotte, obnubilée par son travail de dessinatrice au journal *Le Canadien*, n'avait rien remarqué, si ce n'est que Maud et Colin affichaient ce même regard qui oscillait entre la tristesse et la joie de vivre.

Brogan n'avait pas bu une goutte d'alcool depuis son retour et Rachel avait fait partie de la distribution de deux autres opéras au Théâtre Royal. Ils semblaient avoir retrouvé l'affection qui régnait dans leur couple, avant le départ de Brogan pour la guerre.

Molly poursuivait toujours son travail de sage-femme, mais heureusement, Arthur, qui partageait son besoin de lutter contre une certaine routine professionnelle qui s'était installée, lui demandait fréquemment son avis sur ses enquêtes. Ces moments de complicité les rapprochaient et mettaient un peu de piquant dans leur vie de couple. Le goût du changement du major s'était manifesté davantage lorsque s'était pointé au poste de police, le mois dernier, Bert Wallace, un détective de l'agence américaine Pinkerton. Celui-ci était à la recherche d'un célèbre bandit new-yorkais en cavale, un certain Williams, et avait suivi sa piste jusqu'à Québec. Il était venu demander de l'aide aux agents de la ville.

Le major, curieux d'en savoir plus sur le fonctionnement de cette agence privée, s'était informé auprès du détective. Autour d'une bière, M. Wallace lui avait expliqué les avantages de l'agence. Il établissait ses propres horaires ; il était libre de décider des méthodes à employer pour faire avancer une enquête, contrairement au service de police, qui devait suivre un protocole rigide ; et avait la chance d'être son propre patron. Malheureusement, le major savait bien que, pour créer une telle affaire, il fallait des capitaux qu'il ne possédait pas.

Et puis, après quelques semaines de recherches infructueuses, le détective américain avait dû rentrer dans son pays et renoncer à la poursuite du malfaiteur, laissant à Arthur une affiche où était dessiné le visage du fugitif.

Or, en cette belle fin de matinée de juillet, pendant que la maisonnée vaquait à ses occupations quotidiennes, le regard de Joseph suivit l'un des rayons du soleil qui s'étirait jusqu'à la photographie de Cécile posée sur une tablette, face au bureau où il était assis. Un vertige envahit le docteur. Ce dernier se leva péniblement et se dirigea vers la figure aimée en s'appuyant sur sa canne. Il tendit la main, puis saisit le portrait pour le porter à ses lèvres. Il régnait dans la pièce une chaleur accablante. Épuisé par ces simples gestes, Joseph se laissa choir dans son vieux fauteuil capitonné, près de la cheminée.

Une heure plus tard, Molly le trouva endormi, le menton sur la poitrine et le cadre renversé sur ses genoux. Elle eut un moment d'attendrissement et ses yeux s'embuèrent de larmes. À soixante-seize ans, il avait passé une cinquantaine d'années à soigner et à aider son prochain. Cet homme généreux, qui avait toujours été conscient de la bonne fortune que la vie lui avait apportée, qui avait toujours tenu à la partager avec sa famille, ses amis et les plus démunis, qui aimait tant rire et apprécier la bonne bouffe, n'était plus que l'ombre de lui-même. Molly le secoua doucement.

— Réveillez-vous, daddy. Le repas est servi et il ne manque que vous.

Il ouvrit les yeux. La confusion ne dura qu'un quart de seconde et il redressa fièrement la tête.

— Je ne dormais pas, ma mésange, se surprit-il à lui mentir. Les yeux fermés, je vois mieux défiler mes souvenirs.

Elle remarqua l'ombre qui traversa son regard. Doucement, elle prit la photographie de Cécile, puis la remit à sa place.

— Daddy, pas un jour ne passe sans que je pense à elle et à mes parents, lui confia-t-elle.

Elle se pencha pour lui faire la bise sur les deux joues et lui offrit son bras pour l'aider à se lever.

En s'installant au bout de la longue table de la salle à manger, il remarqua que tous étaient présents, ce qui était rare le midi, même un dimanche. Son visage redevint serein. Bien qu'il ressente toujours un pincement au cœur devant l'absence de sa sauvagine, sœur Saint-Jérôme, d'avoir ainsi sa famille réunie autour de lui comblait Joseph de bonheur et lui redonnait le désir de continuer à vivre.

Il s'animait encore pour discuter de politique avec Arthur, Brogan et Colin, lorsqu'ils se réunissaient dans la bibliothèque, après le souper, pour l'apéritif. Cependant, ces derniers temps, il s'excluait lui-même des conversations au repas. Il se montrait moins bavard que d'habitude et personne ne paraissait s'en apercevoir. En fait, il n'entendait plus très bien et les sujets de conversation comme l'actualité, les nouveaux aménagements pour le manoir ou les nombreux divertissements qui animaient la capitale, l'intéressaient de moins en moins. Il préférait davantage profiter de cette période pour observer, d'un air attendri, ses filles, ses gendres et ses petits-enfants. Surtout ses petits-enfants, dont il était très fier.

Cela faisait maintenant plus d'un an que Charlotte travaillait pour *Le Canadien*. Son employeur, étant satisfait de la vraisemblance des croquis de la jeune femme, de sa minutie et de la promptitude à les rendre à temps pour l'imprimerie, avait consenti à sa demande toute particulière. En effet, fascinée par le métier de son père, Charlotte était l'une des rares femmes à être portraitiste judiciaire. Tous les jours de la semaine, elle se rendait dans la salle d'audience du palais de justice, un endroit interdit aux photographes, et traçait fidèlement les visages des accusés, des avocats et des jurés. Compte tenu de la popularité de certains procès, ses croquis se retrouvaient souvent en première page de la gazette pour accompagner les articles des journalistes.

J'ai toujours su que mon petit colibri saurait faire son chemin dans la vie! se dit Joseph en lui jetant un regard satisfait.

Il tourna la tête vers Colin, qui semblait en grande conversation avec son père. Il sentait en ce jeune homme germer une fibre d'entrepreneur. Il en avait parlé à Arthur, qui avait appuyé son idée d'inscrire une somme d'argent à son petit-fils dans son testament, si ce dernier démontrait de l'intérêt pour se lancer en affaires.

Face à son frère, Maud, silencieuse, lui sembla distraite. Pour ce qui était de l'avenir de celle-ci, il était plutôt perplexe. Elle avait terminé ses cours de théâtre et, à présent, elle s'improvisait écrivaine.

Tout le contraire de Rachel, que les épreuves de la vie ont rapidement fait mûrir, songea-t-il en se remémorant la nature rêveuse de son rossignol. *À vingt et un ans, Maud me semble passer plus de temps dans les nuages que sur la terre ferme. Et ses soupirs qui n'en finissent plus !*

— Mangez votre omelette, daddy, dit la voix douce de Rachel, le sortant de ses réflexions. Elle va refroidir.

— Oh ! J'étais dans la lune, mon rossignol.

Il lui tapota la main, comme pour la remercier, puis fit tinter sa cuillère sur son verre afin d'obtenir l'attention de tous. Peu à peu, le silence se fit et les têtes se tournèrent vers lui.

— J'étais en train de penser que Cécile et moi avons eu une chance inouïe d'être entourés d'une si belle famille ! parvint-il à peine à prononcer tant l'émotion lui serrait la gorge.

— Sans votre grand cœur, à tous les deux, déclara Molly, émue, je me demande bien où seraient rendues les trois petites orphelines irlandaises que vous avez accueillies si affectueusement, daddy.

Pour rompre le silence chargé d'émotions qui suivit, Joseph ajouta :

— Hum ! Je me demande bien ce que Mary nous a préparé comme dessert !

* * *

Alors que, peu à peu, le jour tombait et que la fraîcheur du soir s'installait, Rachel et Brogan décidèrent de monter dans leur chambre.

— Tu as l'air soucieuse, Rachel, remarqua son mari, qui, assis sur le coffre de cèdre au pied de leur lit, finissait de délacer ses bottines. C'est l'état de santé de ton père qui t'inquiète ?

Rachel, après avoir mis sa jaquette, s'assit sur le petit banc de sa coiffeuse et se mit à brosser ses longs cheveux auburn.

— Tu as vu comme il était bouleversé ce midi, j'ai cru qu'il allait pleurer. Ça ne lui ressemble tellement pas d'être aussi émotif.

— Crois-tu que nous allons devenir aussi sensibles que lui, en vieillissant ? la questionna Brogan en revêtant son pantalon de pyjama.

Torse nu, il s'avança vers elle pour venir lui déposer un baiser réconfortant sur la joue. Elle adressa un triste sourire à son reflet dans le miroir.

— Je préférerais ça à l'agressivité de certaines personnes âgées qui traînent des remords jusqu'à la fin de leur vie. Mais il n'y a pas que daddy qui m'inquiète…

— Pas l'un de nos grands, j'espère, dit-il en se redressant.

Elle secoua la tête.

— Pas Colin, notre fils va bien, enfin, je crois. Même si j'aimerais qu'à son âge, il nous présente une fiancée, il semble heureux de son travail et il adore le golf. En fait, je voudrais te parler de notre fille.

Plus inquiet qu'intrigué, Brogan se glissa sous les couvertures.

— Maud ? C'est vrai qu'elle ne semble pas savoir quoi faire de sa vie et, si tu veux mon avis, ces cours de théâtre ont coûté plus cher qu'ils n'ont donné de résultats. À cause de son manque de concentration, elle n'a obtenu qu'un petit rôle de soubrette dans une pièce de Molière. Elle s'est vite découragée. Et voilà qu'à vingt et un ans, elle nous arrive avec cette idée d'écrire des livres romantiques. Une femme écrivaine ! Veux-tu bien me dire où tout ça va la mener ?

Rachel haussa les épaules. Elle prit le temps de mettre un peu de crème sur son visage et ses mains pour les humidifier avant d'aller rejoindre son mari sur le bord du lit.

— Il n'y a pas que ça, chéri. Maud s'est amourachée de son ancien professeur d'art dramatique.

— Notre fille, amoureuse ? Remarque, elle est majeure à présent, affirma Brogan. Il est même temps qu'elle ait un prétendant.

Rachel prit une profonde inspiration, convaincue que ce qu'elle s'apprêtait à dire n'allait pas lui plaire.

— Brogan, cet homme a plus de trente ans et il est marié, précisa-t-elle.

Il se releva droit dans le lit.

— Quoi ? Dis-moi que ce n'est pas sérieux !

— Très sérieux, malheureusement.

— Mais… depuis combien de temps cette situation dure-t-elle ?

Rachel ne put réprimer un second soupir.

— Depuis deux ans, je crois.

Les sourcils de Brogan se plissèrent d'exaspération.

— Et c'est maintenant qu'elle se décide à t'en parler ?

— Il y a une semaine, en fait. Je trouvais ses soupirs insupportables. Alors, j'ai insisté pour que nous nous parlions franchement. J'ai été tellement estomaquée par ce qu'elle m'a appris que, je dois te l'avouer, j'ai craint ta réaction et décidé d'attendre le bon moment pour te le dire. Brogan, j'ai bien peur que cette relation la fasse souffrir.

— Pas besoin d'être devin pour le prédire ! Mais elle s'en remettra. Rachel, ce qui pourrait être pire, c'est qu'elle nous arrive en pleurs, engrossée par cet enjôleur !

Ne pouvant plus retenir sa colère, Brogan quitta prestement le lit et se mit à faire les cent pas dans la pièce.

— Comment s'appelle cet individu ? Lebel, si je me souviens bien. Tu vas voir comment je vais lui régler son compte, à ce professeur. La petite hypocrite, je comprends maintenant pourquoi elle ne s'en est pas vantée ! Ma fille, une putain ! Oh, oui, tu vas voir !

Il frappa de son poing le dessus de la commode.

— Je suppose que Charlotte et Colin sont au courant, depuis le début ! se cabra-t-il. Et peut-être même Arthur et Molly, tant qu'à y être !

Le silence de sa femme fut sa réponse.

— Si je saisis bien la situation, je suis le dernier à apprendre que notre fille a une relation avec un homme adultère !

Rachel examina devant elle le corps amaigri et moins robuste de son mari, ravagé par ses anciennes années d'alcoolisme.

J'ai l'impression qu'il va se rendre malade avec cette histoire! songea-t-elle.

— Calme-toi, Brogan. T'emporter ne réglera rien ; tu ne vas qu'envenimer les choses.

— Si tu ne veux pas que j'aille faire un scandale à l'École d'art, alors, va me chercher Maud !

— Mais, Brogan ? Il est dix heures, elle doit dormir…

Trois coups frappés à la porte de leur chambre les firent sursauter.

— Non, maman, je ne dors pas, maugréa Maud en refermant brusquement la porte derrière elle, et je ne dois pas être la seule. Avec tes cris, papa, si tante Molly et oncle Arthur n'étaient pas au courant, ils le sont maintenant.

Elle était aussi rouge de colère que son père. Avant même qu'il ne réplique, elle pointa un doigt vers lui et le prévint :

— J'ai tout entendu. Nicolas m'aime et c'est un homme responsable. Ne t'inquiète pas, je ne ferai pas honte aux Reilly. Je t'interdis de t'en mêler, tu m'entends ? C'est *ma* vie !

Puis, elle lui tourna le dos et, comme elle s'apprêtait à sortir de la pièce, Brogan, devenu pâle comme un cierge, lui cria :

— Tu es aussi têtue et idiote qu'un âne ! Tu ne sembles pas consciente que ça va mal tourner…

Mais Maud n'entendit pas la suite, elle avait déjà quitté la chambre.

***

Pendant que le soleil réchauffait l'herbe fraîchement coupée dans la cour, Joseph, à l'ombre d'un arbre, contemplait les fleurs. Il ferma les yeux pour s'amuser à différencier les odeurs qui lui chatouillaient le nez. Ce matin-là, à l'aurore, il s'était surpris à accepter de quitter ce corps amaigri et, pour calmer la peur qui l'étreignait, il s'était dit qu'enfin, il serait débarrassé de ses crises de goutte le faisant de plus en plus souffrir.

Il n'avait rien pu avaler de son petit-déjeuner, que Juliette, récemment au service de la maisonnée, lui avait apporté dans sa chambre. Revêtu seulement de sa robe de chambre, il avait plutôt insisté pour qu'on l'installe dehors, sur sa chaise longue près de la volière, comme à son habitude depuis l'arrivée du beau temps. Le chant des oiseaux et leurs plumages l'avaient toujours empli de gratitude envers l'auteur divin de ces magnifiques créatures.

Un peu plus tard, Rachel avait réussi à lui faire boire un peu de lait chaud et il en avait profité pour lui demander une faveur :

— J'aimerais tant revoir notre sœur Saint-Jérôme, ma Sarah. Tu crois que ce serait possible de faire venir ta jumelle ici ?

Troublée, Rachel s'était penchée vers lui et lui avait pris affectueusement la main, l'air convaincu.

— Il me semble qu'au nom de toutes les années que vous avez données à leur hôpital, daddy, la directrice devrait passer outre cette règle. Je vais voir ce que je peux faire, lui avait-elle assuré en se dirigeant vers la villa.

Tout doucement, il s'était endormi bercé par la brise.

Le soleil avait passé le zénith lorsque des bruits de pas le réveillèrent. Au début, il ne distingua qu'une fine silhouette noire. Troublé, il remonta la couverture de laine que, malgré la chaleur de l'été, il supportait. Puis, alors que la forme marchait vers lui, un fin rayon de lumière fit place à l'obscurité. Son visage s'éclaira lorsqu'il reconnut sa petite sauvagine. Joseph lui adressa son plus beau sourire.

— Daddy, comment vous sentez-vous ? s'enquit-elle en s'assoyant sur une chaise près de lui.

Il ne répondit pas, trop étonné de la voir devant lui.

— Je vois que Rachel a réussi à persuader la mère supérieure de te laisser venir au chevet de ton vieux daddy ! prononça-t-il en lui tendant ses deux mains, qu'à leur contact, elle trouva glacées.

— Ça n'a pas été facile. Mère Sainte-Clothilde a d'abord suggéré que nous nous écrivions, mais Rachel ne s'est pas gênée pour lui rappeler votre dévouement et que, loin d'être un caprice, votre demande était justifiée. Je suis là, maintenant, daddy. Mais comment vous sentez-vous ? répéta-t-elle.

— De plus en plus léger, ma chérie, répondit-il. Mon temps est venu d'entreprendre le grand voyage.

Sarah sentit son cœur se serrer. Elle observa son père attentivement. Plusieurs mois s'étaient écoulés depuis qu'il était venu la voir au parloir, au printemps. Il avait le teint gris, le visage aminci. Toutefois, elle remarqua qu'une paix ineffable se dégageait de lui. À l'hôpital, elle avait fréquemment assisté des mourants pour le grand départ et elle connaissait assez son père pour savoir que son âme était prête. Elle lui demanda d'une voix douce :

— Daddy, désirez-vous que j'envoie Florent chercher le curé ?

Joseph fit non de la tête.

— Je ne veux à mon chevet, comme représentant de Dieu, que ma pieuse sœur Saint-Jérôme. Me feras-tu la grâce de rester auprès de moi ?

Un instant, Sarah sentit monter en elle une douleur. Elle souffrait de savoir qu'elle serait séparée de l'homme de sa vie, celui qui l'avait accompagnée depuis ses dix ans dans toutes les épreuves et les joies qu'elle avait vécues. Elle se redressa ; c'était à son tour d'être forte. Il avait besoin d'elle. Sarah se rapprocha de son père pour lui baiser le front, puis elle lui murmura à l'oreille :

— Bien sûr, daddy chéri, je vais rester auprès de vous. Je suis tellement désolée que votre temps soit venu de nous quitter, nous qui sommes si attachés à vous. Comme votre présence, votre sagesse, vos encouragements vont nous manquer ! Mais vous vivrez toujours dans nos cœurs.

Sarah lui caressa affectueusement une joue.

— Vous n'avez rien à craindre de l'au-delà, le Créateur vous y accueillera comme vous le méritez si bien et vous retrouverez votre bien-aimée Cécile. Maintenant, si vous le voulez bien, je vais faire ce que je fais de mieux, je vais prier.

Joseph lui adressa un sourire de pure reconnaissance. Sarah prit les mains de son père entre les siennes et récita ce psaume rassurant, que lui aussi connaissait bien :

« *Le Seigneur est mon berger :*
je ne manque de rien.
Sur des prés d'herbe fraîche,
il me fait reposer.

Il me mène vers les eaux tranquilles
et me fait revivre ;
il me conduit par le juste chemin
pour l'honneur de son nom.

Si je traverse les ravins de la mort,
je ne crains aucun mal,
car vous êtes avec moi :
votre bâton me guide et me rassure… »

***

Respectant ce moment d'intimité entre leur père et leur sœur religieuse, Rachel et Molly avaient décidé de rester à l'écart. Dès qu'elles aperçurent Sarah fondre en larmes, elles comprirent que leur daddy venait de rendre son dernier soupir. Quatre ans, jour pour jour, après le décès de Cécile, Joseph mourut paisiblement dans l'heure qui suivit l'arrivée de sa sauvagine.

Les deux pieds enracinés dans le bois de la véranda, Molly se mit à se balancer de gauche à droite, les bras serrés sur sa poitrine afin d'étouffer la douleur qui lui gonflait le cœur. Rachel, la main sur la bouche, réprima un cri de détresse.

— Oh, non ! Notre cher daddy, murmura-t-elle à travers ses larmes, ne nous quittez pas !

Tout aussi inconsolable, Sarah se précipita vers ses sœurs et se jeta dans leurs bras.

Le lendemain, le corps du patriarche fut exposé vêtu de son plus bel habit dans la partie avant du salon double, sur deux larges planches recouvertes d'un tissu de soie noir. Les visites commencèrent tôt le matin. Des amis, des parents, et même des inconnus de la famille, vinrent en grand nombre lui rendre un dernier hommage. Une foule continue défila au manoir durant les trois jours de deuil.

À Grosse-Île, aussitôt qu'il avait reçu le télégramme porteur de la triste nouvelle, Simon s'était empressé d'avertir Thérèse et Rosaline. Le surlendemain, tous les trois et le petit Gaétan avaient pris un bateau pour Québec. Ils arrivèrent juste à temps pour le service religieux. Compte tenu des loyaux services que le Dr Rousseau avait rendus à l'hôpital et des nombreux dons qu'il avait faits à la communauté, la messe mortuaire eut lieu dans la chapelle du monastère. Sœur Saint-Jérôme put donc y assister auprès des membres de sa famille, mais ne put se joindre à eux pour le cortège funèbre.

Arrivée au lot familial du cimetière Saint-Charles, pendant la litanie du curé, Charlotte, contrairement aux gens qui l'entouraient, ne put se résoudre à baisser la tête vers la fosse, vers ce trou noir qui allait engloutir son grand-père adoré. Elle porta son regard au-delà du prêtre, vers la rangée des majestueux chênes qui bordaient la route et qu'une légère brise agitait. En distrayant ainsi son esprit, elle espérait atténuer la douleur de l'énorme vide qu'elle ressentait et cette peur de mourir, qui, depuis le décès de sa grand-mère Cécile, la hantait.

Soudain, venant de derrière la colline, une nuée de moineaux apparut et, délaissant leur formation, vinrent se nicher, ici et là, sur les plus hautes branches des arbres. Le babillage des volatiles la ramena aux souvenirs de son grand-père. Plus jamais il n'allait les appeler par ces jolis surnoms d'oiseaux. Charlotte ne put retenir ses pleurs. Tout aussi émue, Maud, à sa droite, lui prit la main et Colin, à sa gauche, glissa son bras sous le sien.

— Regarde, Molly, c'est un message que daddy nous envoie du ciel, chuchota Rachel à l'oreille de sa sœur en lui désignant du menton les oiseaux.

Son aînée acquiesça d'un timide sourire.

Après la cérémonie funèbre, la famille se réunit dans le grand salon. En entrant, Rosaline tapota le bras de Simon, lui tendit le bambin et prit le chemin des cuisines afin de donner un coup de main à Mary et à Juliette pour la préparation du repas du soir.

— La sympathie et la chaleur sincères que nous ont manifestées tous les gens qui sont venus pour la veillée mortuaire et l'enterrement, déclara Molly, m'ont vraiment touchée.

— Oui, tu as raison, affirma Rachel, notre daddy était vraiment apprécié.

Elle esquissa un tendre sourire.

— Vous souvenez-vous de la fois où il avait mis le chapeau de mommy et que, pour la taquiner, il l'avait imitée ?

Pendant que les femmes se remémoraient les moments précieux de leur vie avec leurs parents adoptifs, Arthur et Brogan invitèrent Colin et Florent à les rejoindre dans la bibliothèque, pour un rituel purement irlandais.

Un cabaret de verres ballons contenant du Jameson, le whisky préféré de Joseph, les y attendait, pour un toast à la santé du défunt.

Arthur prit la parole :

— Mes amis, levons nos verres à la mémoire de Joseph Rousseau, homme à la grandeur d'âme peu commune…

Puis, du menton, il désigna la liqueur brune.

— … et à ses goûts raffinés. Repose en paix, sage ami, homme généreux, mari aimant…

— … et formidable grand-père, poursuivit Colin en offrant un ballon à chacun.

— Et puissions-nous tous te retrouver un jour au paradis ! ajouta Brogan en levant son verre de jus de pomme.

16

Québec, été 1876

Le notaire Adélard Poincaré, un cartable sous le bras, frappa le heurtoir en forme de bernache contre la large porte du manoir, à l'heure précise de son rendez-vous. C'était un homme d'une soixantaine d'années, à la silhouette élancée, à la moustache épaisse et à la démarche altière. Il était minutieux et, sans contredit, d'une indéniable ponctualité. Suivant les directives de son défunt client, le Dr Rousseau, il se présentait à la résidence afin de faire la lecture des documents concernant la succession.

Il ne patienta qu'un court instant. Florent vint aussitôt lui répondre et l'invita à le suivre dans le bureau, où l'y attendaient déjà Arthur, Molly, Rachel et Brogan.

Arthur se leva et les deux hommes échangèrent une poignée de main. Comme il accompagnait souvent Joseph à son étude, le major avait déjà rencontré le notaire et avait pu observer son sérieux. Bien que, au premier abord, M. Poincaré donne l'impression d'être un bloc de glace, Arthur se souvenait qu'il pouvait, dans de rares occasions, se montrer cordial.

— C'est gentil à vous de prendre le temps de me recevoir, major Lockwell, dit-il par pure politesse, conscient que, dans la plupart de ces entrevues, les gens étaient plutôt impatients de connaître ce que les défunts leur léguaient.

— Notaire Poincaré, je vous présente ma femme Molly, sa sœur cadette Rachel et mon beau-frère Brogan Reilly.

D'un mouvement sec de la tête, le notaire les salua. Brogan fit mine de se lever pour venir à sa rencontre, mais M. Poincaré lui fit signe de se rasseoir d'un geste de la main.

Arthur désigna le fauteuil qu'il avait pris soin de laisser vacant, derrière le secrétaire.

— Je vous en prie, monsieur le notaire, installez-vous, l'invita Arthur.

— Je vous remercie, major, lui répondit l'officier en prenant place dans le fauteuil.

Il sortit de son cartable une pile de documents. Il prit quelques minutes pour reclasser ses papiers, pendant lesquelles un silence solennel s'installa.

Nez aquilin, lunettes rondes, l'image parfaite du bureaucrate, songea Molly pour chasser la peine qui remontait en elle chaque fois que l'on évoquait le décès de Joseph ou celui de Cécile.

— Ah ! Voilà, j'y suis.

Il s'éclaircit la voix, puis entreprit sa lecture :

« *Moi, Henri Joseph Rousseau, sain de corps et d'esprit, je lègue à l'aînée de mes trois filles adoptives, Molly McDoughan Lockwell, le domaine, qui comprend les terres, tous les bâtiments et le manoir, ainsi que la somme de vingt-cinq mille dollars. Comme déjà entendu avec elle et mon gendre Arthur Lockwell, une partie de cette somme servira à l'entretien des bâtiments et à l'amélioration du confort de la villa.* »

Tous l'avaient écouté avec attention. Malgré elle, Molly eut un sourire nerveux. Elle regarda tour à tour le notaire, sa sœur, qui semblait très heureuse pour elle, et Arthur.

— Tu étais au courant pour l'argent ? s'enquit Molly.

Arthur hocha la tête et s'adressa sa femme et à Rachel :

— Cécile et Joseph désiraient que le domaine demeure le lieu d'accueil pour la famille, pour nos enfants et leur descendance.

Rachel eut à peine le temps d'ouvrir la bouche que le notaire la coupa :

— Hum ! reprit-il de sa voix grave en relevant ses lunettes sur son nez, revenons aux dernières volontés du Dr Rousseau.

Molly ne l'écoutait que d'une oreille. Elle se souvenait du jour de ses vingt et un ans, lorsque Cécile et Joseph lui avaient annoncé qu'elle serait héritière. Ses parents savaient qu'ils pouvaient compter sur Arthur pour la seconder dans la gestion des finances du domaine et qu'ensemble, ils prendraient soin de tous les membres de la famille. Soudain, elle entendit qu'une somme de cinq mille dollars serait remise à sa sœur.

— Oh ! fut la seule syllabe que Rachel put prononcer. Ce généreux legs la laissa clouée au fond de son siège.

Elle jeta un regard à Brogan, qui hocha la tête et lui prit délicatement la main.

Le notaire termina sa lecture :

« *En dernier lieu, je tiens à octroyer à mon petit-fils, Joseph Bryan Colin Reilly, la somme de deux mille dollars. Cette somme d'argent ne devra servir qu'à la création d'une entreprise et ne lui sera versée qu'avec l'accord de son oncle Arthur Lockwell, au moment où il pourra lui fournir des plans financiers et lui démontrer le sérieux de son projet. Si, dans cinq ans, il n'a jamais été réclamé, cet argent sera versé à la communauté des Augustines de Québec.* »

***

Lorsque le notaire fut parti, Rachel et Brogan décidèrent d'aller annoncer la bonne nouvelle à Colin. Arthur et Molly demeurèrent seuls dans le bureau. Après un court silence, cette dernière, encore sous le choc, prit la parole :

— Arthur, je pense ajouter à la petite somme que daddy veut que nous versions à la communauté des Augustines, en échange d'une plaque commémorative aux noms de Cécile et de Joseph. J'en ai remarqué plusieurs fixées sur les murs de la chapelle. Ainsi, ils auraient leur place parmi les autres généreux donateurs.

C'était une affirmation et, avant qu'il n'ait le temps d'ouvrir la bouche, elle s'exclama :

— Tu te rends compte, mon chéri, c'est une fortune !

— Oui, je sais, mais les dépenses de l'entretien du domaine sont énormes et nous devrons, dans les années à venir, investir beaucoup d'argent dans le manoir pour conserver en bon état sa structure et les dépendances.

Molly fit oui de la tête et laissa échapper un profond soupir.

Arthur s'approcha de la cheminée et récupéra, sur le manteau, sa pipe et sa blague à tabac. Il revint se caler dans son fauteuil, bourra sa pipe, l'alluma, puis en aspira lentement une bouffée. Il était étrangement silencieux.

Molly sentit qu'il hésitait à parler, ce qui ne lui ressemblait guère. Elle le regarda, intriguée.

— Mais à quoi penses-tu, Arthur ?

— Eh bien ! J'aurais, moi aussi, un projet qui me tient à cœur et qui aurait grand besoin d'un coup de pouce financier.

Il y eut un léger étonnement sur le visage de Molly.

— Tu te rappelles lorsque je t'ai raconté la visite du détective américain ?

Cette fois, il attendit qu'elle acquiesce.

— De l'agence Pinkerton, il me semble. Et où veux-tu en venir ?

Il s'enfonça un peu plus dans son fauteuil et croisa les jambes.

— Eh bien ! J'aimerais créer ma propre agence d'investigation.

Molly le regarda avec perplexité. Il ouvrit la bouche pour parler, mais elle leva une main pour l'en empêcher.

— Je ne m'étais pas aperçue que tu étais insatisfait de ton travail au commissariat de police…

— Je n'y suis pas malheureux, ma chérie, j'aime mon métier. Mais j'approche de mes cinquante ans et je désirerais être mon propre patron.

À quelques reprises, elle l'avait entendu se plaindre de la pression qu'il subissait de la part de ses supérieurs.

Elle lui prit tendrement la main.

— Je me souviens comme tu étais radieux et fier quand tu m'as raconté ta poursuite contre Rob Corrigan, avec oncle Matthew. Tu avais pu employer tes méthodes et l'affaire avait été conclue en quelques jours.

Il lui sourit et ils échangèrent un bref regard complice.

Comme j'aime cette femme ! Elle est merveilleuse et me comprend si bien ! songea-t-il.

— Mon plan est réalisable, Molly. Cette entreprise pourrait devenir rentable dès la première année. J'ai une bonne réputation dans le milieu. Je mettrais des annonces dans les journaux, et puis, il y a toujours des enquêtes qui piétinent au poste. Je suis certain que Guy Poulin aura besoin de mon expertise.

— Tu travaillerais en collaboration avec tes anciens collègues ?

— Absolument ! Contre rémunération, bien sûr. En travaillant incognito, je pourrais leur fournir des indications précieuses pour leurs enquêtes. C'est un échange de bons services.

Arthur fuma sa pipe en silence, pendant une minute.

— Chéri, en quoi consisterait au juste ce nouveau travail? s'enquit-elle.

— Eh bien, si je me fie au détective de l'agence Pinkerton, ça comprendrait des filatures, des recherches sur des individus louches, des clients qui voudront que certains délits dont ils ont été victimes soient résolus en toute discrétion. Par exemple, ce pourrait être un propriétaire de chantier qui se fait dérober des matériaux ou endommager de la machinerie et qui souhaite une enquête interne, sans que ses employés s'en doutent… Ce genre de cas.

Il expira un filet de fumée.

— Sans uniforme, je pourrais m'infiltrer plus facilement dans des gangs et repérer des indices qui mèneraient aux coupables. Il serait plus facile de les inculper, si je recueillais des preuves concrètes, surtout s'ils ne veulent pas coopérer.

— Je vois que tu as bien pensé à ton affaire.

— Alors, qu'en dis-tu, Molly? Ce n'est pas un changement majeur, car tout compte fait, je continuerais à faire mon travail de policier, mais je veux tout de même ton avis.

— Je trouve que cette idée est fantastique, mon amour, tu es un excellent enquêteur. Je t'imagine déjà dans ton bureau, fumant ta pipe et cogitant sur la meilleure façon de mener tes enquêtes…

Arthur l'interrompit:

— C'est une affaire très sérieuse, Molly. Être patron, c'est aussi prendre davantage de responsabilités.

Avec un sourire affectueux, Molly vint s'asseoir sur les genoux de son mari et lui murmura :

— Je t'aime, Arthur Lockwell, et je serai toujours à tes côtés. Même que j'aimerais que tu continues de me parler de tes investigations.

Il la serra tendrement dans ses bras.

— Je te le jure, mon amour. Tu sais bien que je ne pourrai jamais me passer de ta grande sagesse.

— Maintenant, va donc voir Colin ! Il voudra sûrement avoir plus de détails sur l'entreprise à laquelle Joseph faisait allusion dans son testament.

Ils s'embrassèrent, puis Molly se leva et se rendit devant la fenêtre ouverte. Elle croisa les bras sur sa poitrine ; une idée venait de germer dans son esprit.

***

L'arrivée d'Arthur sur la véranda interrompit la conversation animée que Colin avait avec le fils de Mary. Assis dans l'escalier, les deux jeunes hommes, qui examinaient attentivement une carte géographique étalée sur la galerie, levèrent la tête vers lui. Impressionné par la présence du major, Jean bondit sur ses pieds.

Sans leur laisser le temps de parler, Arthur leva une main.

— Oh ! Je ne voulais pas vous déranger. Colin, je venais juste vérifier si tu avais besoin de mon aide au sujet de... du... bref, tu sais de quoi il s'agit. Alors, si tu veux me rencontrer un peu plus tard, je reste à la villa aujourd'hui.

— Vous parlez du legs que maman et papa viennent de m'annoncer, dit simplement Colin. Justement, j'en discutais avec Jean. Ça me surprend, grand-papa Joseph ne m'en a jamais parlé. En tout cas, je lui en suis très reconnaissant.

— Il voulait que tu saches qu'il était très fier de son petit-fils. Il a su détecter en toi des talents d'entrepreneur et il tenait vraiment à t'encourager.

— Vous aurez de mes nouvelles bientôt, oncle Arthur. Je sais exactement ce que je vais faire de cette somme d'argent.

Il sourit devant l'étonnement d'Arthur.

— J'apprécie votre attention, mon oncle. Vos conseils me seront très utiles, mais si vous le permettez, j'aimerais que nous en discutions au souper, quand tout le monde sera présent.

— Si je comprends bien, tu sais déjà ce que tu veux entreprendre.

— Ça fait un bout de temps que j'y pense, en fait, depuis que je travaille comme comptable pour M. Thompson.

— Bon ! Eh bien, j'ai hâte à ce fameux souper, surtout que ta tante a également d'importantes informations à révéler.

Devant l'air intrigué de son neveu, Arthur éclata de rire. Il salua les deux jeunes hommes d'un geste rapide de la main et s'éclipsa en faisant claquer derrière lui la porte moustiquaire.

***

Ce soir-là, pendant le repas, entre la soupe et le rôti de bœuf, Molly confirma que, en tant que l'aînée des filles, elle devenait l'héritière du domaine. Cela n'avait d'ailleurs jamais été un secret.

— Nos chers parents, continua-t-elle sous le regard attentif de toute la famille, ont eu la bonté de nous accueillir dans leur maison, nous ont aimés, nous ont choyés comme leurs propres enfants et ont même songé à l'avenir de notre famille. Cécile et Joseph ont également laissé une confortable fortune qui nous permettra d'assurer la restauration du manoir et l'entretien du domaine pour les prochaines années.

Un silence respectueux plana quelques secondes sur la tablée. C'est Charlotte, la larme à l'œil, qui le brisa :

— Oh ! Maman, leur présence nous manquera toujours !

Tous acquiescèrent, puis, pendant que les uns portaient un verre de vin à leurs lèvres et que les autres piquaient une fourchette dans leur assiette, Rachel prit la parole :

— Cet après-midi, Brogan et moi, nous avons eu une sérieuse discussion. Nous avons aussi reçu une somme d'argent en héritage et nous avons décidé d'en investir une partie.

Elle se tourna vers son mari.

— Brogan, je te laisse le soin d'en faire l'annonce.

Celui-ci ne se fit pas prier, mais prit volontairement un regard sombre pour annoncer :

— Eh bien, Rachel et moi, nous repartons à New York…

Il partit d'un rire franc, devant l'air ébahi de Molly, d'Arthur et des jeunes qui l'observaient les yeux grands ouverts d'étonnement. Fier de la réaction qu'il avait suscitée, il finit sa phrase :

— … parce que, voyez-vous, Rachel et moi, nous y retournons en vacances un mois, cet été.

Rachel ne put s'empêcher de lui donner une légère tape sur l'épaule.

— Tu n'as pas honte de faire une frousse pareille à ta famille et, surtout, à tes enfants, Brogan Reilly !

Puis, sous les rires de toute la famille, elle embrassa son mari.

— Quelle bonne idée ! s'exclama Molly. Ce congé te fera du bien, mon cher beau-frère, il me semble que tu as encore maigri.

— Tu l'as remarqué, toi aussi. Tu vois bien, Brogan, il n'y a pas que moi qui l'ai observé.

Le visage de son mari se rembrunit. Aussitôt, Molly reprit sur un autre sujet pour faire oublier sa bévue :

— J'ai aussi pu informer Mary, Florent, Juliette et Jean que nous pouvions tous les garder à notre service. Cette nouvelle les a bien soulagés.

Pendant que l'aînée parlait, Mary et Juliette firent justement leur apparition dans la salle à manger. La première portait le plateau de viandes et de légumes et la seconde suivait derrière, la saucière à la main.

— C'est bien vrai, madame Molly, osa Mary en commençant le service du plat principal. Nous sommes tous heureux de continuer à travailler pour vous.

Une fois que les domestiques eurent quitté la pièce, Arthur, voyant son neveu s'agiter sur sa chaise, intervint :

— Hum ! Je demanderais votre attention. Je crois que Colin veut également nous informer d'un important projet.

Colin le remercia, puis sa voix se fit plus forte. C'était clair qu'il voulait être entendu de tous.

— Papa et maman m'ont appris que grand-papa Joseph a eu la générosité de me léguer une somme d'argent, à la condition que je démarre ma propre entreprise.

Il prit le temps d'observer le visage de chacun, pour vérifier l'effet que sa déclaration avait produit. Sa sœur, encore sous le choc du voyage de leurs parents, le regardait avec un mélange de bonheur et d'étonnement.

— C'est toute une nouvelle, ça, Colin ! s'exclama-t-elle.

Ne pouvant cacher sa fierté, Brogan ajouta :

— Tu vas devenir ton propre patron ! As-tu déjà pensé dans quoi tu voulais investir ?

Tout le monde se tourna vers Colin, impatient de connaître la suite. Le jeune homme inspira profondément et poursuivit :

— J'y ai bien réfléchi. Ça fait maintenant trois ans que je travaille pour la compagnie Thompson et je crois que j'ai acquis suffisamment de connaissances pour me lancer en affaires et créer ma propre usine de pâte à papier.

— Ma foi ! C'est une excellente idée, Colin, le félicita Arthur. Je crois savoir que c'est un domaine en pleine expansion. Pour faciliter les chargements, je suppose que tu vas la faire construire dans la Basse-Ville, au bord du fleuve.

Les yeux de Colin brillaient d'excitation.

— Non, mon oncle. D'après mon expertise, le meilleur endroit pour une telle usine serait entre Québec et Montréal, en face de Trois-Rivières, sur l'île de la Potherie.

La nouvelle les laissa bouche bée.

— Il faut que vous sachiez que cette industrie s'est grandement renouvelée. Depuis quelques années, on fabrique le papier à partir des fibres du bois et non plus avec de vieux chiffons, expliqua-t-il. Cette île est idéalement placée entre l'embouchure de la rivière Saint-Maurice et le fleuve Saint-Laurent. C'est dans ce coin-là que, de l'intérieur des terres, les draveurs dirigent les billots, par flottaison, le long de la rivière. Alors si je construis à proximité de ce lieu, il est clair que les coûts de transport seront moindres.

— C'est en effet très judicieux, mon fils, le complimenta Brogan.

— Oh ! Mais tu vas nous quitter pour aller t'établir là-bas ! s'exclama Rachel, bouleversée.

— Maman, Trois-Rivières ce n'est pas si loin de Québec. Vous pourrez venir me rendre visite.

— Allons, Rachel, l'encouragea Arthur, c'est un autre beau voyage que tu pourras faire avec Brogan !

Colin se pencha en avant sur sa chaise.

— Maman ! Vous avez encore le temps de vous faire à l'idée. Je ne partirai pas vraiment avant la fonte des neiges. Cependant, dès cet automne, je dois m'y rendre pour aller prospecter la région dans le but d'y dénicher un terrain. Il faut que je trouve le meilleur emplacement et aussi que j'y engage un entrepreneur en construction et des ouvriers de la région pour que les travaux puissent commencer au printemps.

— Tu veux vraiment quitter Québec ? s'exclama Charlotte, attristée.

— Et seul ? ajouta aussitôt Maud, curieuse de savoir si son frère allait mettre une certaine distance entre Jean et lui.

À cette dernière question, elle prit conscience du subtil changement d'attitude de Colin. Il semblait plus nerveux, mais il réussit à conserver un ton parfaitement calme :

— Pas vraiment. Comme je vais avoir besoin d'un homme travaillant et fiable pour le poste de contremaître, Jean a accepté mon offre et il est prêt à me suivre dans cette aventure.

— Jean Fournier, le fils de Mary ? demanda Molly d'un ton réellement surpris.

Colin secoua la tête.

— À moins que ça vous pose problème, commença-t-il.

Arthur, qui avait trouvé les deux jeunes hommes le matin en train de scruter une carte sur la véranda, comprit de quoi ces deux-là pouvaient bien discuter.

— Pour nous, je ne crois pas que ce soit un problème, déclara-t-il. Et comme dirait notre cher Joseph : « Alors, il vient ce dessert ! »

***

Le souper terminé, Colin se retira dans la cuisine, car il voulait discuter de la planification de son entreprise avec Jean. Pendant que les autres adultes se réunissaient au salon pour l'apéritif, Rachel entonna un air d'opéra pour faire sourire Brogan, encore irrité par sa remarque sur sa santé. Après son chant, elle alla à sa rencontre et s'assit près de lui. Il lui sourit, lui baisa la main et l'entraîna vers leur chambre.

Depuis qu'il avait appris la liaison de Maud avec son professeur, Brogan boudait sa fille et évitait de lui adresser la parole. Pour Rachel, cette situation était intolérable, surtout qu'elle savait que son mari autant que sa fille en souffraient. C'est pourquoi, avec l'accord de Molly, elle avait trouvé une solution.

— Nous avons pensé, Molly et moi, qu'il serait bon que Maud donne du temps, comme bénévole à la Maternité, en attendant de savoir comment remplir ses journées. Qu'en penses-tu ?

— Eh bien, j'espère qu'elle a accepté. La difficile réalité de ces pensionnaires la ramènera peut-être sur terre. La situation de ces femmes ne manquera pas de lui faire prendre conscience des malheurs qui la guettent en s'obstinant à fréquenter son coureur de jeunes femmes.

— Tu seras surpris, mais elle s'est dite heureuse de pouvoir rendre service et de se sentir utile.

Brogan se détendit. Rachel lui sourit tendrement et vint s'asseoir sur ses genoux. Elle passa son bras sous les épaules de son mari.

— Je sais que tu aurais préféré aller régler le cas à son amant, mon chéri, mais qui sait, la diplomatie féminine l'emportera peut-être sur la force brute.

— Je l'espère de tout mon cœur, mon amour.

Détendue, Rachel se mit à déboutonner le pyjama de Brogan et découvrit sa poitrine.

— Et toi, que dirais-tu de te laisser aimer par la femme que tu as mariée et qui te jure fidélité jusqu'à la fin de ses jours ?

Elle n'attendit pas la réponse et laissa une main habile vagabonder le long de son torse. Elle lui prit la main et l'entraîna vers le lit. Lentement, elle retira sa jaquette. Il sentit une douce chaleur l'envahir, si bien qu'il en oublia les étourderies de sa fille. Pendant que Rachel lui embrassait tour à tour les mamelons, il lui caressait la tête, humant l'odeur familière de ses cheveux, puis celle de sa peau. D'un geste ferme, il la fit tourner sous lui. Elle ferma les yeux lorsqu'il la pénétra avec douceur, ses reins se creusèrent et elle souleva son bassin pour venir à sa rencontre, participant à la valse à mille temps de leur amour complice.

17

Québec, août 1877

Il y avait maintenant six mois que l'enseigne de l'agence d'investigation A&M Lockwell se balançait au gré de la brise fluviale, au-dessus de la façade de l'immeuble situé au 32, rue de Buade. Dans la première des deux grandes pièces que comprenait le cabinet, Molly retranscrivait les notes d'Arthur, assise derrière un secrétaire.

Il ne lui avait pas été facile de convaincre son mari d'accepter qu'elle devienne son associée.

— Voyons, Molly ! Ça n'a aucun sens, s'était-il emporté lorsqu'elle lui avait annoncé son désir de se joindre à l'agence.

— Arthur Lockwell, tu ne trouveras personne de plus compétent que moi !

Il avait dû faire un immense effort pour garder son calme.

— Et ton métier de sage-femme ? Tu ne le pratiquerais plus ?

— Depuis quelque temps, tu sais bien que j'ai le goût de m'investir dans un autre domaine et notre discussion sur ton désir d'ouvrir ce cabinet m'a fait réfléchir. J'ai toujours aimé décortiquer avec toi les mystères de tes enquêtes. Mes compagnes du dispensaire vont me manquer, mais je crois que m'éloigner de la misère de ce lieu me sera bénéfique.

— Être enquêteur, ça exige des habiletés, des compétences et…

D'un geste de la main, elle l'avait interrompu.

— Je pensais surtout aux tâches de bureau. Réfléchis, qui recevra les clients lorsque tu mèneras tes enquêtes ? Tu auras aussi besoin de quelqu'un pour transcrire tes notes, monter les dossiers, faire de la recherche dans les documents et les annuaires. Et ça, Arthur, je sais que je peux le faire.

Comme il était resté muet, elle avait ajouté, les yeux brillants :

— Chéri, plusieurs fois, tu m'as affirmé avoir apprécié mes commentaires sur certaines de tes enquêtes. Je suis convaincue que je te serai très utile et je veux être à tes côtés dans ce projet. S'il le faut, je suis même prête à t'appeler major Lockwell devant tes clients.

— J'y compte bien, madame Lockwell. Quelle entêtée ! avait-il fini par déclarer en allumant sa pipe.

Ainsi, ils étaient devenus associés à parts égales de l'agence A&M Lockwell. À la Maternité, Mme Métivier avait été déçue de perdre l'une de ses sages-femmes. Toutefois, Maud était prête à faire plus d'heures de bénévolat, le temps que la directrice parachève la formation de sœur Sainte-Madeleine, qui les assistait auprès des parturientes depuis plusieurs années.

Cela faisait plus d'un mois qu'Arthur enquêtait sur de fréquents vols de bijoux perpétrés dans plusieurs boutiques de la capitale. Le malfaiteur n'était certes pas un enfant de chœur, il semblait même outillé pour dévaliser le coffre-fort de n'importe quel commerce. Contre une rétribution s'il trouvait le coupable, le major avait accepté de collaborer avec l'enquêteur Poulin. Ce dernier, qui subissait la pression des commerçants, lui avait demandé un coup de main pour élucider cette affaire.

Pendant des semaines, le major avait visité les bijouteries en question, interrogé les propriétaires, les voisins et marqué sur une carte de la ville l'emplacement de chacun des commerces cambriolés. Il espérait pouvoir prévoir où le voleur commettrait son prochain larcin, mais cette méthode ne donna aucun résultat.

En dernier recours, Arthur décida de se faire passer pour un marchand de pierres précieuses. Ainsi, affublé d'une fausse barbe et d'une paire de lunettes, il se présenta à plusieurs échoppes de revendeurs de la Basse-Ville et traîna dans les tavernes du port. En payant quelques bières, ici et là, à des marins, à des débardeurs et à des taverniers, il se fit quelques contacts précieux dans la faune interlope. C'est d'ailleurs grâce à l'un d'eux qu'il entendit parler d'un Américain désireux de se défaire rapidement de plusieurs pierres précieuses qu'il prétendait avoir achetées lors d'un voyage en Afrique.

Par l'intermédiaire de son contact, il obtint un rendez-vous dans le cabaret l'Ancre bleue, dans le vieux port. La veille, le major avait informé Poulin du nom du cabaret où la rencontre devait avoir lieu. Ensemble, ils avaient élaboré un plan pour prendre l'homme la main dans le sac.

C'est donc pour le piéger qu'Arthur, habillé en riche marchand, était parti ce jour-là à la rencontre du brigand. Cependant, la situation prit une tournure inattendue lorsque le vendeur de diamants qui se présenta à sa table vers dix heures avait un visage qui lui était familier. Cet homme ressemblait étonnamment au bandit new-yorkais Williams, qui était toujours en fuite et dont l'affiche avait été laissée au poste par l'agent de Pinkerton.

Williams, qui n'avait rien soupçonné du traquenard, fut abasourdi de voir surgir des policiers aussitôt qu'il sortit de sa besace une pochette emplie de pierres précieuses. Il ne fut pas aisé de le maîtriser pour lui passer les menottes. Avant d'entrer dans le fourgon, il fusilla le pseudo-marchand du regard :

— Qui que tu sois, je te retrouverai, traître ! cracha-t-il avec un fort accent anglais. Et ce jour-là, tu regretteras d'être venu au monde.

Pas le moins du monde impressionné, Arthur haussa les épaules sans prononcer un seul mot. Il avait appris au cours de ses années de service qu'il ne valait pas la peine de gaspiller sa salive pour un tel criminel.

Impatiente de connaître le résultat de ce dangereux rendez-vous, Molly avait de la difficulté à rester en place. Elle se leva et se dirigea vers la pièce du fond, qui constituait le bureau où Arthur recevait les clients. L'odeur familière du tabac y flottait encore. L'un des murs était tapissé de cartes géographiques : une de l'Amérique du Nord, une de la province de Québec et une plus récente des rues de la ville de Québec, parsemée de petites épingles indiquant les commerces vandalisés.

Sur la cheminée trônait une jolie horloge et, sous un épais tapis, un canapé faisait face à deux fauteuils capitonnés que séparait une magnifique lampe de porcelaine posée sur un petit guéridon. Celle-ci avait été offerte au couple Lockwell par Rachel et Brogan lors de l'ouverture du cabinet.

Molly contourna le massif secrétaire et y déposa quelques dossiers d'affaires antérieures afin qu'Arthur puisse les relire et approuver ce qu'elle y avait rédigé.

Avant de sortir de la pièce, elle alla chercher sur le dessus du classeur en merisier, qui comprenait vingt tiroirs marqués d'étiquettes s'échelonnant de A à Z, le registre des noms des détenus, qu'à la demande d'Arthur, elle avait emprunté à la prison des Plaines. Elle s'appliqua à en remplir des fiches. Son mari et elle voulaient ainsi créer un centre de documents comportant toutes les informations importantes sur les criminels de la ville et des régions environnantes.

Une heure plus tard, Arthur fit son entrée dans le cabinet.

— Ça s'est passé exactement comme je l'avais imaginé, affirma-t-il, le regard fier. Un autre malfaiteur qui se retrouve sous les verrous et, du même coup, deux dossiers difficiles ont été résolus !

Le lendemain, les manchettes des journaux faisaient état de l'arrestation du dangereux cambrioleur new-yorkais. Les articles précisaient que l'enquêteur chargé de l'affaire avait réussi cette prise avec l'assistance du brillant détective privé, le major Arthur Lockwell. Toutefois, sur la photographie à la une des gazettes, seuls apparaissaient le policier et son prisonnier menotté.

***

Québec, septembre 1877

Maud venait de terminer une journée ardue de bénévolat à l'hospice Saint-Joseph. Indifférente au vent frisquet, elle longeait les remparts d'un pas décidé pour se rendre dans la Basse-Ville, au magasin Paquet de la rue Saint-Joseph. Elle avait juste le temps de s'y rendre avant son rendez-vous avec Nicolas.

Mme Allard, la cuisinière du dispensaire, connaissait bien Mme Hamel, la propriétaire de la boutique, et lui avait appris que cette dernière venait de sortir sa nouvelle collection automnale de chapeaux et de capelines. Maud s'était dit qu'une nouvelle coiffure ne pourrait que plaire à son bien-aimé.

Depuis le début de leur relation, Maud et Nicolas Lebel se voyaient une fois par semaine, dans un petit hôtel de la rue Saint-Jean. Quand le temps était doux et ensoleillé, ils se donnaient rendez-vous dans un parc ou sur la terrasse Durham et, les jours de pluie ou de grand froid, comme ce soir-là, ils se retrouvaient dans un petit café de la Basse-Ville, où personne ne risquait de les reconnaître.

Un jour, Nicolas lui avait promis qu'ils vieilliraient ensemble ; cependant, elle commençait à craindre qu'il n'ait jamais la force de quitter sa femme.

Malgré toute la tendresse, les poèmes qu'on s'écrit et les gestes affectueux qui entretiennent notre relation, songea-t-elle, le cœur troublé, *je commence à l'exaspérer à force d'insister pour qu'il divorce.*

Lorsqu'elle entra au Celtique café, coiffée d'un splendide chapeau garni de rubans aux couleurs automnales, et qu'elle vit Nicolas, installé sur la banquette au fond de la pièce enfumée, elle sentit un fugace et agréable frisson la traverser.

Cependant, à mesure qu'elle se frayait un chemin entre les tables, l'inquiétude la gagnait. Elle discernait de la détresse dans les beaux grands yeux bleus de Nicolas. En la voyant, ce dernier se leva, vint lui tirer la chaise qui faisait face à son banc, puis fit signe au serveur de leur apporter un pot de café. Une fois qu'il eut repris sa place, elle lui demanda, le teint pâle :

— Que se passe-t-il, mon chéri ? Tu as l'air bien grave.

Cette question le déstabilisa ; il aurait préféré qu'elle ne la lui pose pas tout de suite. Il lui prit les mains.

— Il faut que je te parle, Maud. Au sujet de… nous.

Sa voix était triste ; son visage, douloureux. Elle attendit qu'il reprenne la parole.

— Ma femme, Pauline, a découvert que j'avais une… liaison, finit-il par dire, incapable de prononcer les mots *relation amoureuse.* Elle a trouvé l'un de mes poèmes qui t'étaient destinés dans la poche d'une de mes vestes… Elle voulait savoir qui était cette M, que j'appelais «ma muse». Devant son profond désarroi, j'ai finalement accepté d'admettre que je l'avais trompée, mais à la condition qu'elle ne cherche jamais à connaître ton identité.

Maud leva des yeux pleins d'espoir vers lui.

— Bien sûr, je conçois que ç'a dû être pénible pour elle, lorsque tu lui as annoncé que tu désirais divorcer. Mon chéri, est-ce ce qui t'accable tant?

Nicolas fit non de la tête et ferma les yeux, le temps d'un soupir. Quand il les rouvrit, Maud le regardait d'un air stupéfait. Elle se tut, souhaitant qu'il poursuive. Il parla lentement, avec gravité:

— Elle me pardonne, Maud, à la condition que je cesse toute rencontre avec toi. Je suis désolé, mais comprends-moi, notre… histoire l'a anéantie et elle a, plus que jamais, besoin de moi… Et puis, je me suis rendu compte que j'ai encore beaucoup d'affection pour elle.

Il avait baissé les yeux en prononçant sa dernière phrase. Maud n'en croyait pas ses oreilles. Indifférente au garçon qui venait de déposer le pot du chaud liquide sur la table, elle chercha désespérément un argument qui pourrait faire revenir son bien-aimé sur sa décision. Flairant un drame, le serveur ne s'attarda pas et reprit sa place derrière son comptoir, mais il ne put s'empêcher de les espionner du coin de l'œil.

— Il faut que tu m'oublies, la supplia Nicolas. Tu es une femme belle et intelligente, ne gâche plus tes jeunes années avec un pauvre professeur d'art dramatique…

Devant le regard accablé de Maud, il laissa sa phrase inachevée.

— Pourquoi ? insista-t-elle, les larmes aux yeux.

Avant qu'il ne réponde, elle se leva, lui tourna le dos et se dirigea vers la sortie. Elle ne voulait plus l'entendre, c'était trop pénible, trop douloureux, et jamais elle ne s'était sentie aussi humiliée !

***

Québec, 1877

Jean tira encore une fois sur les guides de l'attelage afin d'immobiliser la calèche devant le manoir. Impatients de retrouver l'écurie, les chevaux étaient difficiles à contrôler. Après deux semaines d'absence et un trajet de plus de dix heures sur des routes cahoteuses, Jean et Colin revenaient de Trois-Rivières. Ce dernier, fier et heureux, avait hâte d'annoncer qu'il avait fait l'acquisition d'un grand terrain. De plus, il avait réussi à tout organiser pour la construction de son usine de pâte à papier, dont les travaux débuteraient au printemps.

Comme s'il s'était absenté plusieurs mois, Rachel, sa tante et Charlotte lui sautèrent au cou et son père et Arthur, plus calmes, lui serrèrent la main pour le féliciter. Derrière eux, Maud s'avança, la mine assombrie, et se jeta dans les bras de son jumeau.

Un soir d'automne, elle était revenue à la villa, la colère émanant de son visage couvert de larmes que même sa fierté n'avait pu retenir. Toute la famille l'avait vue s'effondrer au pied du piano, sur l'épais tapis du salon.

— Nicolas ! Ce lâche, il m'a abandonnée ! s'était-elle exclamée. Surtout, ne me cachez pas votre soulagement, je sais que vous étiez tous scandalisés par cette relation. Je ne suis pas stupide, tante Molly ne m'a pas persuadée d'aller œuvrer à son dispensaire sans raison.

Connaissant son aversion pour la pitié, tous avaient eu la présence d'esprit de ne rien dire. Même son père se retint de parler, se contentant de serrer les poings. Charlotte s'était avancée vers elle et l'avait aidée à se relever.

— Il a chaviré mon cœur, mais il ne l'a pas brisé, avait-elle déclaré en essuyant rageusement ses pleurs du revers de la main.

Puis, les yeux rougis, mais la tête haute, elle avait promptement quitté la pièce.

Depuis ce soir-là, Maud broyait du noir et, lorsqu'il la serra dans ses bras, Colin comprit qu'elle était visiblement à bout de nerfs.

— Toi, ça ne va pas mieux. Je me trompe, Maud ? lui demanda-t-il, réellement inquiet.

Sans répondre, sa jumelle se laissa aller quelques secondes sur son épaule. Il jeta un regard interrogateur à la ronde. C'est Rachel qui parla la première :

— Notre Maud chérie est encore bouleversée, mais elle se remet tranquillement…

— Maman a raison, je vais mieux, rassura-t-elle son frère d'un triste sourire. Mais ta présence m'a beaucoup manqué, Colin, et je compte sur toi pour me divertir. Si seulement je pouvais arrêter mon cœur de battre pour Nicolas !

Après quelques secondes, le regard de Charlotte s'illumina.

— Hier, le propriétaire de l'Hôtel Union est venu au journal pour faire annoncer un bal masqué, samedi prochain. Nous devrions y aller, Maud, ça te ferait le plus grand bien ! Et toi, Colin, que dirais-tu de nous y accompagner ?

— C'est une excellente idée, les enfants, déclara Arthur, mais pour l'instant, Colin, ton père et moi sommes impatients d'entendre le récit de ton voyage à Trois-Rivières.

Sans plus tarder, les trois hommes se réfugièrent dans le grand bureau du major.

***

— Es-tu prête, Maud ? demanda sa cousine en entrant dans la chambre. Colin s'impatiente, il est prêt depuis une bonne quinzaine de minutes et Jean, à qui ton frère a demandé de t'escorter, vient juste d'arriver devant le manoir avec la calèche. Allez ! Il ne faut pas trop faire attendre nos cavaliers, la pressa-t-elle, une légère impatience dans la voix.

Charlotte était vêtue d'une superbe robe violette, étroite et ajustée qui avantageait sa fine silhouette. Elle tenait à la main, au bout d'un bâtonnet enrubanné, un loup de satin doré agrémenté de plumes jaunes et violettes.

— Tu es ravissante, ma chérie, lui déclara Maud, ne prêtant aucunement attention au ton de sa cousine. Crois-tu que ma tenue plaise à Jean ? lui demanda-t-elle en faisant virevolter sa magnifique toilette de velours rouge cardinal.

— Pas seulement à lui ! Tous les hommes vont se retourner pour t'admirer. Tu seras la plus séduisante du bal. Cependant, tu sais bien que l'ami de Colin est un timide, alors il se peut qu'il ne t'en fasse pas le compliment, mais je suis certaine qu'il te trouvera ravissante.

— Oh ! Pour ce qui est de Jean, je ne me fais pas d'illusions.

Charlotte la regarda, intriguée.

— Pourquoi dis-tu ça, Maud ?

— Sans raison, je t'assure. Oublie ce que je viens de dire. Va, passe devant ! Donne-moi juste le temps d'enfiler mes longs gants, d'attraper mon masque et je descends.

Face à la place d'Armes, sur la rue Sainte-Anne, les fiacres défilaient devant le porche à colonnes du populaire édifice à trois étages, fréquenté par les mondains de la Haute-Ville pour ses nombreux spectacles et ses assemblées politiques.

Dès leur entrée dans l'immense salle, les convives étaient transportés dans l'univers d'un château de la majestueuse Vienne : la brillance des lustres aux centaines de chandelles, le décor garni de somptueuses draperies, l'air d'une valse jouée par l'orchestre, les robes aux couleurs vives des dames et les loups scintillants créaient une atmosphère exceptionnelle.

Le bal battait son plein et, étonnamment, sur la piste, Jean ne se débrouillait pas trop mal. De son côté, Colin s'avérait être un excellent danseur. Sur la musique d'une valse de Strauss, ce dernier s'amusait à faire tourbillonner sa cousine, pendant que Jean et Maud essayaient de suivre le rythme et de se rendre au centre de la piste. Colin remarqua que sa sœur riait et semblait délivrée de son chagrin.

Pour la prochaine danse, l'orchestre entama une polka. Charlotte, quelque peu étourdie, préféra aller s'asseoir pendant que Jean, qui ne connaissait aucun des pas de cette danse, se proposa plutôt pour aller chercher des rafraîchissements. Colin en profita pour offrir son bras à sa sœur et l'entraîner sur la piste.

— Tu es resplendissante, Maud. Quelle joie d'entendre ton rire ! Enfin, je retrouve la mouette rieuse de grand-papa Joseph.

Après avoir passé sous le bras en forme d'arche de Colin, elle lui murmura :

— Je te remercie pour le compliment, cher frère. Mais je te suis surtout reconnaissante de ne pas m'avoir rappelé que tu m'avais avertie du malheur qui m'attendait.

Il lui sourit, puis il la prit par la taille et, d'un seul mouvement, il la souleva.

— Je n'aurais jamais osé, tu m'aurais boudé pendant des lustres !

Maud partit d'un rire franc et se laissa porter, insouciante. Soudain, dans un élan maladroit, un couple de danseurs vint les bousculer. Les masques se déplacèrent légèrement et, aussitôt, Maud changea d'expression. Elle venait de reconnaître Nicolas Lebel, enlaçant sa femme. Tous les deux se figèrent sur place, sous le regard perplexe de leur partenaire respectif. Cela ne dura qu'un bref instant, puis Nicolas, embarrassé, replaça vivement son loup et fit mine de ne pas reconnaître Maud.

— Euh ! Toutes mes excuses, monsieur, dame, formula-t-il dans un sourire forcé, je me suis laissé emporter par la musique…

Sans rien ajouter, il se tourna vers sa compagne et, comme s'il avait eu le feu aux trousses, il l'entraîna au milieu des danseurs.

Le ton froid et indifférent de Nicolas la blessa. Comme enracinée dans le plancher de danse, Maud resta clouée sur place. Colin comprit qu'il ne pouvait s'agir que du professeur Lebel. Il dirigea doucement sa partenaire hors de la piste et lui trouva un fauteuil, près de Charlotte et de Jean.

— Elle est enceinte ! émit Maud en s'effondrant sur le siège.

C'était un murmure à peine audible.

— Mon Dieu ! Mais qui est enceinte ? demanda Charlotte, inquiète de la pâleur de sa cousine.

Enfermée dans un mutisme, Maud semblait être à mille lieues de la salle de bal.

— La femme de ce lâche, dont elle s'est amourachée, répondit Colin à sa place.

— Oh ! Et elle est vraiment…

— C'était difficile de ne pas le remarquer, la coupa son cousin. Maintenant, Jean, va donc chercher la carriole, il est préférable que nous rentrions à la maison.

Du fond de la salle, Nicolas Lebel, le cœur brisé, vit sa muse bien-aimée et ses amis se diriger vers la sortie. Il laissa échapper un imperceptible soupir et une larme glissa sous son masque. Il savait qu'il venait de clore, à tout jamais, la période la plus heureuse de sa vie.

***

Québec, décembre 1877

Cette nuit d'hiver était glaciale, la neige soufflait par bourrasques, faisant grincer les volets de la bibliothèque. Étant plus petite que le grand salon, cette pièce conservait plus facilement sa confortable chaleur. En y entrant, Molly fut accueillie par un bon feu qui brûlait dans la cheminée. Elle vint s'installer près de Rachel, assise sur la causeuse en velours. Sa sœur semblait s'être réfugiée dans ses pensées et regardait les flammes danser dans l'âtre.

— Il est tard, ma chérie, tu n'as pas sommeil ? demanda Molly.

Rachel fit non de la tête, un triste sourire aux lèvres. De longs filaments d'ombre et de lumière jouaient sur son visage, laissant deviner ses tracas. Elle tendit à Molly un bout de la couverture de laine qui la couvrait. Il arrivait rarement que les deux sœurs se retrouvent ainsi, seules à veiller.

— Et toi, que fais-tu debout à cette heure ?

— Bah ! Avec ce temps et Arthur qui ronfle comme un bienheureux, je n'arrivais pas à m'endormir. Alors, dis-moi, qu'est-ce qui te turlupine, ma chérie ?

— La vie est compliquée parfois ! Brogan et moi, nous nous faisons du souci pour Maud. Elle est si mélancolique. Maintenant que le ciel nous a exaucés et que ce Lebel n'est plus dans les parages, nous sommes deux fois plus inquiets. Ne devrait-elle pas se ressaisir, essayer de rattraper tout ce temps perdu et regarder vers l'avenir ?

— Je te comprends, Rachel, mais il faut juste que vous lui laissiez du temps. Maud est jeune…

— … et trop romantique, renchérit Rachel.

Et ma Charlotte qui pourrait l'être un peu plus ! songea Molly.

— Tu as raison, la vie est compliquée ! concéda-t-elle. Charlotte a eu ses vingt et un ans cet été et elle n'a jamais eu d'amoureux. Parfois, je me demande si, à force de se tenir au palais de justice, à faire des croquis de bandits, de voleurs et de criminels, elle ne s'est pas un peu trop endurci le cœur.

— Mais pas du tout, je crois que tu t'en fais pour un rien. Charlotte est très sensible aux autres et compatit à leurs malheurs. Vois comme elle tente de distraire Maud et soutient Colin pour son projet !

Rachel posa une main sur l'épaule de sa sœur.

— Laisse-lui du temps ! répéta-t-elle.

Molly leva vers elle un visage souriant.

— Charlotte me parle encore, quelquefois, de son désir d'aller étudier à Paris. Maud pourrait l'y accompagner et sûrement suivre des cours de littérature à la même école d'art que Charlotte. Ça lui ferait le plus grand bien de reprendre confiance en elle. Maintenant que nous avons reçu l'argent de l'héritage, que dirais-tu si nous offrions ce voyage à nos filles ?

La première réaction de sa sœur fut la stupéfaction.

— Arthur et toi, vous laisseriez partir Charlotte tout ce temps ? Déjà que Colin nous quitte pour Trois-Rivières, la maison va nous paraître bien grande !

— C'est vrai, ma fille va nous manquer. Maud et Colin aussi, mais, ma chérie, ils sont arrivés tous les trois à l'âge de concrétiser leurs rêves.

Rachel, les yeux humides, jouait nerveusement avec la ceinture de sa robe de chambre.

— Eh bien ! Malgré le fait que ça me chavire le cœur, je dois bien avouer que ce que tu dis est plein de bon sens.

— Ça leur ferait un merveilleux cadeau de Noël, qui les consolerait de ne pas avoir hérité, comme Colin. Je crois que mommy et daddy seraient d'accord avec nous.

— Plus j'y pense, et plus je suis d'accord, Molly. Évidemment, il faudra que nous vérifiions si Jane et Matthew sont disposés à les héberger…

— … et à les chaperonner, conclut Molly.

— Tu m'as convaincue et j'ai même hâte de voir leur réaction, au matin de Noël.

Sur ce, Rachel se leva en ramassant les plis de sa robe de chambre et, après avoir laissé un léger baiser sur le front de sa sœur, elle retourna se coucher.

18

Québec, avril 1878

Charlotte prit la rue Saint-Louis, puis, après une enfilade de bâtiments, elle passa devant le couvent des Ursulines. D'un bon pas, elle se rendit à la cour de justice. Elle devait y dessiner le portrait d'un ouvrier de la construction accusé d'avoir tenté de se suicider, la semaine dernière, ce qui constituait un crime grave. L'homme, dans un excès de désespoir, avait grimpé dans le clocher de la basilique et avait tenté de se jeter en bas, devant les têtes ébahies des passants attroupés sur le parvis.

Elle se sentait légère, portée par cette brise printanière qui jouait dans sa longue chevelure blonde. Le départ pour Paris était pour le début juillet et, rien qu'à y penser, son cœur se mettait à battre la chamade. Elle ne put réprimer un large sourire en songeant à la réaction de Maud, lorsque celle-ci avait appris la nouvelle. Les yeux de sa cousine s'étaient séchés et un sourire éclatant était apparu sur son visage. Ce fut l'un des moments les plus réjouissants de cette fête de la Nativité.

Charlotte avait décidé de suivre des cours de photographie à Paris, plutôt que de dessin, afin d'acquérir des compétences qui, selon elle, lui seraient profitables pour obtenir un nouvel emploi dans un journal.

— J'ai fait des économies et je pourrais m'équiper en appareils photographiques, avait-elle précisé à ses parents.

— Et qu'advient-il de ton travail au journal ?

Charlotte avait haussé les épaules.

— Quand je lui ai annoncé mon départ, leur avait-elle expliqué, le directeur m'a affirmé que, si je quittais mon poste, il me remplacerait aussitôt. Il me faudra donc trouver un nouveau travail en revenant de voyage.

— Je vois, avait simplement dit Arthur en mordant le bout de sa pipe.

Molly l'avait regardée, puis après quelques minutes de réflexion, elle s'était exclamée :

— Vous allez nous manquer, toutes les deux, mais surtout toi, ma chérie !

Arthur avait fait un clin d'œil à sa fille.

— Et qui sait, tu vas peut-être nous ramener un prétendant français…

Le rose aux joues, Charlotte ne lui avait pas laissé le temps d'en dire davantage et avait pris ses parents dans ses bras.

Par la suite, tout s'était déroulé rapidement. Jane et Matthew avaient hâte de les recevoir. Ce dernier s'était même chargé de leur inscription, pour le mois d'août, à l'Académie Julian.

Dans un soupir de satisfaction, Charlotte gravit les escaliers qui menaient au tribunal et, comme elle allait ouvrir la large porte, un grand gaillard en sortit. Sous le choc, elle laissa tomber son étui de cuir contenant ses fusains et sa tablette.

— Oh ! je suis désolé, s'excusa aussitôt le jeune homme, vêtu encore de sa toge d'avocat.

— Ce n'est pas grave…, commença Charlotte en remettant une mèche de cheveux derrière son oreille alors qu'elle se penchait pour ramasser son sac.

L'ayant reconnue, l'avocat s'accroupit en même temps qu'elle pour récupérer un crayon qui avait roulé jusqu'à son pied. En le lui remettant, il considéra la jeune femme. Pendant quelques secondes, il admira les traits fins de son visage et ses cheveux dorés, que les rayons du soleil rendaient scintillants. Il lui sourit, il aimait l'attitude confiante qu'elle dégageait parmi tous ces hommes au tribunal.

— Mademoiselle Lockwell, n'est-ce pas ? La portraitiste du *Canadien*…

— Oui, c'est bien moi, en effet, répondit-elle en rougissant malgré elle.

Bien sûr, elle avait déjà observé ce jeune avocat éloquent, aux yeux d'un superbe vert qui lui rappelait la couleur des pervenches du sous-bois du domaine. Elle avait même déjà fait un croquis de lui, pendant une de ses plaidoiries. De plus près, elle pouvait à présent distinguer les taches de rousseur qui parsemaient ses joues. Cependant, elle l'avait toujours vu occupé, soit étudiant des dossiers, soit discutant avec un client, un témoin ou des confrères. Elle était d'autant plus étonnée qu'il l'ait remarquée.

— Austin Canahan, dit-il lui en présentant une main. Encore toutes mes excuses, j'ai la fâcheuse manie d'être rêveur.

Elle lui serra la main en retour. Une gêne qu'elle ne put expliquer l'envahit. Elle sentait qu'il la regardait avec attention et elle ne pouvait détourner son regard de lui.

Quel homme! pensa-t-elle en rougissant.

Austin l'observait.

— J'adore vos yeux d'un bleu azur, la complimenta-t-il. Vous êtes belle comme le printemps!

Elle lui sourit en retour. Il se dégageait de lui un magnétisme qui la séduisait. Puis, le son de la cloche annonçant l'ouverture de la cour d'audience la saisit.

— Ç'a été un plaisir de bavarder avec vous, monsieur Canahan… j'ai du travail!

***

Paris, 3 mai 1878

Depuis deux jours, la capitale était envahie par des millions de visiteurs. Portant sur le thème des technologies nouvelles, cette exposition universelle, la troisième à se dérouler à Paris, promettait d'impressionnantes inventions.

Sur le Champ-de-Mars, un magnifique palais avait été érigé et se divisait en plusieurs galeries, représentant les trente-six nations participantes. Ce château de fer était comparable à une longue serre en damier. Des pavillons avaient également été construits, des deux côtés de la Seine, au quai d'Orsay, sur la colline de Chaillot et sur l'esplanade des Invalides. On pouvait y admirer des œuvres d'art, des découvertes agricoles et les plus récentes nouveautés en matière de machinerie.

Ce vendredi, Jane et Matthew avaient pris la précaution d'arriver rue de l'Opéra deux bonnes heures à l'avance. À présent, ils étaient serrés comme des sardines parmi les Parisiens et les milliers de visiteurs qui, comme eux, ne voulaient pas manquer la première démonstration de l'électricité, cet inédit mode d'éclairage.

Précisément à huit heures du soir, les globes de trente-deux lampadaires s'allumèrent et une lumière blanche illumina l'avenue. Dès cet instant, des applaudissements surgirent de la foule, émerveillée.

— Oh ! Matthew, ce n'est pas croyable ! s'exclama Jane en plongeant ses yeux étonnés dans les siens. C'est de la vraie magie !

Ce dernier était pareillement fasciné.

— Les organisateurs de cet événement nous promettaient des moments exceptionnels et je dois admettre que celui-ci est à la hauteur des attentes.

Jane se blottit contre son mari.

— J'ai tellement hâte que Charlotte et Maud voient toutes ces merveilles !

Épuisés de leur journée, Jane et Matthew durent toutefois attendre que la foule se disperse avant de pouvoir regagner leur appartement, dans le quatrième arrondissement.

La soirée était magnifique, la ville grouillait de passants, de petits groupes se formaient ici et là au coin des rues, d'autres circulaient en bande. L'enthousiasme des gens témoins de cette représentation était palpable. Le couple remontait tranquillement la rue vers la Comédie française lorsque Matthew entendit quelqu'un l'interpeller :

— Professeur McDoughan ? s'écria une voix derrière eux.

En se retournant, Matthew reconnut son ancien étudiant, celui-là même qu'il avait recueilli chez lui pendant la rébellion. Agréablement surpris, Matthew lui adressa un salut amical :

— Ça alors, Louis Racicot ! Ça fait un bail ! Nous ne nous sommes pas revus depuis ton départ de la Sorbonne, ton diplôme d'histoire en main. Que deviens-tu ?

Le regard fier, le jeune homme ne se fit pas prier pour répondre :

— Eh bien, depuis un mois, je travaille comme adjoint du conservateur du patrimoine, au musée du Louvre.

— Oh ! s'exclama son professeur, impressionné. Je te félicite, mon garçon !

Jane se rapprocha du jeune homme pour le complimenter à son tour. Elle remarqua alors sa cicatrice au front. D'un ton maternel, elle lui affirma :

— Je vois que ta blessure s'est bien cicatrisée. Il faut croire que l'infirmière qui t'a recousu le front était fort habile !

Tous partirent à rire. Puis, Louis leur proposa de les accompagner jusqu'à un croisement de la rue de Rivoli.

— Quelle invention sensationnelle que l'électricité ! Ne trouvez-vous pas, professeur ?

Matthew acquiesça :

— Avec le téléphone, qui changera notre manière de communiquer à distance, je dois avouer que ces deux inventions sont les plus spectaculaires de cette exposition.

— Je me promets bien d'essayer la montgolfière, demain !

— Elle est splendide ! Nous l'avons admirée ce matin en nous promenant au jardin des Tuileries. Mme McDoughan a le vertige et a refusé d'y monter. Je serais ravi de t'y accompagner… à moins qu'il existe une Mme Racicot ? Je ne voudrais pas…

Louis hocha la tête.

— Malheureusement, je n'ai pas encore trouvé la perle rare. Alors, ce sera un honneur pour moi de monter à bord de ce moyen de transport avec vous.

Après qu'ils eurent dépassé la cour carrée du Louvre, le jeune homme quitta Jane et Matthew pour bifurquer sur la rue de l'Arbre-Sec et se rendre à sa pension de la rue Saint-Honoré.

***

Québec, juillet 1878

Austin Canahan avait neuf ans lorsque sa famille avait quitté l'Irlande, en 1863. L'un de ses frères aînés ayant contracté la rougeole, ils avaient dû séjourner cinq jours à Grosse-Île. Sa famille et lui avaient été impressionnés par le nombre faramineux de leurs compatriotes morts et enterrés sur l'île. Cela leur avait rappelé la Grande Famine qui avait sévi en Irlande et à laquelle ses parents avaient pu échapper de justesse. Ils avaient bien sûr eu vent du sort des centaines de milliers de personnes qui avaient immigré, mais de voir le cimetière parsemé de croix blanches les avait choqués.

C'est ce qu'il avait confié à Charlotte à leur premier rendez-vous, puis celle-ci lui avait brièvement raconté l'histoire de ses grands-parents McDoughan et sa visite sur l'île. Ce n'est qu'à leur sortie suivante qu'elle avait décidé de lui annoncer son départ pour la France. Certes, Austin lui plaisait énormément, mais Charlotte désirait ardemment vivre cette aventure. Des sentiments contradictoires se bousculaient néanmoins en elle… mais sa décision était prise, rien ne l'arrêterait.

L'amour attendra, pensa-t-elle dans un soupir.

Elle n'avait accepté de continuer à le voir qu'à la condition que leur relation reste amicale. Malgré cette précaution, au fil de leurs rencontres, elle s'éprit du bel avocat. Soudain, elle comprit qu'elle ne pourrait éviter la peine qu'elle ressentirait en le quittant. Pourtant, il était hors de question de renoncer à ce voyage. Elle ne se le pardonnerait jamais, tant pour son estime d'elle-même que pour l'avancement de sa carrière.

C'était leur dernier dimanche et le temps était venu de faire leurs adieux. Charlotte et Austin déambulaient dans la rue Saint-Louis, en direction de la promenade des Plaines.

— Charlotte, je n'ai pas pu dormir de la nuit, commença-t-il en lui prenant la main, mais je dois absolument te le dire avant que nous nous quittions : je t'aime !

Le visage de la jeune femme s'assombrit aussitôt. Austin soupira.

— Pourquoi détournes-tu toujours les yeux dès que je te confie ce que je ressens pour toi ?

Charlotte inspira profondément. Elle aussi était restée éveillée toute la nuit en pensant à cette journée. Elle s'était préparée et se croyait prête à recevoir tout aveu.

— Je ne veux pas que tu me dises que tu vas m'attendre, Austin. Nous ne pouvons pas prédire l'avenir… Ton chagrin me rend déjà si malheureuse…

Il lui serra la main plus fermement.

— N'est-ce pas la preuve que, toi aussi, tu as des sentiments pour moi ?

Il posa un doigt sur ses lèvres pour l'empêcher de répondre.

— D'ailleurs, ce n'est pas une question, c'est une certitude. Je le sais, au plus profond de mon cœur. Pour moi, c'est une évidence, nous sommes faits pour vivre ensemble. Tu ne me l'as jamais exprimé avec des mots, mais avec de tendres regards, ton écoute et ton rire qui accompagne mes distractions, tu me dis que tu m'aimes !

Qu'est-ce que je peux répondre à ça ? songea-t-elle. *Rien ne se passe comme je l'avais prévu.*

Elle ferma les yeux un bref instant pour qu'Austin n'y perçoive pas sa tristesse ; elle était incapable de parler. Pour lui, ce silence était encourageant. Il leva la tête et se rendit compte qu'ils étaient déjà arrivés sur le chemin dallé de la terrasse Durham.

Ils s'installèrent sur un banc qui offrait une vue magnifique sur l'estuaire, parsemé d'embarcations. Des voiles blanches, gonflées par le vent fluvial, semblaient tendre vers l'horizon enflammé par un rougeoyant coucher de soleil.

— Jamais, tu m'entends, je n'ai eu l'intention de te retenir ou de te supplier de ne pas me quitter, lui assura Austin en enveloppant ses épaules de son bras. Au contraire, ma chérie, je suis très fier de toi, je t'admire pour ton courage et ta détermination.

— Mais Austin, il ne faut pas s'illusionner, en un an, il peut se passer tellement de choses. Tu pourrais rencontrer une autre femme ou moi, un… Je voudrais nous épargner une douloureuse peine d'amour…

Il plongea son regard dans le sien.

— Maintenant, je voudrais que tu me le dises, Charlotte…

Austin avait pâli et baissé la voix.

— Te dire quoi ?

Il ignora sa question.

— Dis-le !

Il passa une main sur la joue de Charlotte en souriant. Il avait réussi à vaincre toutes les résistances de la jeune fille.

— Oui, oh, oui ! Je t'aime, et de tout mon cœur. Mais ça ne change rien…

— Je sais, émit-il, simplement.

Il déposa d'abord un doux baiser sur ses lèvres, puis les embrassa passionnément. Elle se dégagea doucement, soudain consciente des regards des promeneurs près d'eux. Dissimulant sa déception, Austin prit Charlotte par la main et l'entraîna près des fortifications. Envahis par une même tristesse, ils restèrent là longtemps, sans parler, main dans la main, à observer l'astre du jour se consumer peu à peu dans le fleuve.

19

Québec, juillet 1878

Deux jours avant le grand départ, Maud et Charlotte décidèrent d'aller rendre visite à Sarah, au couvent.

— J'ai de la difficulté à imaginer qu'en moins de dix jours, vous franchirez l'Atlantique, mes chéries, leur avoua-t-elle. Lorsque notre famille l'a traversé, le bateau avait pris plus du triple du temps. Les transports maritimes ont bien évolué depuis.

Sœur Saint-Jérôme sembla pensive un court moment, puis elle demanda :

— Alors, comment s'appelle le bateau à vapeur qui vous emmènera vers nos chers Jane et Matthew ?

— C'est l'*Alice*, ma tante, lui répondit Charlotte avec enthousiasme. Il fait partie de l'immense flotte de paquebots de la compagnie de la Messagerie maritime de France.

— Alors, cela veut dire que je peux compter sur cette entreprise postale pour rapporter, des vieux pays, les lettres que vous nous écrirez de là-bas !

Les deux jeunes femmes acquiescèrent.

— Justement, en parlant de lettres, déclara Maud en sortant une carte postale de son sac à main, celle-ci vient d'oncle Matthew.

La sœur saisit le carton, curieuse d'examiner ce récent moyen de correspondance. Pendant que sa tante admirait le palais de l'Opéra Garnier sur la photographie, Charlotte résuma le message écrit au verso :

— Lui et tante Jane seront au Havre, pour nous accueillir et nous ramener en train à Paris.

Le souvenir de son oncle Matthew anima les traits de Sarah.

— Ah ! Ces deux-là, ils me manquent tellement. Vous les embrasserez pour moi, mes chéries !

Avant de quitter la religieuse, le visage de Maud s'assombrit.

— Ma tante, c'est vrai, les bateaux sont plus rapides et nous aurons une jolie cabine, mais les périls en mer, eux, ils doivent sensiblement être les mêmes…

— Allons, Maud, la coupa sa cousine d'une voix calme. Nos parents nous ont assuré que ces transatlantiques étaient très sécuritaires. Ils ont la capacité de faire face à de terribles tempêtes et sont armés de canons pour décourager toutes tentatives d'attaque de pirates. Pourquoi reviens-tu sur ces dangers, ça ne fait que nous inquiéter ?

Maud haussa les épaules et pointa du doigt le long chapelet qui pendait sur la hanche de sœur Saint-Jérôme.

— Je sais que je ne suis pas la plus fervente des croyantes, tante Sarah, et que vous le déplorez. Toutefois, je voulais simplement vous demander s'il vous serait possible de prier pour vos nièces pendant cette traversée. Je me sentirais réellement plus rassurée.

Sœur Saint-Jérôme ne put s'empêcher de sourire devant cette demande enfantine et plutôt étonnante de la part de la jeune femme de vingt-trois ans. Elle lui prit la main.

— Ma chère Maud, je prie tous les jours pour les membres de ma famille, la rassura-t-elle, et je continuerai à le faire même si l'un de vous partait vivre à l'autre bout du monde ou s'il lui prenait l'envie de se convertir au bouddhisme !

***

— Tu es un amour, mon frère, lui affirma Maud en l'accueillant. Partir de Trois-Rivières pour venir nous souhaiter un bon voyage, c'est tellement gentil de ta part !

— Tu arrives juste à temps pour le souper, lui annonça Molly. Va donc faire la surprise à Charlotte, elle est dans sa chambre à remplir sa malle, puis venez nous rejoindre à la salle à manger.

Tous éclatèrent de rire lorsqu'ils entendirent le cri de joie de Charlotte. Une fois tout le monde rassemblé autour de la table, les conversations devinrent rapidement fébriles.

— Dire que dans moins de vingt-quatre heures, vous aurez quitté le port, mes chéries, et voguerez vers l'océan ! s'exclama Rachel, émue.

— Quelle aventure ! enchaîna Colin, entre deux bouchées de rôti d'agneau. Vous rendez-vous compte de la chance que vous avez ?

— Découvrir un nouveau pays, renchérit Brogan, c'est en effet fort enviable !

— Vous ne les connaissez pas encore, mais vous allez adorer oncle Matthew et tante Jane, ajouta Molly. Ils vous attendent avec impatience et ils seront ravis de vous faire découvrir les merveilles de leur ville, qu'ils nous décrivent avec tant d'enthousiasme dans leurs lettres.

Jusqu'à la fin du dessert, Charlotte et Maud ne purent placer un mot, hochant la tête à l'occasion. C'est Arthur qui entreprit de clore le repas en invitant les gens réunis autour de la table à lever leur verre, afin de saluer les deux intrépides voyageuses.

Maud et Charlotte avaient terminé les préparatifs du voyage au petit matin. Incapables de s'endormir, elles avaient décidé de partager le même lit. Couchées côte à côte, elles fixaient le rayon de lune qui traversait le plafond. Un mélange d'excitation, de peur et aussi de chagrin les gardait éveillées.

— La vie est étrange, tu ne trouves pas, Charlotte ? On m'a offert ce voyage pour me faire oublier ma peine d'amour et voilà que, pour toi, ce départ te fait vivre un grand chagrin.

Charlotte, les yeux humides, lui tapota légèrement la main.

— Austin et moi, nous nous sommes promis de nous écrire et, Maud, l'idée même de cette aventure ne nous donne-t-elle pas également d'énormes satisfactions ? Alors, à partir de maintenant, nous ne devons plus nous apitoyer sur nos malheurs et nous devons nous promettre de profiter de chaque instant !

***

Atlantique, juillet 1878

Cher Austin,

C'est notre premier soir sur cet immense hôtel flottant qu'est le paquebot Alice, et j'ai tant de choses déjà à te raconter. Je viens de laisser Maud, qui est installée confortablement sur une chaise longue en toile sur le pont à contempler la lumière du soleil se fondre dans le fleuve Saint-Laurent.

Ce départ restera gravé dans ma mémoire toute ma vie. Que d'émotions j'ai eues en voyant mes parents réunis le long de l'embarcadère, qui nous saluaient en agitant leurs foulards au milieu de la foule… et en distinguant, un peu plus loin, la silhouette athlétique d'un bel homme, toi. Si tu te le demandais, oui, mon chéri, je t'ai bien reconnu, hissé sur une pile de troncs d'arbres, près d'une barque échouée.

Nous sommes plus de mille passagers à bord et, dans son discours de bienvenue, le capitaine nous a aussitôt rassurés sur la traversée en mer. Puis, l'équipage nous a encouragés à profiter de cette période pour nous reposer et jouir du confort qu'offre le navire. Notre cabine est joliment décorée de boiserie et d'un épais tapis. Elle comprend deux petits lits séparés par une table de chevet, deux chaises, un joli chandelier en bronze à trois branches ciselées fixé au coin de l'étroit bureau sur lequel je t'écris.

Autre moment fort en émotions, en fin d'après-midi, lorsque le paquebot est arrivé en vue de Grosse-Île. Un rayon de soleil perçait à travers les nuages, nimbant de sa lumière les falaises verdoyantes. Accotées à la rambarde du gaillard d'avant, Maud et moi avons pu distinguer les bâtiments de la station de la quarantaine, les canons, le clocher de l'église et le regroupement de maisons qui forme le village.

Quelques personnes au bout du quai ont salué le passage du navire français, dont une femme reconnaissable à sa longue robe blanche. Pour sûr, il s'agissait de cette chère Thérèse, et le couple à ses côtés ne pouvait qu'être Rosaline et Simon. Nous leur avons fait signe, le cœur serré, en réalisant qu'en quelques heures à peine, nous avions fait nos adieux à toutes les personnes que nous aimons tant.

Je dois t'avouer qu'un bref instant, lorsque tu m'envoyais la main ce matin, j'ai été tenté de sauter du bateau pour aller te rejoindre sur la rive… mais j'ai tenu bon. Je te rappelle que tu m'as affirmé que ma détermination était un trait de caractère qui te séduisait chez moi!

En terminant, je te promets de t'écrire aussi longtemps que tu répondras à mes lettres. Si jamais… Non, je ne veux pas penser aux «si jamais»!

Au revoir, Austin, mon plus cher ami!

Affectueusement,

Charlotte

Dans un soupir, elle remit sa plume dans l'encrier, plia soigneusement les feuillets et les plaça dans l'enveloppe. Elle déposa la lettre dans le tiroir du bureau. Elle ne pourrait la poster qu'à leur arrivée au Havre. Puis, elle monta rejoindre sa cousine sur le pont.

Soudain, la tête renversée sur sa chaise longue à écouter les vagues et à observer le vol des mouettes, Maud s'esclaffa d'un rire franc, libérateur.

— Plus mon cœur s'entoure d'eau, plus ma tristesse s'estompe.

— Et moi, mes doutes. Même les cris de ces oiseaux, qui pourtant nous annoncent que nous quittons l'estuaire, me semblent de bon augure !

Maud se tourna vers elle, lui prit la main et la serra tendrement.

— Quoi qu'il en soit, à présent, ma chère Charlotte, il est trop tard pour faire demi-tour !